我只喜欢你的人设②

稚楚 著

WOZHIXIHUAN
NIDERENSHE

Rose and
Renaissance

广东旅游出版社
GUANGDONG TRAVEL & TOURISM PRESS

中国·广州

留恋富士山的樱雨雪光，
却又畏惧随时喷薄而出的炽热岩浆。

人类的欲念总是自私而复杂。

"我希望看到你所有的情绪，
好的也好，坏的也好，
无论多么复杂，多么尖锐，
不要相互打磨，就让它们释放。"

"给我吧，我都可以承受。"

他的心曾经是一片葱葱郁郁的森林。

遇上夏习清之后，这片森林就着了大火，
熊熊烈焰，浓烟滚滚，
再厉害的消防队面对这样的火势也束手无策，
只能眼睁睁看着火焰蔓延，
直到森林烧成一片死灰。

他以为可以及时收手，却发现根本没有回头路。

我们每一个人，
都由无数个十亿分之一的幸存粒子组成，
散落在数十亿的人海。

所以我和你相遇，
是无数个微小粒子前赴后继、湮灭碰撞，
创造出来的奇迹。

珍贵又难得。

秋日の暮色 油画般の忧郁，浸在糖衣镜头里の橘色夕阳在 沉而暮霭之下，同即将来临の黑夜边缘交换了一个温情の吻。

修枪♡

Contents
目录 •••

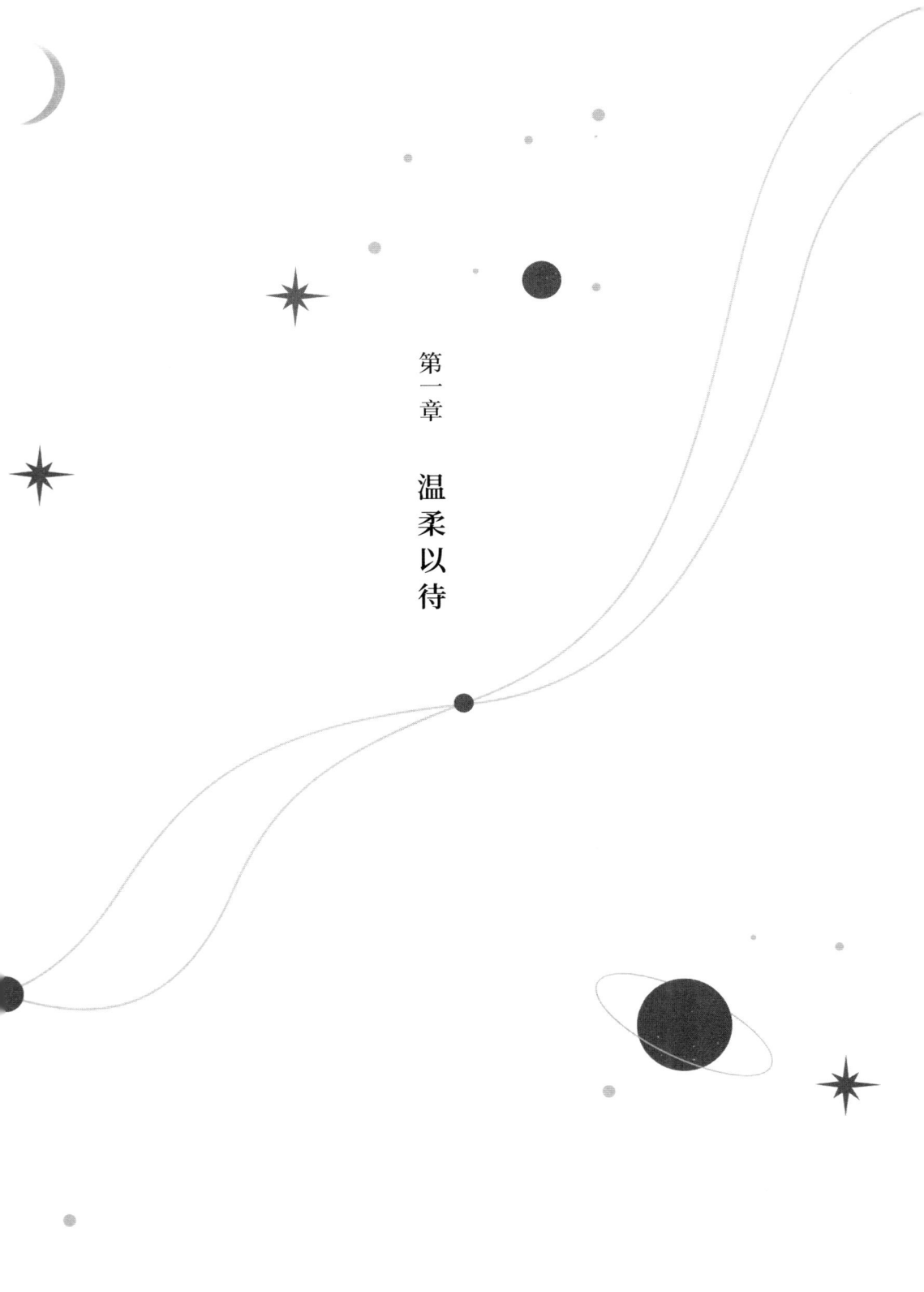

第一章

温柔以待

夏习清感觉自己做了个梦。

梦境是一个黑色的蚕蛹，那些黏稠的丝线紧紧地缠绕住他的身体，逼着他把那些可怕的事又经历了一遍，如同重播的恐怖电影，每一个镜头都刻入骨髓。

夏习清害怕自己在无意识的时候泄露出懦弱又可怜的那一面，所以从不在别人身边熟睡，也从来不让自己醉到不省人事。可昨晚的酒度实在太高，后劲也大，酒量再好也扛不住一杯接着一杯往肚里灌。

还没睁开眼，夏习清就觉得太阳穴突突地跳着，疼得脑子发晕。吃力地睁开眼，眨了两下眼睛，反应迟钝的感知神经终于确认了自己所处的环境，他果然是被周自珩带回来的。

这是什么情况！

头脑风暴里的另一位主角像是撸猫一样摸着夏习清的后背，嘴里还嘟哝着："别怕……"

"我怕个啥啊。"夏习清狠狠打了一下周自珩的肩膀。

"嗞……"周自珩拧着眉伸手捂住自己的肩膀，半眯着眼睛看着夏习清，蒙了半天，"你干吗啊……"

"你干了吗？"夏习清一下子坐起来。

周自珩揉了揉眼睛："我什么都没干啊……"他脑子蒙蒙的，云里雾里，看向夏习清那张似笑非笑的脸。

他伸手推了推周自珩："那你碰我干吗？"

周自珩终于缓过劲儿来，他觉得自己简直快要被眼前这个人给逼疯了。这还是昨天哭了一夜的那个夏习清吗？

他抓起被子蒙住自己的头，自暴自弃地拒绝回答，背过身子闭上眼睛假装什么都听不见。

昨晚喝醉的人不会是自己吧……那些都是梦，不对，说不定现在才是梦。

"我问你话呢，你背过去干吗？"夏习清拽不动周自珩，两只手扳过了周自珩的脸，"说，昨晚发生了什么！"

周自珩不愿睁眼。

周自珩忽然想到飞机上惊醒的夏习清，也是这样一脸防备地质问自己，这大概是他的自卫方式。如果他告诉夏习清昨晚发生的事，或许他以后再也不想看到对方了。

这样想着，周自珩忽然难受起来。从来不愿意撒谎的他也为此破了戒，缓慢地睁开了眼睛，一脸真诚地编造合理的经过："什么都没发生，你喝醉了，我把你扶回来，我又累又困，就在你这儿睡了。"

夏习清那双精明无比的眼睛里满是狐疑，尽管如此，周自珩还是无所畏惧地盯着他，盯着那双仍旧发红的眼睛。他毕竟是个演员，这点心理素质还是有的。

"真的什么都没发生？"夏习清挑了挑眉。

都哭成那样了，谁敢对你动手啊，周自珩心里吐槽。

这样想着，周自珩有些不好意思了，于是偏过了头："我还要睡一会儿，你别打扰我啊。"

看着周自珩满脸困倦的样子，夏习清骨子里的恶劣基因又开始作祟："你让我别打扰我就不打扰啊。"他干脆掀开周自珩的被子，"哎，还睡啊……"

这样剑拔弩张的场景，这种挑衅意味十足的语调，完全就是撩架的前奏。

周自珩气恼极了。现在的夏习清和昨晚的夏习清简直判若两人，夜里被夏习清激起的所有同情心到现在都烧成了一团火，要么吞噬自己，要么吞噬他。周自珩猛地跳起来，喝了那么多酒还没完全恢复的夏习清哪里有力气跟他周旋，就这么无可抵御地被掀翻。

"我让你别动了。"

明知道周自珩都带着怒气了，可夏习清还是不知死活，大概在他的眼里愤怒让他觉得有趣，让他兴奋不已。夏习清下巴扬起的弧度带出最漂亮的颈线，如同施咒一般轻声道："生气啦？"说完他又扬了扬眉尾，恶劣得像是一瞬间换了个人。

"别生气……"

夏习清刻意地放软了语调，说出的话如同撒手锏一般直戳心脏："别生气嘛……"

不知是不是酒后神志不清，这样子的夏习清和昨晚那个求他别走的夏习清渐渐重叠。他眼睛里的水汽像是昨晚没有挥发干净的酒精，直视几秒，便开始天旋地转地不清醒。

明明不想妥协。

但周自珩还是低下头说："不生气了。"

周自珩抬了抬眼，发现夏习清满眼都是惊讶，那双深黑的瞳孔有些涣散，双唇不自觉张开，心脏有一瞬间的暂停。

他根本没有想过周自珩会真的回答，只是和以往一样出于恶作剧心理故意演戏罢了。可周自珩竟然真的回答了他。

距离这么近，突如其来的沉默让气氛一瞬间变得局促，周自珩后悔得恨不得现在就消失在世界上，可说都说了，他也没想过夏习清会是这样的反应。

"可以再说一次吗？"夏习清维持着发愣的状态，莫名其妙地冒出来这样一句。

周自珩以为自己听错了，疑惑地皱起眉头："你说什么？"

"再说一次。"夏习清的眼睛终于聚焦，亮亮的，"就一下，这次我保证。"他满脸真诚。

什么啊这个人。周自珩眉心拧着，心里更是拧巴。

其实他觉得没什么，可是……

可是。

没有可是，他认命了。周自珩自暴自弃地又说了一次："不生气了。"

那只可怜的小蜻蜓原本只想用翅膀尖再蹭一蹭水面，涟漪都不打算带起来，就蹭一下下。

谁能想到被卷了进去，半强迫地溺入水中。

夏习清脑子里忽然冒出一个怪异的想法——周自珩这样对待他，是他这辈子从没有感受过的温柔，能让人甘心死在里面的那种。

这一定是做梦，管他的，就当是做梦。他像是口渴的野兽，极力地从对方身上汲取自己需要的水分。

夏习清又怎么知道，周自珩早就在临界点盘旋了太久太久。一息尚存的抵触和理智在昨晚彻底被摧毁，他不知道自己究竟是不是因为同情才放弃对夏习清的回避，或许同情也只是他的借口。

一切都是掩饰想要和解的借口。

夏习清的目光缓缓下移，再往下。这双眼如同画笔，细致地描摹着他所认为的最完美的线条。

这样的目光让周自珩不禁对夏习清产生了保护欲，无意间撞破他的软肋之后，这种保护欲快成为一种来势汹汹的条件反射。

不恰当的时间点，精神苏醒的末梢，深埋在暗处的火苗一点就着，何况夏习清的行为从来不留余地，扑不灭蹿动不息的焰心，周自珩只能接受。

周自珩忽然心生恶意。

他会哭吗？在这种时候。

夏习清对他的恶劣想法一无所知，只觉得脑子都要着火了。

说的时候没觉得不好意思，可一冷静下来周自珩的羞耻心就立马返岗，耳朵发烫，一想到刚才说的话就头皮发麻。夏习清的眼神懒懒的，看得人心里越发不好意思，周自珩索性用手掌遮住他的眼睛，又怕他觉得太黑，只好隔着几厘米虚掩着，语气别扭极了："别看我。"

"你还不好意思啊。"夏习清往他那边挪了挪。也不知道为什么，夏习清竟然会觉得这样就满足了。

他伸手过去："你看到我手上的茧了吗？都是画你的时候磨出来的，现在给你看……"

"你闭嘴……"

夏习清觉得自己越活越没出息，尝到这么一点甜头就感动成这样。

周自珩还是觉得不好意思，整个人闭眼仰卧，假装很困的样子："我要再睡一会儿。"

"不知道为什么，我的眼睛好疼。"夏习清放空望着天花板，语气平缓地开口。周自珩心里一抽，像是被看不见的小针扎了一下，听见夏习清又自言自语道："可能是喝酒喝得太猛了，头也很疼。"

过了好久，久到他以为周自珩已经睡着了，终于忍不住开口："你要是不反感，我们就和解吧。"

他说出这句话的时候，觉得自己简直就是个傻子，这算什么？

"算了，"他刻意加了句，"还是……"

话还没有说完，他听见头顶传来了一句低沉的反问："你不怕我骗你吗？"

夏习清先是愣了一下，随即又笑了一下，笑声好听极了。

"不会的，我是什么人你最清楚，我骗不到你，你也不会骗我。"他语气笃定，不知怎的，像是找到了底气，"现在这样很好，稳定又安全。"

周自珩没有说话，在夏习清看来是一种默认。

真是奇怪，对于周自珩的默认，他自己都觉得不可思议。或许周自珩只是一时心软，才会哄他这一次。但这没关系，有第一次就有第二次。

过了很久，他终于听见周自珩再一次开口。

"如果让我知道你还跟别人这样说话，"他的声音沉如深水，说每一个字都没什么情绪波动，"我不会放过你。"

这句话从他嘴里说出来的效果简直比字面意义可怕一万倍。谁说都好，可这个人是周自珩，是那个善良透顶又充满悲悯的理想主义者。

夏习清被吓了一跳，脑子都快转不动了。他只能勉强将这视为周自珩对自己混乱私生活的不信任，能理解，这种事不是开玩笑的。

为了安抚，他抬头看了看周自珩。

"我遇到你之后再也没把任何人放在眼里。你觉得我谎话连篇，我不否认。但这句是真的。"

周自珩希望是真的，在这一刻甚至病态地希望他的眼睛坏掉，一辈子真的只能看见自己。

他忽然就能理解那些痴迷于收藏的人。

这一刻，他多么希望旁边这位艺术家可以变成自己一个人的艺术品。没有思想、没有行动力、没有那颗莫测的心，只能静静地向他展示自己的美。

太可怕了。周自珩不敢相信，自己居然会产生这样病态的想法。

夏习清没有等到周自珩的回应，他太累了，过激的挑衅和前夜的烈酒掏空了他的身体，周自珩的床又那么暖，让他很快陷入了梦里。

难得的一场好梦，好到醒来记不清内容。

再次睁眼的时候，周自珩已经走了，只剩下他一个人。令他最惊讶的是，他全身都被换上了新的衣服，暗红色连帽卫衣、丹宁牛仔裤，甚至连袜子都给他穿好了。

夏习清想不通，世界上为什么会存在这样的人。他的温柔好像是与生俱来的，和太阳的光芒一样取之不尽。或许他从出生起就是被爱意包围的，多到灌注进血液里，才会温柔得那么轻易。

不像自己，可以展示出的爱意都是虚假仿品，给别人的温柔都是自我透支。

周自珩的衣服上沾染着他常用的香水的气味，那种被退去甜味的柑橘香气，清冽绵长，仿佛伸手就可以碰到积雪初融的山泉，指缝间流淌的每一滴都是阳光的造物。

他双臂环抱着自己的双膝坐在床上，下巴抵着手臂发了好久的呆，直到终于从半梦半醒的状态中剥离，才下了床。

洗漱完，他发现房间的茶几上放着三明治和牛奶，还有一张手写的字条，字如其人。

我赶飞机先走了，这套衣服也不用还。

夏习清轻笑一声，这家伙，真是没话找话。他随手将字条翻过来，意外发现另一面竟然也写了一行字。

你可能会嫌弃我的审美，但是我比着试了好几件，这件你穿最好看。

审美的确一如既往地孩子气，这种扎眼的颜色……

夏习清低头看了看自己身上的卫衣，忽然发现，上面原来有一行英语印花——Born to be Loved（为爱而生）。

"我不想去。"夏习清相当直白地拒绝了电话里要死要活的夏修泽。

夏修泽从他还在上海的时候起就疯狂地轰炸他的微信，每一条都是差不多的内容，求他回去陪自己过生日。

"这顿饭除了你还有谁？"

耳机里传来夏修泽支支吾吾的声音，夏习清走进电梯里："你都知道他俩会去，还非得让我去，这不成心给自己找不痛快吗？"

电梯上升，夏修泽的声音也拔高，撒娇撒泼两不误，吵得夏习清眉头都皱了起来。

"不就是过生日吗？咱们单过不就完了。"金色的电梯门缓缓打开，"就咱俩，或者你叫上你的小同学们一起，多少人都行，我给你包……"

话还没说完，刚准备出电梯的夏习清就又被推回到电梯里。

他反应过来，才发现把自己摁在电梯内的人是周自珩。

夏修泽在那头尖叫不停，像只受了极大惊吓的小鸡。

"哥哥你怎么了！哥哥！哥哥！"

太吵了。夏习清摘下一只耳机，朝周自珩无声地做了个口型："干吗？"

夏习清之所以会这么问，完全是因为周自珩的出行造型。黑框眼镜，一身深灰色的休闲运动装，上衣的帽子把脸遮得严严实实，还戴了个黑色口罩，不知道是要去上课还是去工作。反正他的私服都是学生路线，大学校园里大半的男生都这么穿。

时尚的完成度靠脸。

周自珩拿起那个被夏习清摘掉的耳机，小小的线控话筒贴近嘴边，语气里带着笑意。

"生日快乐啊，小泽。"

话筒里的那个声音立刻静了下来，变得结结巴巴。夏习清从周自珩手里拿走耳机："还能是谁，你自珩哥哥。"

明明是戏弄的语气，可这四个字一出来，周自珩就止不住地开心，口罩下面的嘴角疯狂上扬。他一开心就想让别人也开心。

夏习清在电话里应付着自家弟弟，拍了拍周自珩的手臂："你下去吧，我回家了。"

"等一下。"周自珩两只手伸进自己的外套口袋里，窸窸窣窣一阵响，夏习清还觉得莫名其妙，谁知周自珩掏出一大堆糖塞到他手上。

"干吗？"

"给你吃糖啊。"周自珩的语调都是上扬的，虽然声音闷在口罩里。

他每次工作的时候都会在身上装些糖，来不及吃饭的时候可以补充能量。不过他感觉今天已经能量满满，用不着糖了。

"幼稚。"夏习清瞧着他那双笑弯了的眼睛，"哼"了一声，把糖塞进口袋里装出一副冷酷无情的样子转身走了，快走到房门的时候才拿出一颗来，草草撕开糖纸塞进嘴里。

橘子味奶糖，甜丝丝的，完全就是周自珩本人了。

夏修泽的电话还是没挂，在那头软磨硬泡，声音越来越可怜，就差哭出来了。夏习清走到客厅的尽头，"唰"的一声将窗帘完全打开。阳光透过落地窗弥漫过境拥抱住他，如同甜蜜的糖水拥抱着罐头里的橘子瓣。

天气渐渐热起来了，就要到夏习清最讨厌的季节了。但是莫名其妙地，他变得反常。

有那么一瞬间，他很想试试和周自珩一起过夏天的感觉。

"好吧。就吃一顿饭。"夏习清反常到了心软的地步，果然甜食会影响人的情绪，"你别哭啊我警告你。"

夏习清很早就想在国内开一个自己的画展，可他最近下笔画出来的东西都有些不对劲，那些疯狂阴郁的色彩变得柔和起来，软软黏黏的，笔触失去了他独有的锋利，让人不由得想到烤化的玻璃碎片。这让他觉得不安，无论何时，变化总让人不安。

他想起上次和周自珩一起拍的杂志，好像已经发售了，想着要不订一本，上了微博才发现杂志官博已经发出了预售量破纪录的庆贺博。1 秒破 10 万册，6 秒 15 万册售罄。

真是可怕……夏习清顺手点开了评论，清一色全是"自习女孩"的狂欢。

最近发生了一件很令人难过的事，一个南方小城市的中学里，一个男生被霸凌，最后选择了自杀。这件事的热度怎么都平息不下来，有人声讨校园暴力。

不知怎的，当初杂志访谈时周自珩谈论"正常"范畴的视频再一次被营销博翻了出来，风口浪尖，成为网友新一轮热议的素材。

everything21：不是周粉，但是被他的话震住了，感觉现在这么有想法的明星真的很少了，好多连字都认不全的，一开口就露怯。周自珩不愧是 P 大学霸，突然想转粉。

珩珩两米五：周自珩是真的难得愿意思考社会人文问题的明星了，年纪虽然小但是比很多人都活得深刻。明明可以靠这张脸去演偶像剧，可他偏偏把传递信念这种事当作演员的使命，这种男孩子简直是宝贝了。

Wennie 嘻：最后一句话好感动。我们生来就是为了成为自己。

珩行我的宝贝：自珩"三观"一直都非常正。之前听 P 大的朋友说，他大一选修哲学，期末报告的主题就是何为好的道德体系，我记得 B 站还有在场同学录的视频，强烈"安利"给大家，他做 pre（主题演讲）的时候真的太有魅力了。

何为好的道德体系……

夏习清忽然有些感兴趣，想看看那个时候的周自珩是什么样的。他打开电脑，搜索了关键词，终于找到了这个两年前的视频。拍摄者大概是坐在第一、第二排的同学，从下往上的仰拍视角显得周自珩腿长得过分，屏幕上全刷着"腿长惊人"的弹幕。

周自珩的 pre 时间总共只有四十分钟，全英文脱稿，PPT 做得很简洁，完全遵循理工男的奥卡姆剃刀原则。他穿着偏正式的白衬衣，袖口挽到小臂，头发比现在短一点，站在巨大的投影底下，偶尔会迈着长腿踱步，在回答台下听众提问的时候，头会习惯性微微左偏，脸上带着不明显的笑，全损画质也挡不住帅气。

他理解那个网友的话了，真的很有魅力。不过谁能想到，这个在台上探讨着通用道德合理性和道德自治权的人，刚才还孩子气地把自己的糖一股脑儿塞在他手里呢。

周自珩的魅力，是少年感和成熟感两种完全相左气质的杂糅，唯一的相同点就是温柔。

幼稚的温柔，或是沉稳的温柔。

忍不住又给他画了幅画，右上角是发着光的投影幕布，画面中央的他一只手撑着讲台，露出浅浅的笑，简单地上了点水彩，夏习清就把画传到了微博上。

他的微博很快就"炸开",被一大群粉丝包围。

> 我偶像是娱乐圈年下男友:神仙太太在线画画!
>
> 珩珩最帅:这是自珩做 pre 的场景吗?刚刚还在看!太太画得太好看了,呜呜呜!
>
> 今天也要上自习:乱叫什么太太啊,这是谁家太太。
>
> 自习女孩冲鸭:哈哈哈,谁家太太。
>
> 或许你搞自习吗:哈哈哈,谁家太太绝了!

评论的画风越跑越偏,夏习清真是不懂这些小女生脑子里都在想什么。太阳渐渐西沉,夏修泽的催命消息一条接着一条,夏习清知道躲不过,换了件墨蓝色的衬衫,把早就给他买好的夏知许公司最新款的 AR 游戏机放进后备厢,驱车前往他微信分享的地点。

这家店是一个专做淮扬菜的私房菜馆,地方有点偏,环境在寸土寸金的首都是一等一的好,一进去还有一个庭院,流觞曲水,古色古香。之前许其琛过生日,他们也来过一次。

下车之前,夏习清在车里抽了根烟,毕竟是弟弟的生日,他也不想搞得太难看。

谁知道刚停好车朝门口走了两步就看见了夏修泽,校服外套系在腰那儿,隔老远就挥着手大声喊哥哥,看他这股兴奋劲儿,夏习清心里的芥蒂放下些许,走过去把手里的礼物扔他怀里。

"拿着,最新款。"

夏修泽高兴得要命:"我之前管夏知许要他都不给我。"

"你不会叫个哥哥啊,夏知许夏知许的。"夏习清笑着把烟灭了,"你这么叫谁给你啊?"

"可是你都是这么叫的,你还叫他大侄子。"夏修泽的声音弱下来,果不其然还是被自家哥哥拍了脑袋。

"我是我你是你,能一样吗?"

夏修泽很快又没脸没皮地缠上来,抱着夏习清的胳膊,跟他讲着自己最近发生的所有好笑的事。这个毛病从小到大就没变过，就好像夏习清是他的笑话回收厂一样。

他们订的包间是整个酒店最贵的"水云间"，和其他包间之间隔着一小片竹林，水云间总共只有东、西两厢，夏家订了东厢。

推开包厢的门，夏习清就看见了端坐在上座的夏昀凯，他好像也没怎么变，老了点、瘦了点，上一次见还是大前年圣诞节回国的时候，也是在某个高档酒店正巧遇见，连一句话都没说。

"来了，坐吧。"夏昀凯说话的时候脸上还带着笑，不知道的还以为他真是个正儿八经的慈父。不过夏习清发现，他越是变老，越是没有攻击性，活像只被时间打败的老狗，等着只能苟延残喘的那一天。想来夏习清就觉得可笑，不觉得可悲。

回国之后，他们都没有讨论，夏昀凯就把公司的股份分了四分之一给夏习清，他莫名其妙就成了大股东之一，也不知道这个老东西想什么，难不成还指望他养老送终？

夏习清面无表情地坐下，正对着于芳月，她特意打扮得珠光宝气，可堆再多的首饰，化再精致的妆也掩盖不了她骨子里的俗气。于芳月好面子，就算再见不得夏习清，表面功夫也都得做："哎呀，好久没看见习清了，回国也不说回家里吃个饭，你爸可想你了。"

听着这种阳奉阴违的话，夏习清缓缓地解着袖口的纽扣，抬眼对她露出意味深长的笑，眼尾挑了挑："是好久不见了，我记得上次看你也没老成这样。"他叹了口气，拿起桌上那杯倒好的茶，吹了吹，"我有个朋友做整形的，让他给你拉拉皮？"

于芳月最害怕的无非就是容颜老去，夏习清的话对她来说就是字字诛心，她又气又堵，却找不到话反驳。

夏习清有一肚子硌硬她的话，可当着夏修泽的面，他懒得说。整个饭桌上只有夏修泽一个人不停地在说话，夏修泽好像害怕如果自己不说，其他人捡着空就会吵起来似的。

"习清，等你闲下来了，还是得来趟公司。"夏昀凯给他夹了一筷子菜放在碗里。

夏习清看着碗里的菜，再也没有了食欲。他最见不得谁对自己惺惺作态。

"去公司？怎么，你觉得自己活不到等小儿子继承家业的时候了？"

这句话说得难听至极，于芳月正要开口，被夏昀凯伸手拦住，他似乎没有生气，只是淡淡道："家大业大的，以后也不能只靠你弟弟撑着。"他顿了顿，"我知道，你妈把她手上的美术馆和画廊都给你了，你下半辈子也不愁……"

"你提她做什么？"于芳月终于忍不住，满是怨气地嗔了一句。

"这种时候轮得上你一个外人说话吗？"夏习清用手指轻轻点着彩瓷碗边，看着于芳月，嘱咐的却是夏修泽，"小泽，我给你定了蛋糕，你去外面问一下。"

夏修泽"哦"了一声，乖乖地站起来，又听见他妈声音尖厉地喝止："站住！他让你出去你就出去？"他愣在原地，直到坐在旁边位子的夏习清伸手轻轻拍了拍他的腿，他才毫不犹豫地走出包间。

"你！你给我回来！"

夏习清假惺惺地露出同情的表情："真可惜，你儿子只听我的话。这个家的家产是我的，连你十月怀胎生下来的儿子也是我的。"

这句话说的是于芳月最大的心病，她气得发抖，指着夏习清便骂道："你跟你妈一样，就是个神经……"

最后那个字没骂完，她就被夏习清泼了一脸的热茶，淋湿的头发贴在脸上，狼狈至极。

"这杯茶我早就想敬你了，夏修泽在这儿总是不方便。"夏习清手里把玩着茶杯，说话的语气温柔又轻缓，"我给他面子，不代表我把你当人。"

"算了，习清。"夏昀凯一副和事佬的样子劝阻夏习清，却引得他笑起来。

夏习清抬眼看他，嘴角勾起："你在这儿演什么好爸爸啊，当初把我打进医院的时候，你怎么没说算了，留我一条命呢？"

"过去是爸爸不好，当初年轻气盛，总是……"

"别找借口了。"夏习清低头看着自己的手指，上面又沾了点红色的颜料，像个血点，怪扎眼的，"人渣就是人渣，老了也是人渣。"

说完他又抬头笑了笑："我说我自己呢，你别往心里去。"

夏修泽回来了，手里拎着蛋糕，看见夏习清还在包间里，笑得又乖又可爱："哥，你没走啊。"

"没走，等你呢。"等到夏修泽坐下，夏习清伸手拍了一下他的肩膀，"又大了一岁，别再像个小孩了。"

"那我跟你比就是孩子啊。"夏修泽开心地插着蜡烛，甚至没有发现自己的妈妈脸上都是擦不干净的水渍。看着夏修泽这么开心，夏习清忽然有些难受，这个病态的家庭里，只有夏修泽一个人是单纯善良的，这本身就很讽刺。

"我出去抽根烟。"

"哥……"

"一会儿就回来，给我留块蛋糕。"夏习清拉开了门，走出来的时候另一个包厢似乎也有人出来，两人打了个照面。那人穿一身名牌，长得还凑合，就是气质太油腻，走路的姿势都是少爷做派。

对方盯了他一会儿，要是放在以前，夏习清还会觉得疑惑，可现在节目一播，他走在路上经常被盯，早就习惯了。

走到竹林那头，夏习清拿了根烟，可外头起了夜风，点了半天才点燃，让他更烦躁了。

竹林的叶子被风吹得四处摆动，透过缝隙，夏习清似乎看到朱阁长廊那儿站着一个熟悉的身影，那气质，特别像许其琛。

他不禁偏头望了望，还真是许其琛，就站在长廊上的栏杆边。

"其琛。"

许其琛回了头，在看到夏习清的瞬间就笑了："哎你怎么在这儿？好巧啊。"

无论什么时候看见许其琛都是一件开心事，夏习清走了过去，站在长廊外头，用手肘撑着朱红色的栏杆："干吗呢？"

"哦，算是应酬吧。刚散。"

"等人？"夏习清仰着脸看着许其琛，"夏知许那小子没来接你啊。"

许其琛有点不好意思："我让他别来，他非得过来，现在估计快到了。"

"啧啧啧……"夏习清戳了戳许其琛的腰。

许其琛怕痒，捉住对方的手躲了一下，笑得像个小孩儿，越是这样，夏习清越发想逗他："别躲啊你。"

"你们在做什么？"

夏习清的手一哆嗦，这不是周自珩的声音吗？一侧头，那个两手插兜迎面走过来的可不就是周自珩吗？夏习清也是纳闷了，怎么回回他跟别人闹着玩儿都能被周自珩给撞个正着。

连衣帽遮着周自珩大半张脸，看不清表情，夏习清准备解释，反倒被许其琛抢了先："你们俩都这么熟了，不用我介绍了吧。"

"谁跟他熟啊。"夏习清一副痞子样靠在栏杆上，很快又从许其琛这话里体会出点儿别的意思，"不对，你介绍？合着你刚刚是跟他吃饭？"

"对啊。"许其琛笑起来，"我们聊剧本的事。"

"你又要让他演你写的小说？"夏习清发现许其琛的衣角有线头，伸手扯了过来，准备拿打火机弄断。

"不是，这回是原创剧本。"

周自珩咳嗽了一声，许其琛很有眼力见儿地笑起来："那什么，还有人在等我，我得走了，你们先聊。"

"哎……"夏习清来不及拽断线头，许其琛就走了，头都没回。他皱着眉转回脑袋看向周自珩："你说你扫不扫兴，我才刚聊了没两句。"

周自珩也倚在栏杆边，手伸过去拿走夏习清手里的限量版打火机："看不出来你还挺细心。"

夏习清知道周自珩是在说刚刚给许其琛弄线头的事儿，觉得好笑："抽线了，我就给他燎一下。"

周自珩挑了挑眉。夏习清说："都说粉丝随偶像，我怎么觉着你这嘴越来越随我了呢？"

周自珩一本正经地说："被你传染的。"

夏习清按住栏杆飞身翻了过去。

怕夏习清摔倒，周自珩伸手扶一把，还没碰到，夏习清就敏捷地将他的手腕抓住，脸上挂着笑意："别碰我。"周自珩这才想起来，他的腰上有一道疤，他还不知道自己的伤口早就暴露了。

"等会儿去哪儿？"夏习清问道。

"回家。"

夏习清用脚碰他："顺道带带我呗大帅哥。"

"不回去继续给你弟弟过生日了？"

夏习清顺着轻轻踩了一下周自珩的运动鞋，眼帘垂着："早就想逃了，恶心得要命。"

周自珩一把抓住夏习清的手腕，夏习清抬起头看向他。清冷的月色从他帽子边缘滑过，投射进那双深邃浓烈的眼里，如同月影坠入湖心，夏习清就这样被他拽着前行。

"去哪儿？"

"逃亡。"

这么刺激的事，夏习清怎么会拒绝。

不过在他心里，逃亡的发起者该是自己才对，算了，这些小细节就随它去吧。夏习清没发现，一遇上周自珩，连弟弟都自动变成了可以随它去的小细节。就是想跟他走，没有理由。

"坐我的车走，你的车让小罗帮你开回去。"周自珩从口袋里抽出一只手，替他拉开了副驾驶的门。

夏习清发现他换了辆车，虽然还是低调得要命的雷克萨斯 LS。他拍了拍车门钻进副驾驶："之前那个林荫大道呢？"

周自珩绕过去拉开车门，坐进驾驶座："那是保姆车。"

"这样啊，我嫌弃那辆车很久了。"夏习清笑了笑，车窗被周自珩降了下来。夏习清把自己的车钥匙给了小罗，看着小罗一脸紧张，趴在车窗上对小罗笑："没事儿，你随便开，有保险呢。"

"撞了得了，那么骚包的车。"周自珩在一边坏笑。

"就你这黑不溜秋的好看，中庸审美。"

小罗握着钥匙冷汗涔涔，只能维持假笑看着两位开车离开这里。

夏习清过去一点也不好奇周自珩的家世，但是现在越来越觉得周自珩不是一般家庭的小孩，倒不是因为他日常的穿衣打扮或是房子、车子，这些对于明星来说都不算什么，就算是那个高档公寓，周自珩也完全可以负担。对夏习清而言，除开物质，周自珩本身的性格和观念简直折射出了一个堪称完美的家庭，幸福美满又不失人间烟火气，存在道德约束但尊崇思想的极大自由。

他望着周自珩专心致志开车的侧脸，心里感慨颇多。

"看什么？"等绿灯时周自珩依旧看着前面，"还在吐槽我的审美？还是你觉得你的卡宴一点也不骚包？"

"你算是说对了，那是我最低调的车。"夏习清笑起来，"日用车。给你打个比方吧，这位 office lady（白领女性），"他指了指前面走过去的一个挎着黑色通勤包的女白领，"我那辆车就是这个黑色通勤包，日常、能装、耐用。"

周自珩皱起眉，露出"你在逗我"的表情，趁着红灯的尾巴，飞快地剥了根树莓味棒棒糖塞进嘴里，脚踩油门。

夏习清的食指拉住周自珩连帽卫衣上的抽绳，一圈一圈缠着："要是去泡夜店，她一定不会背这个包。就像真正骚包的车都是拿来唬人的，还有……"手指忽然停下，声音压低了些……

丝毫没有准备的周自珩差点儿踩了刹车。夏习清特别以此为乐，每次周自珩的反应都非常棒。

"别激动。"夏习清故作遗憾地耸了耸肩，"由于职业特殊性，你大概是没什么尝试的可能性了。"

周自珩手里拿着棒棒糖，转过脸冲他挑了一下右眉："我下去你自己开？"

"那不行，开车需要你在。"夏习清拍了拍对方的脸，拽住棒棒糖的棍子，周自珩手里还握着方向盘，不敢跟他开玩笑，就由着他把棒棒糖抢走了。

夏习清拿出手机给夏修泽发了条消息。

"我先走了，蛋糕你帮我吃掉吧，过两天哥带你出去玩，给你单独重过一次生日。生日快乐。"

一如既往，他收到了夏修泽的"秒回"。

"哥，你觉得我的生日真的值得纪念吗？我是说，我出生真的有人觉得快乐吗？"

这一条又"秒撤"了，就在夏习清看完之后。

盯着屏幕下面的撤回提醒，夏习清深吸了一口气，给了他答案。

"我一开始挺烦的，老实说是相当讨厌。

"不过现在我觉得，你出生成为我的弟弟，是这个家庭里唯一一件让我觉得快乐的事。"

他还想打一句"这一条不许回复"，谁知打字打到一半语音电话就打了过来，吓得夏习清一哆嗦，按成了免提。

"呜呜呜，哥哥我爱你，呜呜呜……"

夏修泽的鬼哭狼嚎式表白不论听几次都石破天惊，夏习清维持着最后的淡定："请你冷静，不许打电话。"然后他果断地结束了示爱环节，呼了一口气。

他这么酷一人，怎么会有这么黏黏糊糊的弟弟？

周自珩觉得有趣："你弟弟真是可爱。"

夏习清拽了一下周自珩的连衣帽："你也挺可爱的。"

握着方向盘的手忽然有些出汗，周自珩假装镇定地看着前方。

夏习清刷了会儿微博，发现自己微博的评论已经彻底跑偏，几乎所有的粉丝都在底下叫他"太太"。

"简直了……"

"怎么了？"周自珩问道。

"没、没什么。"夏习清把手机塞进裤子口袋，看了一眼外面，周围黑漆漆一片，连路灯都少了许多，看样子已经开离城区了，"这是什么鬼地方，你不会是要对我行凶，抛尸荒野吧？"

周自珩一本正经道："你知道我最想尝试的角色是什么吗？"

"变态。"夏习清秒答。

"变态杀人犯。"

"奇了怪了。"夏习清望了望后视镜，"我发现你一点儿也不担心狗仔跟你。"

"你现在才发现吗？"

夏习清撇了撇嘴，前头总算出现建筑物了，看起来没什么特色，要说特色，建筑风格特别严肃，不同于普通商厦。

"这是哪儿啊？不是说带我逃亡吗？我以为坐私人飞机去无人岛呢。"

周自珩白了夏习清一眼，快到门口，减缓了车速："你以为演戏呢。"

"你不就是演戏的吗？"夏习清笑了一下，看见那个拦着横杆的大门边上站着一个穿着工作服的中年男人。

他心里犯着嘀咕，只见周自珩就这么开着车到了大门口，降下车窗朝着外头站着的男人打了声招呼："孟叔。"车子停在了横杆前。

"自珩来了。"男人打量了一下坐在副驾驶座的夏习清，视线又回到周自珩身上，"朋友？"

"嗯。"周自珩没有多说话。男人朝着门岗里头挥了一下手，横杆这才打开放行。

夏习清并不意外周自珩家境殷实，粉丝圈也一直有这种说法，但究竟有多殷实，谁也不知道，看样子家底挺厚。

车开了一小段就停了，周自珩带着夏习清下了车。在外头站了一会儿，夏习清仰头发现，这边的星星似乎都亮一些。

"自珩。"

听见有人叫周自珩，夏习清望过去，又是一个穿着同样工作服的男人，看起来三十出头。

"程哥。"周自珩应了一声。

"今儿带朋友了啊。"程哥一口本地口音，话不多但人挺客气，"跟我上车吧。"说完他取了车把他俩载上，也没怎么跟周自珩唠嗑，就说了句"多回去看看你爸妈"。到了训练场他把他俩放下，朝周自珩扔了串钥匙："你们玩儿够了告我一声，接你们出去。"

周自珩接住钥匙，应了一声，带着夏习清走进这个看起来平平无奇的建筑之中。

"现在你可以告诉我这是哪儿了吧？"

周自珩带着他走到了一扇写着"23 号训练场"的门前，低头翻找着钥匙开门，门打开，里面一片漆黑。周自珩握住夏习清的手腕，按下门口大灯的开关。

黑暗的训练场亮起一盏盏灯，空旷的室内训练场足足有一个足球场那么大，远处直挺挺立着一排靶子，漂亮极了。

"这是……射击场？"夏习清看向周自珩镇定无比的侧脸。

"如果不加上一大串复杂的前缀，你说得也没错。"周自珩拉着他去了器械室，里头摆满了各种型号的枪。

周自珩挑了把射击步枪递给夏习清，自己拿起另一把："先拿这两个试一下吧。"

试一下？夏习清看着他手上那把枪，心突突地跳。

脱了外套只穿了一件黑色短袖的周自珩穿上了一件深蓝色马甲，戴上橙黄色射击眼镜，从桌上拿了个消音耳罩迈着长腿朝夏习清走来，那样子简直帅翻了。

我的审美怎么这么好，夏习清连连感叹，是惊为天人的好。

"等会儿声音会很大。"周自珩伸手将夏习清的头发挽到耳后，然后替对方戴上消音耳罩，夏习清就这么微微仰头看着他。

"看什么？"

事实上消音耳罩让周自珩的声音变得很小，但夏习清光是靠唇语就"脑补"出周自珩说这句话的语气。

"看帅哥。"

周自珩一下子就不好意思了，舔了一下嘴唇，橙色护目镜下的那双眼睛瞥向别处，又落回到夏习清脸上。

夏习清不打算逗他，摘下耳罩："你平时经常来这儿吗？"

周自珩点头："我压力很大的时候会来发泄一下。"

"比如？"夏习清想不出他还会有什么时候压力大，毕竟周自珩的正能量简直多到可以在路上给人排队充电了。

周自珩没回话，夏习清又追问道："你最近一次来是什么时候？"事实上，他想问的是你最近一次带人过来是什么时候，话到嘴边又打了个转。

"上周。"

"上周？"夏习清皱了皱眉，那不是他去上海录节目前？

"你上周来干吗？缓解考试压力？"

周自珩看了他一眼，闷声道："你说是就是吧。"

这是什么回答。夏习清无所谓地耸了耸肩，眼见他要开枪，赶紧戴好消音耳罩，周自珩开了一枪，一看就是没少练。他现在可算是明白为什么那么多粉丝求着周自珩演警察、演杀手了，这张脸、这身材，配上一把枪简直荷尔蒙冲顶了。

周自珩热了个身就起来开启教学模式，拿了马甲给夏习清穿上，交代一些初次射击的注意事项。

"可以不穿这个吗？"

"不穿明天肩膀会疼。"周自珩给他把眼镜戴好，拿起桌上的枪动作熟练地上好了膛，交到夏习清的手里。

"你不带着我练一下？"

"带。"周自珩绕到夏习清的背后，握住他的两只手高抬起。

"放松肩膀，平视目标，注意力集中。"周自珩低声说，"别害怕，等会儿会有点后坐力，我会一直抓着你。"

刚才还一直插科打诨，现在要真刀真枪开始练了，夏习清还真有点紧张，他看着远处的靶子，总感觉视线无法集中。

"深呼吸。"周自珩的声音就在他的耳边，"你的心脏每跳动一次都会引发身体的轻微颤动，影响精准度，所以尽量减缓你的心跳。"

可夏习清却觉得，自己的心跳越来越快了。

"我们随便试一枪，别紧张。"

"三……"

"二……"

"一。"

扣动扳机的一瞬间，子弹飞射而出，强大的后坐力让他狠狠向后，贴上了周自珩的胸膛。那种力量，仿佛要强行将自己打入周自珩的身体，就像楔子钉入心脏。

短到几乎抓不住的时间里，所有可以被称为烦恼的东西都被这一枪爆开，一声巨响之后，世界上只剩下他们两个人。

"怎么样，是不是很解压？"周自珩取下他的耳罩，看了看靶子，"你很有天分，比我第一次强多了。"

夏习清彻底爱上了射击，天生胆大的他几乎不需要周自珩从旁辅助，自己一个人很快就上了手，好几下差点打进十环。

周自珩还是头一次看见一向懒洋洋的夏习清这么热衷于一件事，不禁有些吃味，虽说是自己带他来的，可完全被晾在一边不是自己的初衷。实在是看不下去，周自珩起身，踱着步子走到夏习清身边："这么好玩啊？"

夏习清抬眼看他："好玩啊。比和你玩好玩。"

周自珩不禁笑起来："哪里比和我玩好玩？"

他学着之前周自珩上膛的姿势："它让我打，你不让。"

又来了。周自珩轻笑一声："你有点儿数吧。"

夏习清把枪口对准了周自珩的胸口，一脸无赖："让不让？"

"你这要求很硬核啊。"周自珩连手都懒得举，"我不让。"

夏习清把枪口往他的胸肌上撑了一下："你最好识相点，不然我可不能保证我会做出什么事。"

"我一向不识相。"

"有什么临终遗言吗？"夏习清勾起嘴角，像一个专业的杀手。

"遗言啊……"周自珩相当懒散地两手插兜，眼睛往上抬了一下，一副认真思考的模样，"我的遗产一半捐去建希望小学，一半的一半拿去山区修路，剩下的嘛……

"买夏习清给我画的所有画，拿来给我陪葬。"

趁着夏习清微微发怔的时候，周自珩动作迅速地夺走了他手里的枪。

"枪都拿不稳了。"周自珩晃了晃手里的枪，脸上挂着得逞的笑。

刚才那番遗言只是闹着玩的吧，夏习清从他脸上的表情试图找出线索佐证自己的猜想，这难度不低，毕竟自己面对的是一个演员。

他们俩本来就是闹着玩的。

这样想着，夏习清的负担少了很多。他想从周自珩的手里拿走枪，刚伸手过去，就被周自珩一把抓住，语气焦急："你手受伤了？"

受伤？夏习清有些莫名其妙，但很快又反应过来。

"啊，那个是红色颜料，不小心弄上的，不是血。"

周自珩松了口气，还试着蹭了蹭，果然是颜料："吓我一跳。你出门前画画了啊？"

"啊？嗯。"夏习清有些不习惯这么被人关心，不动声色地将手收回来，拿走周自珩手上的枪，戴上耳罩重新开始练习射击。

周自珩本来还想问他画的什么画，看见他这个样子也就没有多问，坐到一边拿出手机，今天一天忙着试镜、跟编剧还有导演开会、晚上又跟资方吃饭，晕头转向，连微信都没时间看。

果不其然，微信消息满满当当。周自珩拣了几条重要的工作信息先回复了，转眼又看见了商思睿的消息。

思睿：自珩！你看到习清新给你画的画了吗？

思睿：分享图片。

周自珩看到商思睿发过来的那幅水彩画，是他大一期末 pre 的场景，右上角展示的 PPT 有深红色的背景。

原来是画这个蹭上的。

自珩：他发给你的？

思睿：没有啊，我在他微博保存的。

周自珩看到这条消息，立刻打开微博，发现自己被一大堆的未关注人"艾特"。他点进去一看，果然是夏习清发的那幅画。

　　自习女孩冲鸭：@周自珩，进来看太太给你画的画！

太太？

这是什么新的说法啊？

除了一些理智粉的发言，就是一些找到夏习清微博的周自珩粉丝了。

　　自珩宇宙第一帅：谢谢太太分享。

　　周自珩的夫人：谢谢太太，不过某些人也请自重，"脑补"太过是病。

　　我珩超美的：是啊，瞎叫唤个什么劲儿，真是服了。

评论越吵越厉害，夏习清的粉丝也出来了，一副"欺负我们小画家没有粉丝吗"的架势护崽。

真是的，要护也不该是你们这帮小姑娘护吧。

周自珩点击了转发，输入一行字。

周自珩：谢谢太太。

"你在干吗？"

周自珩抬头，发现夏习清摘下眼镜和耳罩，甩了甩那头漂亮的黑发朝他走过来。

"啊？刷微博……"

夏习清伸了个懒腰："本来想打中一个十环的，好难。"他坐到了周自珩的旁边。

"别玩了，再玩下去你明天浑身会很疼。"周自珩站起来，"回家吧。"

"饿了。"夏习清仰着脸看着周自珩。他的眼睛在男生里面算是很大的，重睑很深，睫毛又长又密，素颜总给人一种画了眼线的错觉，深黑色的瞳仁总是亮亮的，泛着润泽的光，平时他总是轻佻又温柔地笑着，什么表情都没有的时候反而透着股清纯的可怜劲儿。

周自珩把他拉起来："我家有昨天我妈给送过来的虫草鸡汤，回去我给你拿那个下面条吃。"

不仅陪玩还给做饭，夏习清心情大好，跟着周自珩离开了射击训练场。

上一次进周自珩家还是酒醉那次，一想到这件事儿他就觉得有点不好意思，另一方面他又有些纳闷，上回周自珩还生那么大的气，现在怎么就同意跟他混了呢。

"你穿我的拖鞋。"周自珩拿出一双藏蓝色的拖鞋，放在他跟前。

夏习清"哦"了一声，又像是想起什么似的："我回家穿我自己的也行啊。"反正就这么两步路。周自珩从鞋柜里又拿出一双白色的拖鞋，看起来像是待客用的，他也没抬头："你要是嫌弃我的鞋就回去拿你自己的吧。"

这哀怨劲儿。夏习清笑了一声："我没有，我这不是怕委屈你吗？"说完他就换上了周自珩的拖鞋，很软，但是大了不少。

"你脚真大。"

"我一米九二。"

"哦哟真了不起。"

"就是了不起。"

两人看了对方一眼，同时笑了。夏习清哀号着肚子饿，一点儿也不见外地踩着那双不合脚的拖鞋走到了客厅，之前来的时候他光顾着跟周自珩在玄关周旋，都没再往里看看，这时候才发现，原来周自珩的客厅里有一个不小的游泳池。

"你这装修可以啊，一看就是有钱人。"夏习清蹲在泳池边，手指伸进去撩了一下水面，"赶明儿我也凿一个。"

"你不嫌累吗？"周自珩脱了外套搭在沙发上，走到冰箱那儿拉开双开门，"你要是想游来我这儿不就好了。"

"行，就等你这句话了。"夏习清故作轻松地站起来蹦了两下，周自珩还以为他现在就要往下跳，赶忙说："我没开恒温。"

"我现在不游，我都快饿死了。"夏习清拖着步子走到了周自珩的沙发那儿躺下，发出了一声舒服的喟叹。周自珩怕他无聊，给他把电视打开了，把遥控塞到他手里。电视机里播着八点档的无聊偶像剧，配音诡异，情节狗血，远远地还能听见周自珩在厨房做饭的声音，金属碰撞的叮当声和咕嘟咕嘟煮汤的声音混杂在一起，烟火气十足。

躺在沙发上的夏习清静悄悄的，有些不习惯，他好久没有过这种感觉了。

好像……自己有一个家一样。

这种想法一冒出来，他就拼命地往下按。想转移注意力，让自己看起来不那么可怜，他唯一能做的就是竭尽所能地吐槽电视剧。

"这个剧的滤镜是谁弄的啊，这饱和度是奔着弄瞎观众调的吧。

"女主这裙子……我真是对现在的服装造型理解无能了。周自珩你可千万别演偶像剧，你演我立马脱粉。

"这情节……牛顿的棺材板按不住了。

"其实男主长得还行，要是鼻子再高一点就更好看了，他眉眼长得挺立体的。"

不过比起周自珩就差远了。

正说着，周自珩端了一碗鸡汤面走了过来，"当"的一声搁在了茶几上，脸色阴沉。

"这么快？"夏习清从沙发上坐起来，"你干吗这么看着我？"

"你是不是看帅哥就能饱？"周自珩转身走过去端自己那份。夏习清两手搁在沙发靠背上沿，朝着周自珩的背影笑道："看你的话，七分饱吧。"

周自珩端着另一碗走过来："那你看电视里那位吧。"

"那还是算了。"夏习清坐好了拿起筷子，"我审美标准很高的，这个圈子里也就你能勉强算帅哥吧。"

"勉强？"周自珩挑眉看着他。

"不勉强不勉强。"夏习清从沙发上溜下来坐到地毯上，赶紧端了自己那碗面，以免周自珩以此要挟，"也就比我差一点。"碗里的汤金灿灿的，夏习清吹开了翠绿的葱花，喝了一口，"好喝，你们家阿姨手艺真好。"

周自珩原本想说，是我妈手艺好，但他不想在夏习清面前说这样的话。

一碗热腾腾的鸡汤面吃下去，夏习清觉得五脏六腑都热乎乎的，发了一身的薄汗，他解开了两颗衬衣扣子，手臂搁在屈起的那条腿上，下巴懒散地靠在膝盖上，连声音都变得懒洋洋的，像只晒饱了太阳的猫。

吃饱喝足，夏习清打开微博看了一眼，发现周自珩竟然转发了他的微博，而且还写了"谢谢太太"这样的话。他一下就急眼了："周自珩，你是不是脑子有坑啊，人家叫太太你也跟着叫。"

"有什么不对的吗？大家不都这样叫嘛。"周自珩动用演技装傻充愣。

"你……"夏习清把一口气憋了回去，"你给我把微博删了。"

"那可不能删，删了就要上热搜。"周自珩喝了口水，"本来只有我的粉丝知道，一删微博全网都知道了。"

"你！行，你牛。"夏习清虽然气，但周自珩说的也是大实话，他可不想搞得所有人都知道，到时候铁定会被夏知许那帮人笑话。想到这里，他只想赶紧翻篇，随便捡起一个话头说起来："这个男演员最近资源不少啊。"

"嗯。"坐在沙发上的周自珩低头瞥了一眼看着电视的夏习清，虽然不怎么想听夏习清夸别的男演员，但是一见他好像不生自己气了，又有点妥协，甚至想出卖同僚的消息讨好他。于是周自珩用自己的膝盖碰了一下夏习清的肩膀："想听八卦吗？"

夏习清仰头看他："有瓜？"

"其实我平常也没关注什么瓜，好多圈子里的事我都是看狗仔曝光了才知道的。"

嗯，这一点夏习清相信。

"不过晚上应酬的时候，来的那个资方挺不靠谱的，聚会上讲的话搞得我们几个都挺尴尬。他喝了几杯酒就开始跟昆导说想安插个角色。"

夏习清指了指电视机里的男主："就他？"

周自珩点了点头："他喝多了，一直说这个演员好看，带劲儿，越说苗头越不对，我们想拽都拽不回来。"

夏习清轻笑一声："然后呢？"

"昆导说再说，剧本还没定下来。"说到剧本，周自珩又道，"那人还一直灌许编酒，不过被我和昆导拦下来了。"

"什么？他还想灌许其琛？"夏习清仰头看向他，脸色都变了。

"没有，他没喝，他全程都没说几句话。"

那当然，许其琛就是看起来温暾，事实上比谁都犟。夏习清不禁冷哼一声："连我们琛琛都敢动，这事儿可不能让夏知许知道，不然不得炸了。"

周自珩一听他叫许编"琛琛"，心里更好奇了，憋了半天也没想好过问的措辞。谁知夏习清自己先开了口："许其琛跟我是高中同学，我敢跟你打赌，这辈子你就碰不到这么可怜的小孩儿。"

"本来他家庭可幸福了，中考完一家三口自驾游，出了车祸，爸妈都走了，一夜醒来只剩他一个人了。"夏习清叹了口气，"上高中的时候他可自闭了，要不是一傻子天天缠着他，估计他早就想不开自杀了。"

周自珩根本没想到，那个看起来温和有礼的编剧竟然遭遇过这些。

"本来一切都好起来了，他也开朗了不少。谁知道那个时候有人传他跟班主任有不正当关系，把他逼得转学了。"夏习清抬头看了眼周自珩，"想问是不是真的？"

"他喜欢上那个天天缠着他的傻子了，但是一直是暗恋。其实那个人也喜欢他，他们俩就跟傻子似的蒙在鼓里十年，甚至因为那个谣言断绝了来往，好几年都没有对方的一点音讯。"

他的声音有点哑："像许其琛这样的人，变得多坏都不过分，可他一直很善良，只敢伤害自己，就是因为他有个一直一直喜欢的人，他不想被那个人看到自己不好的一面。"

周自珩没有说话，但他感应到了夏习清情绪的波动。

夏习清下巴仰起，眼睛仍旧盯着前方，声音里满是轻蔑："我就不一样了，我要是受到了伤害，一定要千方百计地报复回去。我要是不好受，谁也别想好过，每一个人都跑不了，都得陪着我痛苦。反正这个世界上也没有我在意到不敢变坏的人，我烂透了也无所谓。"

真的无所谓。

他很小的时候，拼了命地考全校第一，像是攒邮票似的攒奖状，回家后跑着拿去给爸妈看，可他们只会看一眼，心情好的时候夸上一句。他们关心的只有生意，只有吵不完的架。后来他发现，他在外面打架斗狠，回到家反而可以听到父母多说几句，就算是骂他，也比平常当他不存在要好许多。他就越来越坏，逃课、喝酒、故意考全班倒数，这种时候他反而得到更多"关心"。

多讽刺。

心里冷得发酸。头发却忽然被揉了一把。

周自珩坐到地毯上，趁他不注意揉了好几下他的头发："我觉得你刚刚说得不对。"

夏习清听不明白周自珩的意思："你说什么？"

周自珩一下一下轻轻拍着他的后背，声音温柔得要命："我说你说得不对，他不是我这辈子碰到的最可怜的小孩儿。"

这句话的下文还没说，夏习清就已经先起了火，正要伸手推他。

"谁推我谁就是最可怜的小孩儿。"他的声音带着暖融融的笑意，听起来像是玩笑，可不知怎的，一下子就抚平了夏习清的焦躁不安。他觉得自己太丢人了，被一个比自己小五岁的家伙这么小瞧，真的太没面子了，忍不住"哼"了一声："反正我不是。"

"对啊。你不是。"周自珩像哄小朋友一样安慰着他。

"那是谁？"夏习清语气不善。

周自珩揉着他软软的头发。他的声音又轻又暖，像一片羽毛形状的棉花糖，轻悠悠地飘下来，晃荡了好久，最后飘到夏习清的手上："对啊，是谁呢？"

上扬的尾音结束后，周自珩在他耳边笑了一声。

夏习清一下子就忘记应该怎么生气了。

夏习清觉得自己这样实在是太奇怪了，明明周自珩比自己小了五岁，之前还那么幼稚傻气，一逗就炸毛，现在怎么变成这样了？

这么温柔，让人受不了。

他把周自珩黑色短袖的领口往外拽了拽。

太像猫了。还是那种不怎么听话的猫。

周自珩抬头看他。"我发现你最近特别喜欢把我当小孩儿。"夏习清看着周自珩的眼睛，伸手将他顺下来的额发捋到后面，露出优越的眉骨。周自珩日常的样子完全就是个大学生，看起来乖顺清爽，虽然夏习清以往欣赏不来小奶狗这种类型，但如果是周自珩的话，反而有种很舒服的魅力。

"是吗？我不觉得啊。"周自珩微微抿着嘴唇笑。

"你每次想嘚瑟又不敢嘚瑟的时候就这么笑。"跟他一块儿待久了，夏习清都总结出规律了，"嘚瑟什么呢？"

夏习清就这么低垂着眼看着他，两丛睫毛轻轻颤着，像两只快要飞走的黑色蝴蝶。看着看着，周自珩的呼吸都忍不住放轻放慢了。

怕惊动，怕他飞走。

夏习清却忽然抬眼，蝶翼展开，瞳孔里映着客厅的顶灯，像是黑夜裹着月亮："怎么不说话？"

太漂亮了。如果说出来他一定会生气，但周自珩心里就是这么觉得。

周自珩还是不说话，静静地看着他，视线从他的双眼下移，顺着挺立的鼻梁滑落，一直到那个微翘的鼻尖，鼻尖上小小的一个点。

造物主造你的时候一定非常宠爱你，小心翼翼地握着画笔，犹豫了很久，还是在你的鼻尖轻轻点了一个小点，让你那么与众不同。

他还将画笔放在你的手里，让你可以尽情使用世间所有的线条和色彩，让你才华横溢。

你是上天最眷顾的小孩。

"想说的话太多了，但是没有一句你爱听。"

"那还是算了，闭嘴。"夏习清笑起来。

那颗小痣的魅力实在要命，不笑的时候勾人得很，一笑起来又显得这张脸这么天真。周自珩终于忍不住刮了一下他的鼻尖。

"谁允许你碰这里的。"夏习清不满地挑眉，掐住了周自珩的脖子。他讨厌别人刮他的鼻子，搞得好像他是女生一样。

男生女相让夏习清小时候受了不少的嘲笑，长大也没摆脱这样的偏见。他又那么要强，厌恶所有把他女性化的举动甚至形容。

周自珩假装快要窒息的样子猛地咳嗽了几声，夏习清这才松开手，却还是刻薄地戳穿他："戏精。"

"你不觉得你的鼻子很好看吗？"

夏习清白了他一眼："鼻子是挺好看，痣我不喜欢，赶明儿我就去点了。"

周自珩急了："不行。"

"怎么不行，长我脸上我想怎么着就怎么着。"夏习清一脸痞子相，正想站起来却发现一直盘着的腿彻底麻掉了，"我腿麻了。"

周自珩坏心眼地捏了一把他的大腿。

"周自珩！"

"你别盘着腿，你得动一动。"

"别、别、别碰我，好麻。"

周自珩伸直了自己的腿："这样好一点。"

"好什么好啊！"夏习清快被他烦死了，试着挪了一下自己的腿："嘶……好麻啊。"

"你就别乱动了，乖一点。"

"我就不。"

"我给你按摩一下，就不麻了。"说着周自珩揉了揉夏习清的大腿。

周自珩的按摩技术是真不错，没一会儿夏习清腿上的麻痒感就消下去了，甚至舒服到让夏习清有了睡意。

"你别揉。"

周自珩根本没管他，腿麻了就是得动一动按一按啊，一边这么想一边就继续给他按。

夏习清按住了他的手："我叫你别揉了你听不懂人话吗？"

被夏习清这么一激，周自珩也懒得再替他考虑了。毛茸茸的地毯散发着柔和的温度，灯光一寸寸打亮眼前人白皙的皮肤，还有他瞳孔深处一点点漾出的水光。

夏习清要被他逼疯了。

说他是奶狗完全是误解，这根本就是一条狼狗。

周自珩还在笑。

"周自珩！"

"在。"周自珩轻轻笑了一声，手劲儿放轻了，"你好凶哦。"服了。夏习清觉得自己遇到了二十五年以来最大的麻烦。

真的是"最大"的麻烦。

夏习清本来想生气摔门回家，可周自珩家的沙发实在是太舒服了，他什么都不想干，就想趴在沙发上。周自珩给他盖了条超级长的毛毯，软乎乎的，从头盖到脚。周自珩这么会照顾人，居然单身，夏习清不敢想象。

夏习清想起之前真心话大冒险时他说起的那个女生，是有多喜欢她，周自珩才会这么多年都不恋爱。也不一定，他的工作性质这么特殊，这么忙，又要拍戏又要上学，哪有那么多闲工夫谈恋爱。

可是演艺界那么多人不照样谈了？跟工作性质有什么关系？还是因为喜欢她吧。

不是。夏习清忽然清醒，他这是在干吗？他为什么要纠结周自珩喜不喜欢那个女生？

气不顺，没来由地烦躁，夏习清转了个身，不想看到周自珩的脸。

周自珩没有发现他这一系列的心理活动，也没察觉出夏习清的不对。

"我如果进组的话，可能要去外地拍戏。"

在迷迷糊糊快睡着的时候，听见周自珩这么说，他又醒了一半，开口问道："去哪儿……"刚问完，感觉自己声音太黏糊了，夏习清又咳嗽了一声清了清嗓子，"你拍几个月？"

"现在腾了四个月的档期给这部戏，还不确定。"

四个月？小半年呢。

周自珩继续道："而且这个戏里我得演一个身患传染病的人，所以这个月开始我得减重，要去接受训练，可能也不会回……"

还没等他说完，夏习清就抢先截断："哦。"

说完这个字，觉得心里扎得慌，他也不知道为什么。

周自珩本来还想说话，见他似乎不怎么想听，后半截话又咽了回去。

"你们剧组需要美术吗？我的意思是，就是那种设计，也不对。"夏习清有些烦躁，话怎么都组织不好，这太不像他了，最后索性转过身子，一本正经地开口，"要不然我投资吧，我可以投资吗？我也想当一次金主。"

周自珩愣了愣。

他这些话是什么意思？

"你去剧组干什么？"周自珩想不明白。

"你说我干什么？我费了那么大的功夫才跟你和解，结果你现在跟我说你要进组了，小半年见不上，我气不顺。"

周自珩憋着笑："所以呢？"

"哎？要不你今天哄哄我，顺顺我的气。"夏习清皱起眉头。

周自珩终于忍不住笑起来。

"烦死了，我要是投资你们剧组的话可以天天过去吗？哎对，我可以当制片啊，我可以吗？"

"可以，但没必要。"周自珩轻笑，"其实有一个办法……"

"什么办法？"夏习清挑了挑眉，眼睛睁大了一些。

周自珩长长地"嗯"了一声，语气有些犹豫："本来我们早就该开机了，拖了好久，可是女主试了太多人都没找到合适的，浪费了不少时间，那天昆导吃饭的时候跟我说他看了《逃出生天》，本来我以为是客套话，没想到他还拿出了网上的剪辑。"

夏习清没明白周自珩要说什么："然后呢？"

"先跟你说一下剧情吧，我演的那个小混混得了传染病，想报复社会，就跟踪女主，想对她下手，然后我们这个戏有一个挺重要的镜头就是我得把那个女主抵在墙上捂住她的嘴，但是他们面了好几个女演员，都演不出那种碰撞感，你明白吗？"

夏习清可太明白了。他一下子就想到了《逃出生天》第一期节目里他被周自珩拉到熄灯的书房那一幕。

"不是，你们不会是想让我演那个……女主吧？"夏习清的眉心拧到了一块儿。

"没有，不是让你反串。"完了周自珩又小声嘟囔了一句，"虽然你这张脸也可以。"

"昆导说让我跟你说一下，他觉得我们当时那个镜头就是他想要的效果，有碰撞有情绪，所以他让我拜托你，看你愿不愿意来试试，而且许编说可以改剧本。"

"许其琛这是要坑我啊。"夏习清翻了个白眼，"他想怎么改？"

"许编说如果不行就去掉爱情这条线。女主后天失聪而且有自闭症，改成男性也行得通，反正整体是相互救赎的主题。"

"失聪？还自闭？"夏习清轻笑一声，"许其琛是怎么想的，这么高难度的角色也敢撂给我。"

周自珩看着夏习清的脸，有些犹豫要不要说出许其琛也想让他出演的原因。

那个女主原本的设定里，有受到过家庭暴力的经历。

出生在底层家庭，父亲嗜赌成性，母亲收入微薄，两人经常在家发生矛盾，一言不合就动手，她的耳朵就是被打残的。

当时许其琛说出这一版剧本构思的时候，周自珩觉得他实在是太残忍了，明明他是夏习清的朋友。

"是很残忍，但他不能一辈子靠醉生梦死来逃避噩梦。"

周自珩到现在都能回忆起许其琛当时淡漠又冷静的表情。

"夏习清的人生迄今为止都是自欺欺人，不根除这块心病，他永远没办法学会爱自己。"

周自珩深呼吸了一下，觉得这些话如果由自己来说，或许这件事就成不了了。他只能对夏习清说："他觉得你可以，肯定有他的道理。许编还说，如果你这边有意愿，他想和你谈一下剧本。"

"我没演过戏。"说完这句话，夏习清自己都觉得可笑。他活了多久，就演了多久的戏才对。

"我觉得你挺有天分的。"

"你是觉得我挺能装的吧。"夏习清想坐起来，他有点困了，"这件事儿再说吧，许其琛应该会找我的，我回去了，困。"

周自珩一把拉住他："这么近，干脆别回了，我家也够你睡。"

这话说得。夏习清笑了："对啊，这么近，两步路我就回去了。"

"两步路回不去，沙发到玄关起码十五米，加上玄关的长度四米，门和门之间的直线距离三米，假设你就是回你家沙发上，所有距离乘以二，你一步走半米，那你也得……"

可怕的理科男。

"算出来了吗？"

"忘了，算到哪儿了？"周自珩笑起来，两只眼睛弯得像上弦月一样。

"那我得洗澡啊。"

"在我这儿洗。"

"没睡衣。"

"穿我的。"

"那我晚上睡哪儿？"

"睡沙发。"

"滚蛋。"

第二天起来的时候，周自珩又不在了，夏习清穿着大了一圈的睡衣睡裤躺在床上。

他看了一眼手机，已经是上午十点半，还有两条消息。

道德标兵：我今天得去走一个红毯，估计很晚才会回。冰箱里有给你留的贝果三明治。

夏习清觉得自己简直是上辈子积了德，居然会认识这样的好友。伸了个懒腰，夏习清起床拉开了窗帘，五月初的阳光和他打了个照面。他心情舒畅，拉开帘才发现，卧室的窗子是个很大的飘窗，上面铺着一层灰色的毛毯。夏习清坐了下来，发现飘窗上有许多散乱的纸张，上面密密麻麻记着笔记，还有一沓又一沓资料。

这些都是周自珩的笔迹。夏习清随手翻了翻，发现很多都是和剧中传染病有关的资料，有该病初期症状这类病理医学上的笔记整理，还有心理学上对该类型传染病病人的分析和研究，笔记记得相当翔实，甚至在那些症状和心理表现的旁边都写上了角色对应的内心活动和表现。

好认真，夏习清忍不住感叹。相较于现在那些随便接戏、随便拍戏的小生，周自珩真的是一股清流了，戏龄高、有天赋，还这么努力。

这么多资料，看来他真的很想把这个角色演好。

拿上自己的衣服，换了鞋，夏习清准备回自己家，关门之前想起周自珩的微信消息，又掉转，把冰箱里他给自己留好的贝果三明治拿走。关上冰箱门的时候，夏习清才发现他的冰箱上贴的都是一大堆看不懂的物理公式。

可怕的理科男。

夏习清回到自己家洗漱收拾，刚换了衣服，就接到了之前副导师的电话，原以为对方只是日常关心，可没想到这次居然是劝他工作的事。

"我觉得你适合高校，这里的环境很轻松，你可以享受很多资源，也可以尽情创作。"

"是吗？"夏习清客气地笑了一下，"我现在还没有想好未来的规划，老师您的建议我当然会好好考虑。"

"不管来不来，都不要埋没自己的才华啊。"

才华。

这两个字对夏习清来说异常沉重。他早在佛美念书时就被别人用有才华这样空泛的形容来称赞，也被许多评论家批判，说他的作品太过黑暗，令人透不过气。有人称其有灵气，有人称其为异类。可无论如何，当初的自己的确是可以画出被人议论的东西。

可现在呢？夏习清比任何人都清楚，他现在进入了创作的瓶颈期、迷茫期，他下笔的时候没有了归属。他把以前的画都锁了起来，不愿意再看到。创作的火花日益消减，这不禁让他怀疑自己是不是真的有才华，还是说当初的那些灵气，不过是在不断地透支自己的噩梦。

忍着疼，一点一点从心脏里挤压那些黑色的脓液，将它们铺在画纸上，美其名曰创作。

他怎么这么可悲。

夏习清闭着眼睛仰着头靠在吊椅里，手机铃声再一次响起，以为王教授还有什么话没有说完，他看都没看就接通了："老师……"

"我现在都可以被你叫老师了啊。"电话那头是清亮又柔和的声音。

是许其琛。夏习清睁开眼，笑了一声："那可不是嘛，许老师，许编。"

"你可别拿我开涮了。我昨天一晚上没睡，现在就靠咖啡续命呢。"

夏习清从吊椅里出来，走到阳台上："这么累？忙什么呢？也不怕夏知许跟你急。"

"他昨天就跟我急了，烦死他了。"

说完这句许其琛很快又把话题给扳回去："周自珩有没有跟你说他新接的这部戏编剧是我？"

果然还是这件事。夏习清"嗯"了一声："所以我才叫你许编嘛。"

"唉，这个本子太不好弄了，本来想写感情线，可是怎么都面不到一个合适的女演员。"

夏习清打断道："你当初写剧本的时候没有原型吗？"

许其琛在电话那头愣了一下，夏习清太聪明了，跟他说话还得另备一个脑子想对策。他肯定不能说自己的原型就是夏习清啊，当初是借着对方的这些事写的剧本，但是没想到找不到年龄符合又有演技的小花旦。

"没有，我还能写什么都有原型啊。"许其琛笑了笑。

也是。夏习清想起昨天周自珩说的话："听周自珩说，你和导演都想让我演？"

许其琛本来还在构思怎么提这茬，谁知道夏习清自己说了："对，这些事说起来有点麻烦，你现在在哪儿？我们当面谈吧，我把资料也给你看看。"

"你来我家吧。"

下午快五点的时候许其琛才忙完手头上的工作，收拾了东西到夏习清家。

"来一趟你真不容易，安保太严了。"许其琛将背后的书包取下来，夏习清接了过去。"这栋公寓住的人比较特殊，所以安保系统严一点。"他揽住许其琛的肩膀，"你怎么看着这么小啊，像个大学生。"

许其琛有些不好意思地抓了抓头发，低头看了一眼自己身上的黄色卫衣："我没换衣服就出来了。"他看见夏习清的客厅和跃层挑空的房顶，不由得感叹，"你这次买的房子好大啊。"

"你喜欢？让夏知许买楼下，咱俩天天见。"夏习清将他的包放在了沙发上，又走到厨房给他拿了罐柠檬果汁，扔进许其琛的怀里。

听见夏习清的提议，许其琛一脸认真地问道："为什么要买楼下，同一层楼不是更好吗？这层楼有几户啊？"

夏习清被他噎了一下："呃……两户。"

"另一户卖出去了？"

"对。"

"明星吗？"许其琛的表情有些激动。

怎么这么会猜啊。夏习清点了点头："对啊。"

"哪个明星？我认识吗？"

"哎呀你不认识。"夏习清扶着许其琛的肩膀把他摁到沙发上坐好，"你不是要说剧本吗？咱们直接进入正题吧。"

许其琛从包里拿出电脑，打开他改好的最新一版："我不知道周自珩跟你介绍了多少，我们就从头说起吧。这个女主的角色我准备改成男性角色了，删掉感情戏，反正在原剧本里也不多。"

"感情戏全删掉？"

"嗯，本来这个戏的主题也不是在感情上。"许其琛将笔记本电脑推到夏习清面前，"我把女主这个角色改成了男二，名字叫江桐，男一高坤还是周自珩演。"

夏习清一边看着许其琛做的设定表，一边听许其琛介绍。

"我大概跟你说一下江桐这个角色，他和高坤不一样，虽然是在城市长大的小孩，但是生活环境是城市的底层，他高中也没有念完就辍学了。本来一开始我们想给他写成自闭，但是考虑到剧情的发展，决定改成抑郁症。"

"抑郁症……"夏习清滑动了一下鼠标，看到第二页的剧情，手指忽然停住了。

许其琛很清楚他看见了，犹豫了一会儿，还是决定开口："江桐从小就一直被父亲家暴，家庭非常复杂，他的一只耳朵是被他的父亲生生打聋的。"

许其琛看着夏习清的侧脸，对方的胸口缓慢地起伏着，像是在压抑着什么。

"你肯定会觉得我很残忍。"许其琛的手覆在夏习清的膝盖上，"习清，你不能一直不去面对。"

夏习清深吸了口气，如果这时候身边坐着的是另一个人，随便哪个人都好，他一定会掀翻电脑爱谁谁，可对方是许其琛，他很清楚许其琛不是那种撕开他伤口取笑他的人。他做不到朝着许其琛宣泄情绪，只能压抑住。

"你如果觉得很难受，可以告诉我，你也可以对我发脾气。"许其琛靠近了一些，"你不能永远想躲过去，就像当初的我一样，逃避解决不了任何问题。"

夏习清紧紧地咬着牙，仍旧不说话。

"这个剧本我写了很久，当我决定加入那些剧情的时候，我心里面想的就是你的经历，这种刮骨疗伤的办法或许很痛苦，但是我想让你彻底从阴影里走出来。你太要强了，一次都没有对任何人发泄过，这样下去它们只会积累在你心里，不会消失。你就当这是一次创作，借着创作这个窗口把你心里的那些情绪统统宣泄出去，就这一次，说不定以后就好了。”

“你也说是说不定。”夏习清终于开口，可语气像是一潭死水，没有丝毫波澜。

许其琛知道会是这样的结果：“其实我想帮你，虽然我知道你从来都不需要任何人的帮助，而且说起来就很矫情了，但我还是要说，”他垂下眼帘，“在这个世界上，我最希望可以得到幸福的人就是你。”

夏习清心头一酸，和许其琛认识快十年了，这些话他们心知肚明，但都没对对方敞开过心扉。这样一想，夏习清觉得自己现在矫情得就跟个小姑娘似的，本来他对着许其琛就容易心软，更别提许其琛话都说到这份上了，他还半天吭哧不出一句话。

可不管怎样，他一想到这些剧情就觉得浑身不舒服，那些都是他实实在在经历过的事，光是看一眼都喘不过气。他不敢想象自己到时候如果真的去演会变成什么样。

沉默的空当被许其琛误会成说服失败，他叹了口气：“如果你真的不愿意，我再去和导演说，我们去面几个年轻男演员，看看能不能碰到个有灵气的。”他说着将电脑合上，“我看周自珩挺喜欢这部剧的剧本，他们团队为了这个片子空了好久的档期，据说还推了一个大导演，不管你演不演，他这边肯定得辛苦半年了。”

说到这个夏习清就心烦：“你们准备去哪儿找男演员？”

“演艺界比较红的都没有特别适合这个角色的，导演想找那种看起来让人有保护欲的男生，容易引发观众共情。但是你知道，这种类型的男演员不常见，所以我们应该会去看看电影学院的新人。”

在演与不演间疯狂纠结，越想越头疼，夏习清索性不想了：“琛琛，吃不吃比萨？”

“啊？”本来许其琛还沉浸在游说失败的悲伤气氛中，突然被夏习清这么一问，有点反应不过来，“吃……吗？”

“我来订。”夏习清拿出手机上了微信，点单完毕顺便瞅了一眼朋友圈，往下刷了刷，正巧刷到了小罗发的朋友圈。

小罗：一听说自珩要去××时尚慈善晚会，我的微信炸了，喏，给你们偷拍的。

那是张周自珩的侧脸照，和着私人服装时不同，他的头发被梳起，立体的五官全部露出，难得地穿了一套白西装，领口系着墨蓝色的领带，没有以往造型那么强烈的攻击性，多了几分矜贵的气质。

镜头里的他正低着头整理自己的袖口，神情专注，鼻梁到嘴唇的线条立体得不像话，夏习清想起之前粉丝对周自珩颜值的吹捧，常常拿他和阿波罗来比，原本夏习清是不喜欢阿波罗这个人物的，狂妄又偏执，可如果太阳神真的长着这张脸，或许也不会有这么多偏见。

他在小罗的朋友圈留了条评论：今天的造型真好看，王子本子。

谁知刚发了没有多久，微信就弹出来一条消息。

道德标兵：谢谢。

夏习清没绷住笑了起来。这人怎么这么厚脸皮啊，他是给小罗写的评论好吗。

恐怖分子：走你的红毯吧。

很快他又收到了"秒回"。

道德标兵：早走完了，看完表演就没事儿了，我也不能留下吃晚宴。

想到昨天周自珩说为了角色要减重，夏习清觉得怪可怜的，但还是恶趣味满满地逗他。

恐怖分子：那可太好了，我叫了比萨，等会儿拍给你看啊。

说曹操曹操到，外卖的电话来了。夏习清下去把比萨取了上来，跟许其琛两个人坐在地板上吃比萨、喝可乐。

"哎，要不干脆把陈放和夏知许也叫过来？"

许其琛拿叉子卷了一团意面塞进嘴里，摇了摇头，含含糊糊地说："知许最近好忙……"他费劲儿地咽下意面，又喝口可乐压了压，"陈放最近谈恋爱了，没准儿正跟女朋友一起吃饭呢。"

"陈放都谈恋爱了？"夏习清嫌弃地挑了一下眉尾，"哪家小姑娘？年纪轻轻的就这么瞎了。"

许其琛笑得歪到一边，手里还捧着一块比萨："说是他们公司的实习生，我那天看见了，长得挺可爱的，好像叫小凉。"

夏习清长长地叹了口气。许其琛伸过腿，踹了一下夏习清的腿："哎，可就你单着了。"

"我？"夏习清朝许其琛抛了个媚眼，"我想找个伴不就是说句话的事儿。"

"我不是说那种伴，我是说正儿八经地谈恋爱。"许其琛挪着屁股坐过来。

夏习清用没弄脏的那只手捏了捏许其琛的脸："你怎么这么替我操心啊。"

"那可不。"许其琛嘿嘿笑了两声，用勺子挖了一块抹茶蛋糕塞进嘴里。

两个人吃吃喝喝一两个小时，其间许其琛各种旁敲侧击，都被揣着明白装糊涂的夏习清糊弄了过去。他把自己吃之前的照片和吃完之后一片狼藉的照片一起发给了周自珩。

道德标兵：你是魔鬼吗？

看到他的回复，夏习清嘴角都要上天了，他一只手端着没喝完的半碗罗宋汤，一只手打字。

"好撑啊。"许其琛撑得难受，歪着身子就往夏习清身上靠，夏习清没拿住碗，剩下半碗凉掉的汤全泼在了许其琛的身上。

夏习清憋着笑把汤碗从许其琛那儿拿起来："我不看你也不看啊，你等会儿怎么回家啊？"

许其琛瘪了瘪嘴："我感觉我现在就是一个行走的罗宋汤。"

"你干脆去洗个澡吧，衣服拿去干洗，你先穿我的衣服回去。"夏习清实在憋不住笑了，越笑越大声。许其琛听了夏习清的话直接去了一楼的客浴，脱下了脏衣服洗澡，夏习清稍微收拾了一下地上的外卖盒，本来说要给他去找衣服，收拾完垃圾忘得一干二净，累得半死盘腿坐在沙发上喝可乐。

门铃忽然响了起来。

这个点儿会是谁？夏习清吸完最后一口可乐，把空杯子放到地板上，走到玄关那儿看了一眼电子屏。

周自珩？

夏习清按了一下电子屏上的按钮，对着他说道："你来我家干吗？"

"我、我忘带钥匙卡了。"

"那你给物业打电话啊，来我这儿干吗？"

"我好累，想坐一会儿。"

"几分钟？"

"什么几分钟？"

夏习清故意憋出一副冷酷的口气："坐几分钟？"

周自珩的表情垮下来几分："五分钟……"

"行吧。"夏习清憋着笑开了门。

"习清，你帮我拿一下衣服吧。"周自珩刚进门隐隐约约听到什么声音……

"人呢？习清？"

夏习清怕周自珩误会："等等等等，你听我解释，那个是……"

"习——清——"

哥你可别喊了。夏习清用手捂着额头，不敢看周自珩的脸，说话都开始打结："那个是许其琛，你认识的，许编，白白瘦瘦的那个，记得吧。"

周自珩双臂环胸，眼神深沉："然后呢？"

"然后我们一起吃东西，他衣服弄脏了就去洗澡，然后……"夏习清还没解释完，就听到了许其琛的声音。

"……"

夏习清没想到许其琛会在这种情况下见到周自珩，自己也会有翻车的一天，还是在许其琛的面前翻车。

"那个……那什么……琛琛，你听我解释啊……"

"他听你解释，"周自珩用手指着光着上半身的许其琛，"我呢？你不跟我解释解释？"

夏习清被呛得咳嗽了两声："你……你先等等……"

"凭什么我等等？"周自珩一脸不满。

许其琛尴尬地退了几步，抓起沙发上的一条小毯子披在自己的身上，这才觉得自在了些。

夏习清尴尬地笑着拽了拽周自珩，每个字都像从牙缝里挤出来的："你刚刚不是说要进来坐坐吗？你倒是去坐啊。"转头他又对许其琛说，"我跟你好好解释，我们先坐。"

于是，三个人面对着面坐在地板上，刚才那个尴尬的场景变成了更尴尬的会谈，气氛微妙至极。

"你们俩什么时候关系这么好了啊？"许其琛单刀直入，发出了灵魂拷问。

"这个……"夏习清也不知道怎么回答这个问题。许其琛转头问周自珩：

"你来干吗的？"

"我……"周自珩一板一眼地照实回答，"我来坐五分钟。"

许其琛半信半疑地看着他的脸，也不说话。夏习清虽然已经颜面全无，但心里还保留着阿Q精神，庆幸这里只有许其琛，不然他一世英名就这么完蛋了。"他确实只是来坐五分钟的。"

许其琛一本正经，脸上的表情又乖又老实："我看到了啊。"

"你……"

"我不光看到了，我还要出去乱说。"

夏习清深深吸了一口气，怕自己就这么背过气去。他握住许其琛的手，开始装可怜："我求求你了，我的琛琛大宝贝儿，你别出去乱说啊。"

周自珩差点当场发作，他的太阳穴一跳一跳，他伸手拉开了夏习清的手："你就这么怕别人知道我来坐五分钟吗？"他的表情变化快得惊人，眼角一耷拉跟条小狗似的，就差呜咽一声了，"我都不介意，你为什么要瞒着许编呢？我有那么见不得人吗……"

夏习清真的服了，嫌弃地弄开周自珩的手："你是该进组了，你戏瘾犯得太狠了。"

"那个，自珩啊我跟你说，"许其琛拽了拽周自珩的胳膊，脸上的表情既同情又诚恳，"习清他……"

"别说了，我谢谢您。"夏习清抢先一步捂住了许其琛的嘴，"乖，不早了，你该回家了，不然夏知许又要找我麻烦。"

许其琛被他推着站了起来："那我穿什么呢？"

"走走走，我们去衣帽间，您想穿什么穿什么，穿一套顺一套都行。"夏习清推着他的肩膀朝二楼走，上楼的空当还回头冲周自珩使了一记眼刀。

这都什么事儿啊，全让他给摊上了。

夏习清的衣帽间大得惊人，两排衬衫，全是按照颜色分类挂好的，其他的衣服也都是按照色系摆放，一眼望过去视觉冲击很强。许其琛不得不感叹一句，果然是艺术家，连强迫症都犯得这么有艺术感。

可这些衣服都不是他平时的风格，许其琛转了一圈，发现最里头挂着一套休闲装——深红色卫衣和运动裤，跟这里的其他衣服格格不入，看起来不像是夏习清一贯的品位，但应该挺舒服。

"抽屉里的底裤都是全新的，你随便拿。"夏习清的声音从外面传进来。

"哦。"许其琛取下了挂着的那套休闲服，慢条斯理地换好衣服走出来，扯了扯袖子，"这套衣服有点大啊……"

夏习清本来抽着烟，一看见许其琛穿着周自珩给他的那件扎眼的红卫衣，冷不丁手抖，烟灰落在虎口，烫得他一激灵。

"不是……琛琛，那里头那么多衣服你干吗穿这件啊？"夏习清咳嗽着，趁周自珩没看见先把许其琛推了进去，"这件太大了，你换一件吧，这有那么多呢。"他拿起一件白衬衫，"这件你穿肯定好看，就穿这件啊，还有这条黑裤子。"

许其琛脸上露出狐疑的表情，夏习清殷勤得太过了，他一头雾水地接过对方手里的衣服："那我换了吧。"

夏习清悬着的心这才落了回去。许其琛要是穿着这身衣服下去被周自珩看见了，就他那小心眼的，还不得跟自己急眼啊。

哎不对，他干吗要管周自珩急不急眼啊，急就急呗。

脑子里像是装了仨小人似的，两个对着拳打脚踢，打得夏习清脑神经都绷断了，剩下一个忙着搭好绷断的线，还全搭错了。

"你们怎么这么久？"

听见周自珩的声音，夏习清才从莫名其妙的脑内剧场里抽身："刚那套不合身，再等会儿。"

许其琛这会儿正好出来，手里还拿了件外套："我觉得光穿白衬衫有点冷，这件外套我可以穿吗？"

下一秒，夏习清就发现，许其琛手里拿着的那件外套不就是他喝醉那次偷偷穿走的灰绿色冲锋衣吗？

许其琛的手绝对开过光。

"哎别穿这件，"夏习清走过去揽住许其琛的肩膀准备再把他带回衣帽间，"这件太厚了，我有薄的……"

"别啊，就穿这件呗。"周自珩的声音忽然从后头冒出来。

"嗯？"许其琛转过头望他一眼，"为什么啊？"

"你别理……"夏习清拽了一把许其琛，却听见周自珩在后头开口。

"因为这是我的外套。"夏习清一回头,看他歪着嘴角笑。

许其琛愣了一下,下意识飞快地撒手,眼看着外套就要掉下去,被夏习清手疾眼快地接住。

"你还骗我说他只是来坐五分钟,"许其琛眼睛都睁大了几分,"他都把衣服放你家了。"他脸上写着几个大字——"你俩肯定关系不一般"。

"就是有关系啊,我都说了。"周自珩笑道。

夏习清彻底被他们两个人搞熄了火,真是自作孽不可活,当初把对方外套穿走的时候他是怎么也没想到还会有这茬。

许其琛本来就聪明,忽然觉得不对:"刚刚那套是不是也是他的?我说怎么那么大。"见夏习清不说话一副默认的样子,许其琛彻底弄明白了,他转过身问周自珩,"等一下,你是不是住对面?"

周自珩歪了歪脑袋:"对啊。"

当面打脸的滋味,夏习清今儿算是轮番尝了个饱。

许其琛用一副痛心的表情看着夏习清:"习清,我们多少年的朋友了,你居然骗我,你还瞒着我。"眼见许其琛的嘴都要瘪了,夏习清那个头疼:"不是啊,我不是故意骗你的,这件事儿太复杂了,你听我说……"

"我不听。"许其琛装作一副准备下楼的样子,"我要回家。"

"别啊,我真没打算骗你。"夏习清拽也拽不动,"你别生气啊。"

许其琛停下了脚步:"那你答应我去试镜我就不生气了。"

敢情在这儿等着我呢。夏习清顿时觉得自己被摆了一道。

"答不答应?不答应我就走了。"

"等等等……"夏习清捋了把头发,"我考虑考虑……"

"那行吧,你去的话我就勉强原谅你,我也不会跟夏知许说的,你放心吧。"许其琛笑着下了楼,朝楼梯中间的夏习清挥了挥手,又朝倚着二楼栏杆的周自珩笑了笑,"我走啦,不打扰你们啦。"

周自珩笑得满面春风,只有夏习清一个人笑不出来,他听见关门的声音才转过身,在楼梯半中央朝着周自珩瞪了一眼。周自珩迈着长腿一步一步下着楼梯,顺手解开了他衬衣最上头的那两颗纽扣,这身段、这气场,一个大写的斯文败类。

夏习清看着周自珩走到自己站着的同一级台阶，眼神瞟到另一边，他不想这么快给周自珩好脸色，显得自己跟个软柿子似的。他一把将手里的外套撑到周自珩脸上："拿着你的外套滚蛋。"

"哦。"周自珩把外套从头上拿下来，一副蔫儿了吧唧的样子顺着楼梯就往下走。

哎不是，怎么不按套路来啊？

"等会儿。"

周自珩就站在楼梯底下，回头望着他。

"那是我的外套。"夏习清没看他，把之前夹在食指的烟放回嘴里，含含糊糊地说，"到我手上就是我的了。"

"拿回来。"他的语气不容置疑。

周自珩笑了一下，又不紧不慢地一步一步走上来，站在低他一级的台阶上，把外套搭在他的肩上。

夏习清低头看周自珩。

"坐五分钟？"最开始说五分钟的人是你。周自珩出席活动香水喷得浓，和以往清爽的少年香不一样，皮革混着浓重的麝香气味，经呼吸卷入肺腑，搅动着稀薄的烟雾。

"你换香水了？"周自珩想凑上去闻，夏习清身子后倾故意躲了躲。

"香水什么名字？"周自珩歪了歪头，抬眼的瞬间，目光如同一只伺机而动的猎豹。

"法布勒斯。"

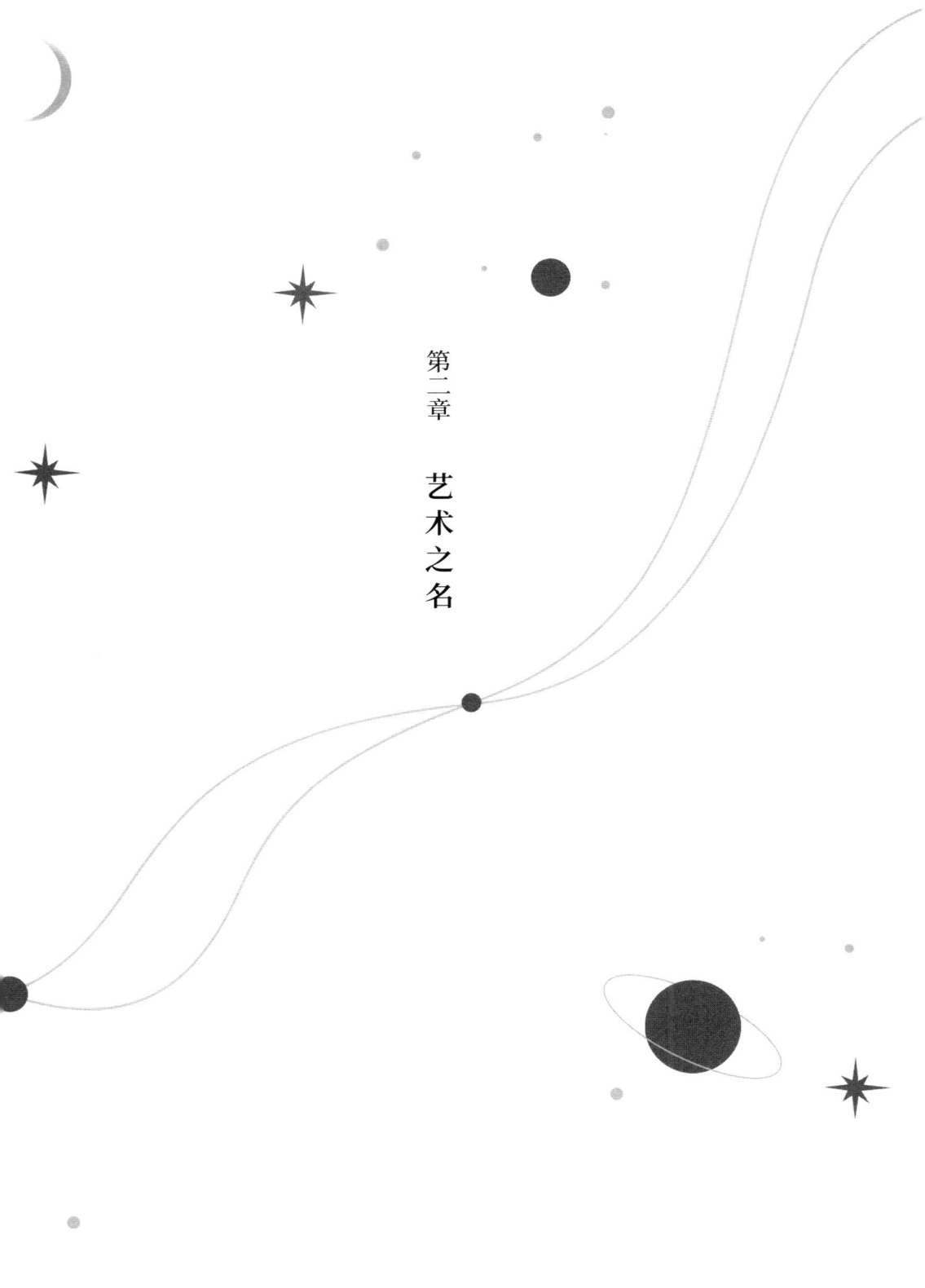

第二章

艺术之名

自从答应许其琛考虑去试镜，夏习清就整晚整晚地做噩梦，梦到的都是小时候发生过的事，他原以为过去这么多年，自己早就忘得一干二净了。

可冷汗涔涔睁开双眼的那一刻，夏习清才发现，自己从来没有忘记过，这些黑暗的记忆就蛰伏在心脏的某个隐秘角落，无时无刻不在等待着浮出水面痛击神经的机会。

夏习清痛恨狼狈，更痛恨狼狈成这样也不敢面对的自己。

他醒来再也睡不着，半夜三点打开手机刷新了一下朋友圈。好巧不巧，最新一条竟然是周自珩在凌晨两点四十五分发的朋友圈。

只有一张照片，是他"马赛克"掉的剧本和各种笔记，还有一杯咖啡。

还真是刻苦。

夏习清点了个赞，下一秒就收到了周自珩的消息。

道德标兵：怎么还没睡？

恐怖分子：向你看齐。

握着手机，夏习清看着天花板，想到了上一次在周自珩卧室飘窗看到的那些资料。看来他是真的很想演好这部戏，所以才会投入这么多心血。

不知道为什么，夏习清脑子里忽然冒出一个画面：西装革履的周自珩站在台上领奖，同样穿得人模狗样的自己坐在台下给他鼓掌。

夏习清觉得自己一定是生病了。

如果台下为他庆贺的主创之一是别人呢？

恐怖分子：你们相中了哪些新人？发来让我品一品。

本来就是一句玩笑话，没承想周自珩还真的给他发来了几张照片。

道德标兵：都是导演去电影学院找的，目前觉得这三个还不错，长得挺清秀，都是科班出身，业务能力也还行。

其实周自珩说的话已经相当中肯了，"还不错""挺清秀""也还行"，这些形容无论如何都够不上赞赏，只能算是及格线以上。可夏习清看了就是觉得不舒服，习惯找理由的他把这种情绪异常归因于自己自视过高的老毛病。

或许是夏习清太久没回复，周自珩又发了一条。

道德标兵：怎么了？突然问这个。

恐怖分子：就问问，看看哪位新人这么幸运，第一次搭戏就跟周大帅哥。

他点开了第一张图片，是个看起来十八九岁的小男孩儿，五官都挺秀气，皮肤也白，看起来很纯良。第二张里的差不多也是这个风格，头发长一些。

最后一张里的男孩子稍微特别一点，眼珠颜色很浅，圆眼睛，巴掌脸，头发也是褐色的，是现在女孩子会喜欢的类型，可爱又清纯。

恐怖分子：第三个小朋友挺可爱的，感觉跟你挺搭。

临到发送的时候，夏习清又把后半句话删了，只剩下前半句夸奖。

原本周自珩正在编辑回复夏习清上一条微信消息，犹豫着要不要告诉夏习清，自己只想跟他演这部戏，打几个字的事儿，删了又改，结果看到了对方发过来的新消息。

"小朋友"三个字几乎一瞬间触了他的逆鳞，更不用说后头还跟了句"挺可爱的"，他一口气删掉了之前编辑的那些文字。

道德标兵：怎么，可爱？

看到这句话，夏习清不禁笑出了声。

他又看了一眼那张照片，上面的男孩儿笑得明朗，笑起来眼睛很漂亮。

小天使一样。

恐怖分子：不是你说他长得清秀，业务能力也不错，你挺看好的嘛。不知道是不是表里如一。

周自珩本来就气，看见这些话更来气，也不知道是赌气还是怎样，周自珩最后打了几个字，关掉了手机。

道德标兵：对啊，我是挺看好他的。

夏习清一看到这条微信，直接从床上坐了起来。

夏习清越想心里越堵得慌，越觉得自己窝囊。许其琛的本子自己不敢接，现在还被这种没长开的小崽子比了下去。

你看好？我还就不让他跟你搭戏。

抱着这种不怎么正面的心态，两天后，夏习清最终答应了许其琛的试镜请求。电话里的许其琛惊讶得不行："我还以为你说考虑看看是糊弄我呢，没想到你真的要来啊。"

他确实是糊弄，要不是因为跟周自珩置气。

"嗯，你把时间、地点发给我吧。"

"嗯？自珩没有告诉你吗？就是今天晚上啊。"

"今晚？"夏习清直接没绷住，说出口之后又有点后悔。自从那天他就没跟周自珩再说话，就算是住对门，可谁都不跟谁联系，他根本不知道男二的试镜是安排在今天晚上。

"嗯，今晚七点半。地址我发给你，你要是过来别开车，就打车来吧，我在楼下等你，这附近挺多记者。"

夏习清"嗯"了一声，挂断电话才发现现在已经七点了。他也懒得收拾，就穿着在家画画的黑色连体工装服出门了。坐在出租车上的时候，夏习清从后视镜里看见自己，头发有些乱，于是用发圈将发尾扎在脑后。

刚扎完，他就愣了一下神，自己这么上赶着干吗呢，搞得好像多想跟周自珩演戏似的。

不是，是不想让他得逞。想起来那天凌晨的事，夏习清就一肚子火。

坐在前头的出租车司机瞄了他好几眼，犹豫好久才开口："你、你是不是那个明星啊？"

遇到陌生人夏习清就习惯性地使出行走江湖二十五年的假笑撒手锏："您认错了吧？"

"没有吧，我妹妹的手机屏保就是你。"那个司机年轻，看起来也就二三十岁，"是你和那个演员，那个……周自珩，对，你们俩的一张照片。"他又瞄了一眼，"你我肯定不会认错，你头发长，还有鼻子上的痣——我妹妹可喜欢你了。"

不知道为什么，夏习清心里有些得意。

下车的时候司机拿着手机伸出车窗外，想给他拍张照，夏习清看见了也没阻拦，谁让妹妹是"自习女孩"呢。

夏习清忽然发现，宠粉这件事带来的愉悦感其实是双向的。

一下车夏习清就在酒店门口看见了许其琛，他今天戴了副眼镜，看起来比平时还学生气，夏习清小跑两步到了他身边。

"等很久了？"

"没。"许其琛推了一下眼镜，对他笑着说，"刚刚你跑那两步还挺帅的。"

"现在才发现你习清哥哥帅啊。"夏习清痞里痞气地歪了一下嘴角，手不自觉地就搭上许其琛的肩膀，"要不跟了哥哥我吧。"

许其琛什么都不说，只是笑笑，两个人就这么上了楼。坐电梯的期间许其琛跟夏习清大概地说了一下试镜的情况，把手里的剧本递给他，折好的那一页就是他需要准备的部分。

"今天来了几个人？"

"加你一个就是四个。"

夏习清"哦"了一声，想到之前周自珩发给他的照片，估摸着就是那三个新人了："没有其他的演员来吗？"

许其琛摇了摇头："其他的我们早就面过一轮了，昆导不是特别满意，再说了，"许其琛的声音放低了些，"这部戏不是什么大制作，也没有名导光环，很多当红小生都不愿意来演。"

说得也是。其实夏习清之前就一直觉得，昆导希望自己能出演，一方面肯定是他觉得自己和江桐有非常相似的地方，但也不排除自己和周自珩的合体自带热度的可能，毕竟对于一个一直以来都拍小众电影的导演来说，能够被更多人看到自己的作品也是一件很重要的事。

就好像艺术家，嘴里标榜着特立独行，可说真的，谁不希望自己的作品可以广为人知。不被人发现的东西再有价值，也发不出光。

"刚刚已经试过两位演员了。"许其琛推开试镜房间的门，"现在大家在休息讨论，你可以看一下剧本，下一个完了就是你。"

夏习清点点头。

许其琛扯了扯他宽大的工装裤，上头还有画画沾上的颜料，不禁笑道："你今天穿得很随性啊。"

低头看了一眼，夏习清无所谓地笑道："不是要演抑郁青年吗？抑郁青年不打扮。"他们进的是后门，这个房间挺大，前头空出来一块地儿，摄像头对着还打了光，一个戴着鸭舌帽、个子不高的男人坐在前面，和身边的一个穿着西装的男人说着话，夏习清估摸着这个穿着简单的就是他们口中的昆导。

令他觉得奇怪的是，旁边还坐着一个小女孩。是谁的小孩儿，还是小演员？

正巧，他们俩结束对话，昆导回头望了一眼，一下子就看到了夏习清，表情有些惊讶。

夏习清礼貌地朝他露出笑容。

"我先去前面了。"许其琛拍了一下他的肩膀，走到导演的身边坐下。

夏习清点点头，随即坐在角落翻看自己手里的剧本。被折起的部分是一场小的爆发戏，江桐从医院回家，在楼道里听到一家人正虐待一个小姑娘，这户人家住在他家楼下已经有两年，父母稍有不顺就打孩子，已经是常事。

可今天的江桐刚从医院回来，浑身发冷，他的助听器里传来女孩嘶哑的哭喊，他想到了之前的自己，于是敲门，从敲门变成砸门，直到小女孩的父亲打开了门。他上前抱住被家暴的小孩，任由对方的父亲殴打他，就是不松手，连助听器都被打掉了。

直到后来高坤回来的时候经过，才救了他。

一上来就是这么高强度的高潮戏，夏习清觉得有些困难，所幸江桐是听障人士，台词几乎没有，没有背台词的附加任务。

不知道为什么，光是看着剧本里最简单不过的描述，夏习清都觉得有些喘不过气，他试着平复自己的心情，试着更冷静一些。

从小画画有一个好处，就是让他每时每刻都可以在脑海里构建出具象化的场景，将剧本里的情形还原并不是一件难事。

难的是他能放开，或者说敢放开。

"徐子曦。"

他抬起头，看见一个坐在一旁的年轻人应了一声，走到了前面。

"大家好，我是徐子曦，××电影学院本科三年级学生。"

大三？跟周自珩还真是实打实的同龄人。距离有些远，夏习清微微眯起眼睛仔细瞧了瞧，这不就是周自珩说的那个"挺看好"的男孩儿吗？真人比照片还好看，乖巧秀气，个子不算特别高，说话声音也挺嫩。

夏习清看着徐子曦走出房门，看来是要从敲门演起。

"准备好了吗？"昆导问了一句。

"可以了。"徐子曦在门口应了一声，过了半分钟，就听见他敲门的声音，先是弱弱的，没什么手劲儿，声音也不大，敲了一会儿没人应，他的动作就越来越大，敲门声越来越响，还夹杂着"啊啊"的几声喊叫，演得很像听障人士。

他开始砸门，声音越来越大，越来越着急。这个时候，一位搭戏的演员大步流星地走上前去，一下子拉开了门，门外徐子曦露出惊恐的表情，他抬起的手又缓缓放下。

对戏的演员不负责说台词，这时候小女孩已经站在了摄像机前，小演员演戏耗心力，所以她只是站在那里，并不需要哭喊，给试镜演员搭一把戏，这让夏习清感受到更大的压力。

徐子曦一进来，就跟跟跄跄地快步走到了小女孩身边，跪下来抱住她。他的手臂高高地抬起，嘴里仍旧喊着，台词很简单，几乎就是重复着"别打"两个字，但被他说得非常艰难，真的就像饱受殴打的残障人士。

夏习清不得不承认，他演得的确不错。

这时候，门口又一个人快步走了进来，一把将半跪在地上的徐子曦拉起来。

是周自珩。

原来他在啊，而且还要负责搭戏。

周自珩将他拉到了另一边，一松手，徐子曦就抱着小演员蹲了下来，他的眼泪几乎一瞬间就下来了，他一面哭，一面艰难地喊着"别怕"两个字，抱着小演员的手都在发抖。现场静悄悄的，没有人说话。

光是这场哭戏，夏习清就感到了压力，看来科班出身还真是不一样，说哭就可以立刻泪流满面。

"好。可以了。"

听见导演开口，徐子曦很快就从角色里走了出来，他抹了一把脸，有些羞涩地笑了一下，还牵着小演员的手，声音温柔："我刚刚是不是吓着你啦？"

导演没有说太多话，坐在一旁穿着西装的男人脸上倒是挂着满意的笑。徐子曦又转身冲周自珩鞠了个躬，周自珩也非常礼貌地对他笑了一下，夸了句"哭戏挺厉害"。

要是换了别人，这个时候看到这样的试镜估计早就撤了，本来就不是专业演员，又有珠玉在前，留在这儿指不定丢多大人。

可夏习清偏偏是个聪明又好强的人，尤其听见周自珩那句夸奖。

如果是别的角色，他没有十拿九稳，但演的是江桐。

周自珩转过身，正巧望见了角落里穿着一身黑色工装的夏习清，两人时隔多日，再一次对上眼神。

看见周自珩透着惊讶的双眼，夏习清勾起嘴角，挑了一下眉尾。

不，不是江桐。

他要演的是自己，怎么可能会输。

周自珩根本没有想过夏习清会来。

尽管许其琛多番游说，周自珩也不觉得夏习清真的会为了所谓的"解脱"来自揭伤疤，毕竟对他来说，沉溺在现在这种虚假的美好之中，随心所欲地掌控别人，远比抛开过去爱自己容易得多。

那天凌晨，周自珩一夜没有睡，他其实当下就有些后悔自己会说出那样的话，但比起情绪失控下的冲动言语，更令人难过的是，夏习清很可能一点都不介意。

夏习清朝他走过来，手抬起将脑后的发圈取下来，头发散落在脸颊旁。他看着周自珩，可真正走到对方面前的时候，却又转过脸，将剧本放在了坐在一旁的许其琛手上，没有看周自珩。

站在周自珩身边的徐子曦见到夏习清有种莫名的紧张感，微弓着身子朝对方伸出手："你好，我是徐子曦。"

夏习清脸上露出温柔至极的笑容，回握住徐子曦的手："夏习清。"他的声音柔软得像是天上的云，"你刚刚演得真好。"

抓不住的云。

"谢谢、谢谢。"

他微笑着将手收回来，从头到尾没有看周自珩一眼。

"那习清试一遍？"昆导开口，语气里满是鼓励，"别紧张，我们就看看感觉。"

大家都知道夏习清不是专业学表演的人，他甚至都不能跟"演员"两个字挂钩，期待值自然不算高。即便是觉得他符合江桐这个角色的昆城，也知道形象气质是一回事，演技是另一回事。

夏习清没做什么准备，走到了摄像机跟前，笑容收敛许多，简单明了地进行自我介绍："各位好，我是夏习清。"

介绍完毕，他一步步走出那扇门，深吸一口气，将门带上。

望着关闭着的那扇门，夏习清的心底开始产生恐慌，他不知道自己为什么要来，为了可笑的自尊心让自己去回忆那些痛苦，真的有必要吗？

回忆是很可怕的东西，几乎可以在一瞬间侵蚀夏习清的感官，只要他不躲避，它们就光明正大、肆无忌惮地出现。夏习清感觉自己的双眼开始失焦，眼前的这扇门似乎变了形状，变了颜色。

它变成了小时候自己卧室那扇深蓝色的门，他试着用指尖碰了碰门把手，内心深处好像破了一个口子，从里头一点点向外渗着黑色的黏稠液体，一点一点地涌出，将心脏牢牢包裹，压迫着每一次心跳。

呼吸开始变得困难。夏习清收回了自己的手，努力地试图说服自己。

他这一次不是被关在房间里的那一个。

他要去救房间里的那个孩子。

酒店房间里传来的清脆打板声如同开启催眠的强烈暗示。夏习清的手不受控制地抖起来，那些他不敢回忆的过去统统被掀翻，随着那些黑色血液从心脏汩汩而出。

"你要是没有出生就好了，如果我没有生下你，我的人生不会变成这样！""我怎么生了你这么个儿子，你是不是和你妈一样都有神经病啊！你怎么不去死！"

夏习清抬起手，行尸走肉一样敲了两下房门。手顿在半空，又敲了两下。

如果当初有一个人来救他就好了。

他的手抖起来，为了能继续，夏习清用自己的左手按住右手的手腕，用力地敲着房门，一下重过一下，越来越快。

直到门被猛地拉开，夏习清一瞬间吸了一口气，那口气就提在胸口，他的嘴唇微微张开，缓缓地将那口气呼出去。

他感觉自己浑身都有些抖。

他没有看搭戏的男演员，眼神闪躲着快步走到小女孩的身边，一把拉住她，将她护在自己的怀里。那个男演员似乎觉得夏习清是业余演员，想要帮他更好地进入状态，所以还特地配合他演，上来猛地扯了一把夏习清的胳膊："你有病啊！"

夏习清没有回头，挣出胳膊抱起傻站着的小演员就往门外走，一句话都不说。搭戏的男演员先是愣了一下，这和上一个试镜的演法完全不同，但他很快反应过来，快走两步将夏习清的胳膊拽住："你干什么？你把她给我放下！"

被他这么一拽，夏习清一个趔趄，后退了几步，伸手护着女孩的头，又一句话都不说就要往外走。

他的腿有些发软，微微打战，牙齿紧紧地咬着，和女孩"父亲"拉扯了许久，不知是不是抱着小女孩的手有些酸，大家都发现他的胳膊在颤。

女孩"父亲"大骂了几句，抄起身边的一张椅子就要砸上去，夏习清没来得及躲，紧紧搂着小女孩蹲了下来。

周自珩心脏骤停，想都没想就冲了上去，原本男演员这一下是隔了很大的距离才砸的，就是借个位，可周自珩太急了，没有掌握好分寸，冲上去的时候站得过近，手臂被椅子腿砸到。他眉头一下子紧紧拧起来，这一下砸得不轻。

周自珩怕对戏演员因为自己受伤出戏，反应非常快地推开他，伸手去拉夏习清，第一下没有拉动，第二下才把对方从地上拉起来。

被拉起的夏习清只是低着头抱着小女孩，走了两步，将她放下。

刚才被那个"父亲"大骂的时候，夏习清几乎是一秒钟就被带回过去，他感觉身上火辣辣地疼，好像是高尔夫球杆砸下来的那种痛。脑海里不断出现父母歇斯底里的争吵，被反锁在房间里的他哭喊着拍打房门，拍到掌心都肿了的画面。

没人救他。没有人来救他。

夏习清的视线落到小女孩的身上，睫毛颤了颤，眼神有些涣散。他蹲了下来，将女孩皱掉的衣服下摆往下扯了扯，拽平整了，然后伸手轻柔地将她散乱的头发拨到耳后，轻轻摸她的脸。

他试图挤出笑容，嘴角扯开的瞬间牙齿又不自觉咬住嘴唇内侧。他深吸了一口气，张了张嘴，像是要说什么，但终究是没有开口，而是拉起小女孩的手，用食指在她的掌心一笔一画地写了两个字。

——不只是写给这个孩子，也是写给当年的自己。

笔画并不多，但夏习清写得很慢，他的手指抖得厉害，以至于每写一笔都要停顿好久，每一笔都艰难无比。

——别怕。

最后一笔落下，他将那个小小的手掌缓缓合拢，团成一个小拳头，放进小女孩红色外套的口袋里，轻轻拍了拍那个鼓鼓囊囊的小口袋。

他抬眼看向她，眉头忽然皱起。

小女孩变成了当年那个幼小无助的自己。

小小一个，浑身是伤，黑得发亮的瞳孔里满是迷茫和绝望。

浑身开始战栗，夏习清不敢看，微微低垂着眼睛，忽然变得胆怯至极，肩膀抑制不住地抖动着，连小演员都被吓住不敢说话。

站在一旁的周自珩终于看不下去，他的忍耐已经到了极限。不再顾及剧本，周自珩蹲了下来，扶住夏习清的肩膀。

明明这里这么安静，可夏习清就是能够听见那个幼小的自己撕心裂肺的哭喊，振聋发聩。

求饶，呼救，啜泣，沉默，一点一点消磨掉的力气。

"外面有人吗……可以给我开门吗……"

"好黑啊……我害怕。"

好久不见。

原来你当时那么害怕。

夏习清抬眼，睫毛轻轻颤着，他试着去直视小女孩的脸，死死咬住后槽牙，伸出双手拥抱了她。那个小小的身体那么软、那么脆弱，夏习清不敢用力，可他的手臂抖得没办法控制，他害怕自己弄疼了她，害怕他没有带给她勇气。

他害怕她仍旧害怕。

终于，一滴再也无处藏匿的泪珠从他清透的眼睛里滑落，夏习清闭上了自己的眼睛。

你别怕了。

或许……这些都已经过去了。

"Cut[1]！"

这一声打板让所有悬着一口气的人都找到了释放的契机。刚才那段表演完全不同于前一个试镜者的表演，没有技巧性十足的台词，也没有爆发性的崩溃哭戏，可每一个人的情绪都被调动起来，一颗心悬着，难受极了。

夏习清睁开眼睛，深深地吸了几口气才松开小女孩，小女孩伸出软软的小手在他的脸上擦了一下，声音稚嫩又纯真。

"哥哥不哭。"

夏习清笑了出来。

"哥哥在演戏，不是真的哭。"他伸手特别轻地捏了一下小演员的脸，"我一点儿也不伤心，你伤心吗？"

"有一点点。"

夏习清笑着揉了一下可爱的小演员，温柔地复述她的话："有一点点……"

他脸上的笑容在周自珩的眼里脆弱极了，如同坠落前一秒的水晶折射出的光彩。

夏习清长长地舒了口气，侧过半边身子一把抓住周自珩的手臂，正巧碰到他刚才被椅子腿砸到的地方，周自珩吃痛地"嘶"了一声。

"你的专业素养呢？"夏习清的声音很冷，周自珩捉摸不透他现在的心情。

夏习清松开抓住他的手站了起来，朝昆导露出笑容。昆导脸上的惊喜还未退去，他也站了起来，走到夏习清的身边。

"你刚刚的发挥完全是专业演员的水准。"他笑里带着难以置信，"你真的没有学过表演？"

"没有。这个角色和我有点像，本色出演吧。"夏习清情绪放得太快，还没能完全收回来，他扯了扯嘴角，尽力保持着得体的笑容，"导演，失陪一下，我去趟洗手间。"

昆城点点头，看着夏习清离开酒店房间，转身坐回到自己方才的椅子上，身边的制片人开口道："你也觉得夏习清演得更好？他刚刚最后那一滴眼泪真的太厉害了。给个特写，大银幕上看肯定特别震撼。他都不需要大哭大喊，一下

---

1 电影术语，指导演喊"停"。

子就把观众的心攥住了。"

制片人像是捡了宝，无比投入地分析着他的技巧，他如何控制眼泪落下来的时机、如何控制颤抖的幅度、这张脸适合哪些角度，越说越激动。

一直到他说完最后一句，昆城才缓缓摇头。

"他根本不是在演。"

昆城发现，夏习清全程没有看那个饰演"父亲"的男演员一眼，那是出于恐惧的下意识回避，他害怕到不敢看，不敢反抗。事实上，一个罹患抑郁症的人是不会大声哭喊的，夏习清或许更加理解那样的心情。

最可怕的是，他不敢去看自己一直保护着的小演员。

这一段精彩的"表演"，在最后直视小演员的一刻才真正升华。

这些都是演不出来的。

许其琛紧紧地攥着剧本，一直没有说话。周自珩说得对，他的确是太残忍了。在没有看见夏习清真正把自己剖开的时候，他一直站在一个旁观者清的上帝视角，出于帮助的初衷胁迫夏习清去回忆那些可怕的过去。

他不禁有些后悔，开始自我怀疑。

许其琛不知道自己究竟是帮他还是害他。

夏习清洗了把脸，双手撑在洗手台上，他尽量让自己从刚才的情绪里走出来，但这并不容易。

"你还好吗？"

是那个新人的声音。

夏习清一瞬间切换笑容，直起身子扯了两张纸擦手："挺好的。"他将纸揉成一团投进废纸篓，眼神落在徐子曦那张清秀的面孔上。

"我……"徐子曦的表情有些犹豫，"我想知道你为什么会这么演。我的意思是，你是怎么构思的呢？因为我拿到剧本之后的感觉就是、就是他应该特别想保护那个小女孩，而且他心里很难过……"

尽管对方表达得非常不清楚，夏习清也完全了解对方的意思，他走近一步。

"你那样演其实已经很好了。"夏习清拍了拍徐子曦的肩膀，手又落下来，插进口袋。

"他的确想保护那个小女孩，但是他更害怕——比那个孩子更害怕。"

徐子曦眼神里满是疑惑。夏习清只是苦笑了一下，声音像是投入湖心的石子一般缓缓地沉下去。

"不明白是好事。你的童年一定很幸福。"

正当夏习清想离开，洗手间的门口又多了一个人，他的心一瞬间又被攥紧。

不知道为什么，他此刻对着谁都能笑出来，除了对着周自珩。他只要看到周自珩这张脸，就想把自己撕开，给对方看他最丑陋、最面目可憎的那一面。

自暴自弃，没有原因。

"子曦，我想和他单独说一下话。"周自珩走了进来，语气十分客气，"你如果方便的话……"

徐子曦见到周自珩立马应声，准备往外走："嗯，你们说，习清哥谢谢你，我先走了。"

夏习清一句话都没说，他垂着眼睛背靠在洗手台上。周自珩也不说话，抓着他的胳膊将他带到了洗手间最里面的那个隔间，关上了门。

逼仄的空间极力地压缩情绪，夏习清感觉自己的太阳穴都在跳。他也不知道自己怎么了，一想到刚才周自珩喊那个新人"子曦"，称呼自己就是一个"他"字，没来由地恼怒。

可气恼的姿态太不优雅。

夏习清舔了一下嘴角，故作轻松地看向周自珩，语气满是嘲讽："我没有名字吗？"

周自珩愣了一下才反应过来，试图解释："我是觉得叫他全名太严肃了，会让他误会我是前辈施压。"

"所以呢？"夏习清望着他的眼睛，不依不饶，一字一句，"我没有名字吗？"

被他这样看着，周自珩的心虚无所遁形。

"你拉我进来，又不说话。"夏习清双臂环胸，眼尾轻佻地扬起，"你到底想做什么？看我难堪吗？"他也不知道自己这些刺耳的话是说给谁听，他根本控制不了自己。

情绪失控没办法消解，那就用另一种情绪去掩盖。

夏习清扬起下巴，脖颈伸展，有种脆弱的美感。

"你觉得我刚才演得好吗？"他的脸颊上还沾着水珠，"我哭起来好看吗？

让你有保护欲吗？"

一连串的拷问残忍地击打着周自珩的心。

看着周自珩眉头越皱越紧，握起的拳头骨节发白，夏习清有种莫名的成就感，似乎激怒周自珩可以给他带来莫大的快感。

他冷笑了一声，湿掉的几缕头发贴在脸颊："你可怜我吗？可怜我所以想施舍我一些所谓的关爱吗？"

周自珩终于忍不住，狠狠把他推了一把。

"我现在很生气，"周自珩的声音有点抖，明显强忍着情绪，"但是我一会儿就缓过来了。"

夏习清怔住了，他的声音发虚。

"你生气……为什么还来安慰我？"

"不然你就会跑掉，我冷静之后又会后悔，我不想后悔。"

沉默了片刻，沉默中只能听见彼此的心跳。周自珩的手微微松开些，他深深吸了口气："我现在不生气了。"

拥抱一朵玫瑰需要勇气和耐心。

我知道那些刺会扎进皮肤里，刺进血液里，没关系，给我一分钟，我把它们拔出来，这点痛很快就可以缓过去。

但我依旧想要拥抱那朵玫瑰。

周自珩终于说出自己一开始就想对他说的话。

"别怕，习清。

"我在这里。"

夏习清隐隐约约觉得周自珩知道什么了。

他是怎么知道的，是许其琛告诉他的吗？可他们看起来没那么熟。

脑子里很乱，想法一茬接着一茬往外冒，他不想再去想这些无关紧要的细节。周自珩的目光有一种奇妙的治愈力，可以很快抚平他情绪的裂口，连夏习清自己都不知道缘由。

"你是在给猫顺毛吗？"夏习清的声音闷闷的。

周自珩笑了一声："你的意思是，你是我养的猫吗？"

夏习清被他这话堵住了，刚下去的气又翻起来。

但夏习清又忽然心慌得难过。

他觉得自己其实很悲惨，从小没有被温柔对待过，坚定地认为这些东西都是不应该被自己拥有的，以至于获得了一点点，就觉得好慌。

鼻子很酸，现在哭出来实在太丢人，夏习清努力地克制着，皱起眉睁开双眼。周自珩温柔的声音像是蒙着一层雾。

"我知道你觉得我和你不是一路人，理想主义，善意泛滥。"周自珩低声说着，"但是我要申明一点，我没那么多的保护欲。"

"是吗……你没有吗？"不知怎的，夏习清的反问显得有气无力。

"嗯……偶尔也是有的。比如，看到路边缩成一团的流浪猫，就很想捡回家。"

夏习清从鼻子里发出一声冷哼："你说捡就让你捡？挠得你满手是血。"

"没关系，这是必要的代价。"周自珩的唇角勾起温柔的弧度，他继续说着之前的话，"比如，看到一朵漂亮的玫瑰花被困在荆棘丛里，我也会有保护欲，想把他救出来。"

"离开荆棘对玫瑰来说是好事吗？"夏习清抬眼看着他，眼珠蒙着水汽，是刚才还没消化完的眼泪。

"是因为他想离开，我才去救他。"

"你怎么知道？"

"我当然知道。"周自珩笑起来眼睛弯弯的，这是他最孩子气的体现。

周自珩的逻辑永远奇怪，但永远有说服力。夏习清被他说得没脾气，又问道："再比如呢？"

"不比如了，身为一个理科男，我贫瘠的比喻能力到此为止了。"周自珩偏了偏头，他的眼睛亮亮的，似乎觉得自己笑起来太过幼稚，他又刻意收敛了一些，显得更加郑重诚恳。

"有且仅有夏习清，才会让我产生保护欲。"

这么轻的一句话，轻得夏习清抓不住它。可它忽然又变得那么重，狠狠地砸进心口，怎么也弄不出来，深深地陷在里面。

流浪猫畏惧人类，玫瑰畏惧靠近的那只手。

夏习清畏惧温柔，因为温柔是世界上唯一一件战无不胜的武器。

夏习清突然想起来周自珩手臂上的伤，去抓他的手腕，发现他手臂上的红痕还没消退，估计第二天就会瘀青。

"不疼。"周自珩自己先开了口。

夏习清白他一眼："谁管你疼不疼。"说完夏习清松开了他的手腕，"活该，自己上赶着冲上来。"

"对，活该。"

"你少学我。"

"没学你，我真的觉得自己活该。"周自珩笑道，"你今天这身很好看。"

夏习清从小到大几乎接受了各种对自己外表的夸奖，但像周自珩说得这么老实巴交、情真意切的还真是不多。

他忽然就起了比较的心，虽然显得自己有点儿小心眼。

"我好看还是那个子曦好看？"夏习清仰着脸等着周自珩的回答。

周自珩立刻不解地皱了皱眉："你为什么要跟他比啊？"他只是纯粹不理解，却被夏习清误会，耳朵被对方狠狠揪了一下，"等等等……我的意思是他都不算好看吧，那种长相演艺界不是很多吗？"

夏习清很想装酷，但他的嘴角有自己的想法。

"哦？那我这种不多吗？"

周自珩皱眉深思，抬手捏住夏习清的下巴，把他的脸朝左边扯了扯，又朝右边扳了扳，然后摆正，又一次说出了那句冷冰冰又好听的话。

"有且仅有夏习清。"

夏习清低头舔了舔干燥的嘴唇，语气别扭地吐出三个字："理科男。"

"可惜我这双只会画受力示意图的手不会画画，不然我也想天天画你。"

再说下去夏习清都要受不了了。他抬手捂住了周自珩的嘴："闭嘴，快出去，闷死我了。"

两人一前一后从洗手间出来，昆城和制片人还在房间里讨论着，周自珩先走了进去，副导演喊了一声："昆哥，自珩回来了。"

"哪儿去了？这么久。"昆城随口问了一句。周自珩坐到他身边的位子上："接了个电话。"

"你刚手没事吧？"昆城瞟了眼他的手臂，周自珩不自在地摸了一下："没事儿，两天就好。"

昆城笑起来："你当时想什么呢，看不出来人在演戏啊？"周自珩知道他在打趣自己，摸了摸头发没搭腔。

"不过你刚刚上去挡的那一下，很像高坤了。"昆城摇摇头，"就是高坤了。"

"徐子曦演得也不错，技巧很好，也有灵气，"昆城叹了口气，"但跟夏习清一比，表演痕迹一下子就露出来了。"说完他看了周自珩一眼，"你也想跟夏习清搭吧？"

周自珩感觉被他看出了点什么，胡扯了一句："那肯定是想跟演得好的搭。"

"得了吧。"昆城拍了拍他的肩膀，"你先回吧，我们再讨论一下，这两天就定下，对了你看见夏习清了吗？"

"刚好像在洗手间门口看见他了。"周自珩不动声色地胡诌，正巧这时候夏习清走了进来，"他过来了。"

楼下都是记者，本来周自珩还想着跟他一块儿走，后来一想被拍到一起不太好，还是让小罗开车把自己先送回去，为了这部戏周自珩推了不少活动，但这边又悬而未决开不了机，这两天就忽然闲了不少。

"自珩你今天又上热搜了。"

周自珩上了车，摘下口罩和墨镜："公司买的？"

"不是。"小罗哭笑不得，"《逃出生天》第三集的预告出来了，一下子就上了热门榜。"

听见对方这么说，周自珩才想起刚才微信上节目组导演的确让他帮着在微博上宣传一下来着，一忙就忘了。他上了微博刷新首页，果然看见了预告，下午五点发的，现在转发量已经四万多了。他点开视频看了一下。

预告的开始是一个收音机的特写，一段杂讯之后，突然出现人声。

是夏习清的声音，节奏缓慢，音色柔和。

"遇见你的那一刻就是大爆炸的开始，每一个粒子都离开我朝你飞奔而去，在那个最小的瞬间之后，宇宙才真正诞生。"

忽然画面上出现星云爆炸的影像，分裂出好几个完全一样的星云，在振动中又归为一体，渐渐缩小，变成一本书上的插图，天衣无缝的蒙太奇手法。

很快，好几个人的声音交接着出现。

先是阮晓的发问："如果我们两个人都是'女友'，不应该是同样的事件链吗？"

夏习清的声音在杂音中出现："如果你们是不同时空的'女友'呢？"

话音还没完全消失，又出现了周自珩疑问的声音："你的日记本上为什么会写着女主的死亡记录？既然你穿越回去，女主角应该能够得救才对，不是吗？"

商思睿的声音出现，情绪激动："在我的剧情线里，我才是那个想要救人的人。是女主角要救把自己关在家开煤气自杀的男主，你明白吗？"

唯一女生的声音穿插进来，肯定而坚决："夏习清是悲剧的始作俑者，没有他就没有后续的一切。"

最后是夏习清带着笑意的声音："信不信我现在就'杀'你灭口？"

画面瞬间变成全黑，原本越来越快的音乐也变成一片杂音。

节目组的剪辑绝了，周自珩不禁笑起来，这么一个预告一下子就把大家的注意力都引到夏习清身上了。

耳机里传来自己的声音。

"她认为你是'杀手'。"

夏习清问："可我为什么要相信你？"

黑暗中，出现了一只散发着蓝色光芒的蝴蝶，挥动着它小小的翅膀，星星点点蓝色的微光逐渐点亮周围的布景，画面出现一个穿着深蓝色衣服的男生背影，那只特效蝴蝶仍旧扑扇着翅膀，直到和他手里的蝴蝶书签合为一体。

"习清？"

夏习清回过头。

画面忽然被分割成两半，他和夏习清分别占据画面的左右两边，明明不在同一个房间，却被剪辑得好像和对方对视一样。

"如果你愿意拿你的'命'来赌一赌我的真心，我无所谓。"

画面再次被分割，出现四个竖框，他们四个人的脸依次闪现，最后又恢复成全黑，黑暗中传来不安的呼吸声，周自珩的心抽了一下。这是夏习清的喘息声。

房间大门突然打开，画面出现一束光。

一个人缓缓地走了出来。

阮晓的声音出现。

"男主角有没有出过门？"

黑暗中的身影渐渐出现，然后是夏习清苍白的面孔。

这里配上了商思睿的声音："如果我离开房间，房间的门就会关上，我再也无法进去。"

夏习清的脸上露出微笑。

"我准备出去了。"

像是关掉电视机一样，画面收缩成一条线，最后变成全黑，随着音效声出现"逃出生天"四个大字，一只蝴蝶飞过，留下蓝色的副标题——蝴蝶效应。

原本以为预告就这么结束了，没想到还有彩蛋。

四个竖框里，先是出现了商思睿，他蹲在收音机前挨个儿扭着旋钮，从左到右，从右到左，收音机里忽然出现阮晓的声音："喂？"商思睿吓得一屁股坐在地上。旁边的黑色竖框显现阮晓房间的情况，她的表情略有疑惑。然后两个竖框同时变黑，剩下的两个框亮起，夏习清站在门前，伸出手指，旁边的画面框中的周自珩也伸出一只手。

除了白色分割线，两个人几乎就像是在面对面用手指触碰对方。

"你不觉得你太偏心了吗？"

"我本来就偏心。"

视频结束。

周自珩真的叹服，节目组居然可以把一个烧脑悬疑节目的预告剪得这么花哨，要看点有看点，要话题有话题，就是不透露一丁点正儿八经的剧情。

"你看完了？"正等绿灯的小罗笑起来，"你知道你的热搜词条是什么吗？"

"什么？"

"你自己看吧，哈哈。"

莫名其妙，周自珩点开热搜榜，前两位都是自己的相关词条。

"情话男孩周自珩"。

"温柔男友周自珩"。

他顺手截了个图，微信发了出去。

道德标兵：给你选的话，你选哪一个？

和许其琛一起从电梯里出来，手机振了一下，夏习清一面接着许其琛的话一面低头看手机，一个没绷住笑了起来。

也不知道怎么回事，他现在都能想象出周自珩一脸得意的表情。

"笑什么？"

"没什么。"夏习清飞快地打了几个字，点击发送。

直到下车的时候，期待答案的周自珩才收到了夏习清的回复。

恐怖分子：小孩子才做选择，成年人当然全都要。

夏习清从电梯出来的时候发现门口站了五六个小姑娘，他当下就觉得是粉丝，没想到一靠近旋转门，那些女孩子就围了上来。

"还有多的口罩吗？"夏习清用胳膊肘碰了一下已经戴上口罩的许其琛。许其琛两手一摊："没了，就一个。"

夏习清"啧"了一声："你倒是有包袱。"怪自己准备不充分，他只能硬着头皮出去了。

那些小姑娘一个个都举着手机，喊着夏习清的名字。

"习清哥哥，你在这里干什么呀？"

夏习清也学着她的语气："玩儿呀。"

几个女孩儿笑作一团，争先恐后地跟他说着话，夏习清觉得奇怪，明明是私人行程，她们是怎么知道的？

"你们怎么找到我的？"

其中一个女孩儿说："哥哥你上热搜了啊，我们正好在这边逛街就过来了。"

"热搜？"夏习清走了两步到路边站着，许其琛先去取车，剩他一个人跟这几个小姑娘在这儿等。

"对啊，有人偶遇你啦，而且刚刚《逃出生天》新一期的预告也出了！"

她刚说完其他几个小姑娘立刻尖叫起来，夏习清觉得自己被一群小土拨鼠包围了，忍不住笑起来："你们怎么了？"

"哥哥你去看预告，超级甜！"

甜？夏习清不明所以，这不是一个悬疑烧脑向的真人秀吗？

"哥哥你这一期赢了吗？可以剧透吗？"

"哥哥谁是'杀手'啊？"

"习清哥哥你们什么时候录下一期啊？"

"不能说啊，你们到时候看吧。"

问题一个接着一个，夏习清应接不暇，一抬头看见许其琛的车开了过来，终于松了口气："我要走啦，天不早啦你们也早点回家。"

"习清哥哥好暖。"

"超温柔。"

几个小女生把买好的奶茶和甜点塞到夏习清的手上，看着他上了车，还一直冲他招手。坐上副驾驶座的夏习清长长地舒了口气，把手里的东西放下。许其琛打趣道："人气很高嘛。"

"你信不信你到时候也会被扒出来，还笑。"

"我无所谓啊。"许其琛打转方向盘，"大不了扒出我写小说的马甲，扒出来我就让你去演。"

"得了吧，腻腻乎乎的你自己演去。"

"之前还有人想买我一本书里的剧中剧，想改成电影，我之前好像给你看过那个短篇，在尼斯发生的。"

"《南柯一梦》。我知道。"夏习清头靠着窗户，"卖了吗？"

"没，我觉得没人演得出来郁宁那股子作劲儿。"许其琛忽然笑起来，"这么一想你和周自珩倒是合适，一个阳光健气，一个阴郁风流。"说完许其琛笑个不停。

"怎么形容他就是阳光健气，我就是阴郁风流了！老子专情得很。"

许其琛瞟他一眼："行行行，你最专情了。你这张脸太好认了，以后出门还是戴着帽子、口罩吧。"

夏习清叹口气："就因为现在太容易被认出来，搞得我最近夜店都不敢去。"

"那种地方本来就应该少去。再说了，"许其琛话锋一转，"谁比得上你的偶像周自珩啊？"

听见他提周自珩的名字，夏习清下意识地"哼"了一声，没接话茬，心里却念叨了一大堆。

明星里能跟周自珩比的也没几个啊。

正在这个时候，夏习清好巧不巧地收到了周自珩的微信。

道德标兵：你结束了吗？

夏习清头靠着车窗，打字回复了他。

恐怖分子：干吗？

"都这个点了，"许其琛看了一眼手表，"晚上去我家吃饭吧，给你做好吃的。"

夏习清"嗯"了一声："我想吃糖醋排骨。"

"那我让知许带回来，啊对了，还没回他电话。"许其琛赶紧拨通了夏知许的电话。夏习清低头又给周自珩发了一条消息。

恐怖分子：晚上去琛琛家蹭饭，他做的糖醋排骨贼好吃。

本来周自珩正编辑回复上一条消息，一看到这句话又全删了。"琛琛"什么的叫得也太亲了，不就是高中同学，至于这么亲热吗？

高中同学……

周自珩忽然有些嫉妒许其琛，自己也想见见少年时期的夏习清，不知道他那个时候是什么样，可能比现在矮一点，更清秀一点，那个时候他也会每天画画吗，还是和别的男孩儿一样一下课就跑去篮球场？

十五岁时候的夏习清，和现在的夏习清会不会不太一样，会不会幼稚可爱一点？

说起幼稚，那个时候的自己才十岁而已，还是个小学生。

这么一想，周自珩就更不得劲了。

感觉错过了好多好多，怎么都追不回来的时间。

正在这时候，夏习清的手机又振动了一下。

道德标兵：我也会做糖醋排骨，你来我家吧。

一看到这个消息夏习清就乐了，他笑得太突然太明显，连打着电话的许其琛都察觉到，转过来看向他。

可夏习清自己完全没感觉。

恐怖分子：我怎么知道你做得好不好吃？

道德标兵：那你吃一下不就知道了。

又是这种奇怪的逻辑，但总是有奇怪的说服力。

夏习清等许其琛挂了电话，犹豫了一下开口："嗯……我晚上可能不能去你家了。"

"怎么了？有别的事吗？"

"嗯……"夏习清发现自己真不是第一次放许其琛鸽子了，有点儿对不住，"我过两天再去你家，你做给夏知许吃吧！"

许其琛也没有多过问，他也不是八卦的性格，直接掉转方向把夏习清送回了家。

"选角的事昆导应该会直接联系你。"许其琛降下车窗，看着站在外面的夏习清，"你要是觉得有负担就别勉强。"

"我知道。"夏习清伸手摸了摸许其琛的下巴，"回去吧。慢点儿开车。"

夏习清上楼的时候打开微博看了一眼，周自珩那两个热搜还挂在上面，第四名是"偶遇夏习清"，第五名是《逃出生天》预告彩蛋"。

怎么这次还有彩蛋，节目组越来越会玩了。

他点进"偶遇夏习清"那个热搜，最上面的那个微博是一个素人女孩儿发的一张照片，有点儿糊，但夏习清一下就认出来那就是之前他打车去酒店，和他唠嗑的年轻司机拍的他的侧脸照。

> 一个热爱自习的小甜豆：我哥今天载了夏习清！还给我拍了他的照片，天哪我要哭出来了，我应该去给我哥当出租车售票员，呜呜呜呜！

底下评论的除了他和周自珩的粉丝，还有不少路人。

> 自习大过天：妈呀，习清哥哥私底下穿得好飒好酷，这是我见过把工装穿得最好看的男人！
>
> 我的爱人是小画家：天哪这个小鬏鬏，好想摸啊，呜呜呜。
>
> 黄瓜西瓜哈密瓜：夏习清的生图这么能打的吗？漫画里出来的感觉，@某些天天号称美颜盛世的小鲜肉，进来挨打。
>
> Sweety：夏习清的腿原来这么长啊，连体服都掩盖不了的长腿，这样看他好"盐"啊，有一种男友既视感[1]。

---

1 网络词语，指似曾相识。

夏习清出了电梯，走到周自珩家的门口，按了一下门铃。

没过多久门就从里面被拉开，之前试镜还穿着黑色衬衫的周自珩此刻已经换了件白色卫衣，大概是刚洗过澡没多久，头发还没完全干，鼻子上还架着一副黑框眼镜，看起来完全是年下小狼狗的样子。

"进来吧。"

后知后觉地"哦"了一声，夏习清带上了门，进来的时候发现玄关那儿放着一双藏蓝色棉拖。

脱鞋换上的时候，夏习清才发现这双鞋并不是之前他来的时候穿过的那一双。

这一双是合脚的。

周自珩的体贴就像是温水煮青蛙，在你还没有反应过来的时候就已经被他的温柔包裹了，由不得你反抗。

根本没有给反抗的机会。

"你先自己坐一下，很快就好了。"他的声音从厨房传过来，夏习清顺着香味儿走了过去，看见周自珩的背影，心里热热的。他好久没有这种感觉了，就算是在许其琛家，看见对方给自己做饭的时候，夏习清也没有过这种感觉。

夏习清走上前去，看见周自珩正在切西红柿，于是凑近问："我帮你？"

"不用。"周自珩嘴角弯起来，也没看他，"我对你的做饭能力表示质疑。"

听见周自珩的打趣，夏习清照着他的小腿就是一脚，周自珩也没反击，只是笑着说"别闹"，然后把切好的番茄扔进锅里。

夏习清瞧见一旁的瓷碗里放着洗好的樱桃、番茄，随手抓了几颗塞进嘴里，又跑到煮得咕嘟咕嘟响的汤锅那儿瞅了一眼，含含糊糊地开口："这煮的什么？"

"番茄黄骨鱼汤。"周自珩见他的嘴角都沾了红红的番茄汁，伸手擦了一下，又揭开另一个锅的锅盖，白茫茫的热气一下子涌出来，混着糖醋排骨独有的香气。

"好香啊。"夏习清本来没觉得多饿，一闻着味儿就觉着饿坏了，"还要多久啊？"

"一会儿。"周自珩握着锅铲翻了一下排骨，又把锅盖盖上。夏习清有些好奇，他一个从小演戏的童星，怎么这么会做饭。

"你哪来的时间学做饭啊？"

周自珩仰着脖子想了一会儿："我挺小的时候就会了，挺喜欢做饭的，感觉很解压。而且后来有一部戏我在里面演一个主厨，当时特意去培训了一个月，里面做菜的镜头都是我自己来的，没有用替身。"

真是厉害，换作其他的演员，可能不会这么上心吧。不管怎么说，夏习清都觉得自己眼光真好，喜欢的偶像就是这么优秀。越想越得意，他伸手拽了一下周自珩卫衣帽子上的抽绳，一拽拽得老长。

周自珩不知道他在干吗，只笑着说"别闹了"，夏习清又是个不听劝的主儿，越不让他拽他就越是要拽。

口头警告不起作用，周自珩直接抓住了夏习清的手指："你是不是特别喜欢在别人做事的时候捣乱？"

夏习清抬眼，故作一副天真姿态："没有啊，我哪有捣乱？"

"还没有？"周自珩挑眉，"警告你别乱动啊，不然我精神不集中，往汤里放错调料，某人就要饿肚子了啊！"

他扬起下巴，抓住周自珩的领口狠狠一拽，脸上的表情从单纯到痞气的转变只有一瞬间。

周自珩彻底被他打败。夏习清松开手往后一躲，在周自珩没反应过来的时候笑着推开他，倒退着走了两步离开了流理台，声音带着戏谑的笑意。

"这才是捣乱。"

周自珩轻笑一下，拿起汤勺搅了搅沸腾的浓汤。离开厨房，夏习清绕过客厅的泳池走到了落地窗前，这里的夜色和自己家看到的景观不太一样，建筑物更多，更明亮。

有意思的是，不远处有一座商厦，楼身挂着一个巨大的 LED 广告牌，正好是周自珩的手机代言。这种感觉有点奇妙，夏习清也说不上来为什么。一转头，他发现电视墙上有一些照片，好多都是他没见过的，他走过去仔细瞧了瞧，原来是周自珩小时候在剧组拍的照片。

说起来，夏习清当初被他圈粉完全是因为那组上了热搜的篮球赛照片，赛场上的周自珩意气风发，杀气十足，浑身都散发着魅力。在关注周自珩之前，夏习清完全不关注国内演艺界。

不过……夏习清凑到墙上的老照片跟前。

小时候的周自珩蛮可爱的嘛，看起来软乎乎的，一副从小带出去就会被各种奇怪的叔叔阿姨捏脸抱抱的乖巧模样。

照片里的周自珩戴着一顶小小的画家帽，穿着背带裤，好像演的是什么民国剧，活脱脱就是一个奶团子小少爷。长得跟小姑娘似的，小脸蛋儿白白嫩嫩，眼睛大大的。

时间究竟是什么魔鬼，把一个这么可爱的小家伙变成了一个一米九的大狼狗。不过夏习清总觉得有点眼熟，像是在哪儿见过。

大概是长得漂亮的小孩儿都眼熟吧，夏习清越看这个孩子越觉得可爱，心想着要不补一补这位小童星的剧，反正闲着也是闲着。

怎么长得这么萌啊！

他伸出手指，轻轻戳了戳照片上那个小人的脸蛋。

"在干吗？"

夏习清心虚地收回手，吓得肩膀都抖了一下，一回头看见端着汤碗的周自珩。

"没干什么。"

他也不知道自己心虚什么。

他或许明白，想假装不明白。一切心绪不宁的症状，大概源自同一个病因。

夏习清发现，周自珩家的餐厅很大，但相比起来餐桌却很小，最多只能坐下六个人。长方形的原木桌子铺着湖蓝色桌布，所有的餐具都是最简单的白瓷，桌子正中间放着一个广口深棕色花瓶，里头插着一束白色永生花。

不对，夏习清抽出一枝，发现这并不是一般的永生花，是特殊处理过的用褶皱纸折成的白玫瑰。

鼻尖凑在花瓣边缘，嗅到一股玫瑰香味，夏习清总觉得这花眼熟，凝神想了好一会儿。

这玩意儿他小时候好像也会折。

端着最后一道沙拉上来的周自珩看见夏习清握着一枝纸玫瑰发呆，这画面看起来还挺赏心悦目。

"网上的评论说得没错，你的确很漂亮，"周自珩将沙拉搁在餐桌上，在夏习清的对面坐下，"只要别说话。"

"滚蛋。""漂亮"这个词在夏习清这里几乎是违禁词。周自珩不理解，在他眼里夏习清的五官用"漂亮"形容再贴切不过，"漂亮"又不是女生的专用词。

"我是诚心夸你，你还不爱听。"

他懒懒地白了周自珩一眼，将纸花投进花瓶中："只要不是'漂亮'这个词，你说什么我都爱听。"

正给他盛鱼汤的周自珩轻笑一声："我可记住了。"

"你家的餐桌好小。"夏习清两只手摊开，几乎可以摸到边，"不过装饰我挺喜欢的，审美还行。"

"以前是很大的长桌子，但我一个人住，大部分时间都在剧组，吃饭什么的都很随便。"周自珩把盛着番茄鱼汤的白瓷小碗用纸巾垫好碗底递给夏习清，"我觉得一个人用那么大的桌子好浪费，就换了个小的。"

"可是一个人住这么大的房子就是很浪费啊。"夏习清不懂他的逻辑。

"那你陪我住？"周自珩其实只是顺着对方的话开的玩笑，说出口的瞬间有那么一点后悔，觉得自己表现得太过了，和夏习清相处的每时每刻，他都在把握分寸。想对他好，又害怕这些好会将他推远。

夏习清听到的第一反应也是愣了愣，没来得及做出反应，周自珩就圆了回来："开玩笑的。房子和餐桌不一样，怎么说呢，在我心里餐桌很特别，一个人吃饭的时候是最孤独的，如果在一张很大的桌子上，摆着一两道菜，自己一个人坐着静悄悄地吃饭，总觉得很可怜。"

夏习清忽然不知道该说什么，周自珩刚才说的好像就是自己这么多年的生活。所以他很喜欢去找许其琛蹭饭，这样看起来就没那么孤单。

这样想着，夏习清低头看着碗里的鱼汤，汤色是漂亮的番茄红，暖黄色的灯光下汤面波光粼粼，香味窝心得很，他端起来尝了一口，浓郁的番茄香气混合着黄骨鱼的鲜甜，入口滑顺香浓，喝一口胃就暖了起来。

周自珩像是很紧张的样子："怎么样，好喝吗？"

夏习清没说话，一口气把那一小碗喝完了，又把空碗递过去："还要一碗，给我舀一块鱼。"

看着周自珩高兴地给他盛汤，又从陶瓷汤锅里给他舀了大块的鱼肉，用筷子把明显的刺都挑了出去，夏习清鼻子有点酸，他揉了揉鼻子，夹了一口糖醋排骨塞进嘴里。

"你别一口气喝了，等会儿吃不下饭。"

"我又不是小姑娘。"夏习清嘴里嚼着排骨，"这个排骨好吃，脆脆的，跟许其琛做的那种不一样。"

"炸过。"周自珩换了个碗给他盛饭，谁知夏习清接过米饭就泡在了鱼汤里。

"这样吃对胃不好。"

"天天这样吃是不好，一顿没事的。"夏习清用汤匙舀了一勺饭塞进嘴里，满足得眼睛都眯起来，"我好多年没这么吃过了，汤饭太好吃了。"

周自珩试探性地问道："小时候经常吃？你妈……"

"我妈不做饭的，她的手只会用来鉴赏名画。"夏习清的语气冷下来一些，"她是一个油画收藏家，当然，我是说这里没犯病之前。"他笑着用食指指了指自己的太阳穴。

关于这个话题，周自珩知道是雷区，就算好奇也没有继续问下去，但他愿意开口说，对周自珩来说已经是莫大的惊喜了。

夏习清自己把话题转了回来："我小学的时候，家里做饭的阿姨很会煨鱼汤，因为我老家在武汉，长江边上，天天都吃鱼。不过我小时候是那种吃饭很挑食的小孩，她就会用鱼汤泡饭给我吃，然后坐在我旁边给我把鱼肉的刺都挑出来，放在桌上。"

"然后呢？"

"没然后了。"夏习清低头吃了几口饭，"她后来生小孩，把工作辞了。"

周自珩伸出了手，揉了一把夏习清的头发："什么时候想吃，我什么时候给你煮。"夏习清不喜欢被当成孩子，他一把抓住了周自珩的手腕，表情不悦地警告："你别一副照顾小朋友的样子。"

"不是啊，我是觉得，既然我不喜欢一个人吃饭，你也不喜欢，我们偶尔也可以像这样凑个伴。"

他说着违心的话，只是不希望吓走这只小猫。

夏习清松开对方的手腕，他想直接拒绝，可周自珩做的饭这么好吃，这么合自己胃口，直接拒绝没准儿过两天就后悔了，还是先不吭声为好，给自己留个余地。

一顿饭吃得慢吞吞，完事之后夏习清主动提出洗碗，毕竟白吃白喝这么久，尽管他从来没干过这种活儿，但比起做饭，洗碗的难度直降了好几个数量级。

可周自珩直接否决了对方的请缨："有洗碗机。再说了，"他将收拾好的碗筷端好站起来，轻描淡写丢下一句话，"画家的手是不可以用来洗碗的，这是暴殄天物。"

夏习清努力抑制着嘴角的上扬。他真是服了，周自珩怎么这么会说话啊！

吃完饭已经不早了，夏习清借口要洗澡回了对门，刚洗完澡出来就发现手机收到一连串的消息。

道德标兵：洗完澡了吗？要不要看电影？

道德标兵：我之前买了个投影仪，一直闲置，刚刚安好了发现还不错。

夏习清随便擦了擦头发，把毛巾扔到了一边，坐在沙发上准备回复周自珩，谁知一个电话打了进来，是八百年不联系他的舅舅，想了想，夏习清还是接了。

"有事吗？"夏习清的舅舅习晖跟夏习清一向没什么交情，没交情也就意味着没矛盾，加上他还算是个温文尔雅的人，夏习清也愿意跟他说上两句话。

"习清，好久不见。我知道你不喜欢假客套，这个流程就免了，我这次找你有两件事，其实都跟咱们家有关系，最近你外公身体不太好，想见见你，我觉得你有时间的话还是去看一看，当然这要看你自己怎么想。"

"直接说第二件事吧。"

"嗯，你知道，你妈妈之前经营的Pulito艺术中心上个月已经重新装修好了，准备重新开业。前两天我收到了一个艺术晚宴的邀请，我觉得你才是这个艺术中心的所有人，你去比我去合适。这个晚宴会有很多艺术界的大人物参加，当然也少不了商人，这对艺术中心重新开业也有帮助。"

这番话说得滴水不漏，是习晖一贯的办事风格，不过夏习清比谁都清楚，这些理由都不是真正的理由，最重要的是他现在有知名度在身，连宣传都省了。夏习清厌恶被人利用，可对于他母亲的事业，或者说对于他的母亲，他的情感又是复杂的，既恨她，又可怜她。

"你也知道，Pulito是你妈妈在有了你之后一手打造的，就是为了纪念你的出生。"

是啊，好像的确是这样，连名字都取的是"清"的意大利语。可是最后这座艺术中心也是被她一手毁了，感觉有点宿命不可违的意味。

"习清？"

"我知道了。我会去的，但是其他的我什么都不做。"夏习清语气淡淡的，"学艺术的人是最无能的，别指望我。"

对面的人似乎松了口气："我一会儿把地址给你。你自己在外面保重身体。"习晖顿了顿，还是嘱咐道，"演艺界挺乱的，你多加小心。"

"比起我从小长大的圈子，演艺界还真是小儿科了。"

挂了电话，夏习清忘了回复周自珩的事，他想着如果 Pulito 真的重新开业，自己要不要干脆把画拿到那儿去。可是这样完全是耍流氓，哪有老板在自己的画廊放自己的画，听起来就很掉价。

人们的观念总是很奇怪，总觉得艺术跟穷困潦倒挂钩才显得有价值。谁会相信"富二代"能画出什么好画呢。

这也是为什么夏习清跟人玩乐的时候从来不说自己的本行，创作的时候也从来不提自己的家世，这两者一旦混在一起，就产生一种微妙的廉价感。

手机忽然又响了起来，夏习清还以为习晖有什么话没说完，一看才发现是周自珩，这才想起来刚刚跟对方的话没说完。

"喂？"

也不知道为什么，周自珩听到电话那头的夏习清声音懒懒的，快飘起来似的。他咳嗽一声："你洗完澡了？干吗呢？"

"做成年人该做的事。"

"……"

"骗你的。"夏习清懒懒地笑了两声，凉意散了大半，他浑身舒爽地歪在沙发扶手上，这时候才想起之前周自珩的邀约，他对电影没什么兴趣，不过倒是挺想看看别的东西。

"我不想看电影。你那儿有你小时候演的电视剧吗？我想看。"

周自珩被他呛得咳嗽了几声："那个有什么好看的……"

"我就是想看。"夏习清伸出细长的手抓了一把头发。

电话那头像是沉默了一个世纪，他也不催，过了一会儿，周自珩结束了这场博弈，勉为其难地做出妥协。

直到夏习清踩着周自珩家的拖鞋出现在他门口的时候，周自珩脸上的表情还是很难看。夏习清倒是笑得开心。

"要看周自珩小朋友咯。"

"闭嘴。"

不过夏习清没想到，周自珩说的投影仪其实是安在他卧室的。

他的床正对着一堵很大的空白的墙，周自珩从一个房间里找到一个很旧的盒子，里头放着几个硬盘。

"我自己都没看过。"周自珩的语气里还是有一点点幽怨，夏习清也跟着蹲下，摸了摸他的头顶："那不是正好吗，我们一起回顾一下你的小可爱时期。"

他一抬头，眼神有点可怕，夏习清这才不再多说，识相地坐好。

"我关灯没事吧？"投影仪亮着，周自珩还是有些不放心。

夏习清的脸色倒是镇定："没事。"

黑暗弥漫开来，投影仪变幻的光影阻隔了暗色的流动，那些如同阳光下流水的光线在周自珩靠近的身体上投射出漂亮的色彩，美得令人心动。

如果这副躯体可以成为画纸，应该可以画出足够惊艳的作品。

柔软的床塌陷了一块，周自珩坐到了他的身边。

"为什么要约我看电影？"夏习清侧过脸，看见光线使周自珩的睫毛变得透明，闪动的时候像是蝉翼，很好看。

"马上就进组了，之后估计不会再有这么多的空闲时间了。本来我找了一部国外的片子，主角也是传染病病人，想看看别人怎么演的，不过自己看那种有点致郁，"周自珩头靠在靠枕上，"拉上你感觉会好一点。"

夏习清点点头，投影仪的画面出现了一个小孩子，穿着小小的背带裤，声音奶声奶气，他一下子就笑了起来："这是你几岁的时候？"

周自珩眯着眼睛想了想："六岁吧，出道那年的。"

"真是可爱。"夏习清盯着周自珩，又看了看画面上的小朋友，试图确认他们之间的相似之处。周自珩觉得太羞耻了，把夏习清看向自己的脸扳过去："看你的电视别看我。"

六岁的小周自珩在里头演的是家里最小的小少爷，上头还有两个姐姐、一个哥哥，这会儿正放到他一面嗒嗒嗒上楼一面喊着哥哥的场景，声音又脆又甜，像个小水蜜桃。

还是小时候好，又乖又软。

夏习清从小就有种恶趣味，喜欢欺负乖巧的小孩。

投影里的小孩儿忽然脆生生地叫了两声"哥哥"。夏习清忽然笑起来，一边笑一边学着小孩子软软的声音。

"哥哥。"夏习清伸手揉开了周自珩隐忍皱起的眉心，被对方这样逗弄，周自珩觉得自己的尊严受到了质疑，狠狠瞪了夏习清一眼。

"小时候这么可爱……现在怎么这么凶啊？"夏习清厚脸皮道，"你再叫一声……我听听是你小时候叫得好听……还是现在……"

原本他是不抱期待的，周自珩总是不愿满足自己的期待，这一点夏习清早有认知。可他没想到，周自珩真的俯下身贴近他的耳边，声音又沉又低。

"哥哥。

"满意吗，习清哥哥？"

百花大教堂的钟声，重重地敲击着心脏瓣膜，连灵魂都被击得粉碎，化作浩渺宇宙。

晚上的试镜已经消耗了夏习清够多的心力，也不知道过了多久，意识太模糊，电影没看完他就睡了过去。睡得不沉，但眼皮就是怎么也抬不起来。昏昏沉沉地睡到后半夜，口干舌燥地醒过来，夏习清半眯着眼睛摸到了厨房，打开冰箱给自己灌了半瓶冰水，一下子清醒不少。

尽管快到初夏，可夜里的风还是有些凉。夏习清耷拉着眼皮慢吞吞地走回房间，发现投影仪还是一直开着，只是没有声音。

其实这个时候他更应该回家，这里毕竟不是他的家。

夏习清蹲在床边，凝视着周自珩沉静的睡脸，银幕上闪着光的小脸蛋和现实中已经变得高大的男孩儿逐渐重合，每一个细节都很相似，却又有所延伸，让他不禁感受到生命的美好。

周自珩睡到了床边，无处可放的手垂了下来。周自珩的手指很长，手掌宽大而干燥，让他不禁想到对方在篮球赛的时候单手抓球的样子，游刃有余。

"那座艺术馆是妈妈为了你建造的，你知道吗？"

回忆起母亲在艺术馆"失心疯"发作的画面，夏习清忽然感觉芒刺在背，垂下头的时候发现脚边有一支中性笔，大概是周自珩拿来记笔记的。

夏习清从不确信自己会真正得到某个人的在意，他们在意的大多是他的皮囊，也有一些自诩伯乐的人赞赏他的才华，或是憧憬他的家世。可剥去这些糖衣，里面的自己苦涩得让人望而却步。

自私自利，习惯撒谎，表里不一。

之前的他一直认为周自珩看不起自己纯粹是眼瞎，那么多人都追捧着他，围绕着他，周自珩却偏偏避之唯恐不及。

可事到如今，无论他再怎么自负，再怎么嘴硬，都不得不承认，是自己不配被这么好的周自珩看得起。

第二天的中午，周自珩是被蒋茵的"夺命连环 call"叫醒的，他都忘了自己还有一个广告要拍，整个人睡得昏昏沉沉。不知道是不是因为睡前看了自己出道时候的电视剧，一直梦到拍戏时候的事，梦见一个穿着白裙子的姐姐，摸着他的头，用纸巾给他折了一朵白色的玫瑰。

等他再次抬起头的时候，那个女孩儿就消失得无影无踪，周自珩很着急，一直在那个公园跑，想喊却喊不出声，忽然听见身后有人在叫他的名字。一回头，他看见了夏习清。

手里拿着一朵暗红色的玫瑰，他朝着自己微笑。

刚走近，那朵玫瑰就在一瞬间枯萎了。他的表情很悲伤，可是却没有眼泪。

"你看不起我，对吧？"

冷汗涔涔，周自珩睁开了眼睛。只剩下自己一个人，连投影仪都被关掉。沉睡中的他没办法挽留。夏习清不在的事实，对他来说不算多大的打击。

他早有预料，他对一切极坏的可能都做好了准备。

"我知道了，我现在就过去。"周自珩坐在床边，弯着腰，手臂搭在膝盖上，无力地垂着头。

"我没喝酒，太累了，睡得有点晚。"蒋茵絮絮叨叨说了许多，周自珩听得出神，换了只手接电话，左手抓了抓自己的头发，又搁到膝盖上。

他忽然发现，无名指贴近掌心的那一面似乎有什么东西。摊开掌心凑到眼前，他才终于看清。

那是用黑色签字笔画的，一朵很小很小的玫瑰，静静地生长在无名指底端的指节。

他不自觉笑了一声，惹来电话那头的疑惑。

"没什么。"

只是发现了一个令人开心的小把戏。

为了赶档期，进组前周自珩的工作排得很满，需要履行的广告合约太多，还有杂志的邀约，他只能压缩时间把所有事情都做好，才能专心进组。

不像夏习清，最不缺的就是时间。

私底下又和昆城导演见了一面，夏习清最终还是决定出演这部电影。

导演说的一句话让他想起前几天在周自珩家看对方出道的作品。

"现在的一切都充满了不确定性，但是作品是永恒的，无论是哪种艺术形式。别的人我不清楚，但我相信你一定能理解我的意思。"

这两天他忽然发现，就算最后他重蹈覆辙，至少有这么一部作品可以永久地封存他们之间的关系。

这样就够了，他不愿意被周自珩遗忘。哪怕以后提及这部电影会让他觉得厌恶不已，也算是一种成就，反倒更符合夏习清消极主义的艺术追求。

"你晚上有事吗？"夏习清回家的路上给周自珩发了条语音消息，很快收到他的回复。

"要出席一个活动，估计后半夜才能回家。"

夏习清打字回了一句"知道了"，没再多说，他原本想着如果周自珩晚上没事可以和他一起去那个艺术宴会，但他忽然就觉得自己太天真了，周自珩的身份去哪个私人宴会都是不合适的。

更何况是陪他去，简直没有任何有说服力的理由。

周自珩又发了一条消息追问。

道德标兵：你晚上有事吗？

恐怖分子：我也有一个活动，估计也会很晚回。

夏习清没说得太明白，周自珩也没有多问，助理小罗催着他上车，他只好暂时收好了手机。

这场艺术晚宴是业内非常有声望的收藏家钟鹤南老先生主办的，场地是他的宅邸，虽说借的是他的名，但由于钟老先生年近九十，实际都是他的小儿子钟池在准备操办，邀请了不少收藏大家，还有不少名声斐然的画家。钟池和他的父亲不同，是个彻头彻尾的商人，晚宴自然也少不了商界新老朋友的参与。

　　如果没有商人，夏习清会很愿意去一趟，难得在国内也能有人愿意举办这种艺术沙龙，可一旦掺上些铜臭，夏习清的兴致就少了大半。

　　但他一向是个好强的人，既然去了就得演出个风生水起的样子，否则丢的都是自己的人。夏习清原本挑了件军绿色的风衣，后来想了想，自己毕竟是背着 Pulito 的名声去的，还是穿得再正式点，于是找了套高定灰色西装，难得地还系了条藏青色领带。头发扎了一半，看起来没那么随意。

　　开车去晚宴的时候，宅邸门口的工作人员检查邀请函，夏习清从车窗递过去，感觉保安都在看他，大概是能认出来。他现在总算明白公众人物的苦楚，无论走到哪里都会被人围观，就像动物园里的孔雀。

　　大厅布置得相当梦幻，精致的铃兰穿插在画作之中。人群围成一簇又一簇，大家品鉴着名画，抒发自己的感想，老实讲作为画家的夏习清最不喜欢的就是这个环节，自己的作品被一群人过分解读，说出连他都不明所以的分析，真的非常奇怪。

　　他在国外这么多年，在国内的时候也不怎么会被父母带出去，宴会上的绝大部分人都不认识他，这倒是给了夏习清充分的空间，只有一些年轻漂亮的小姐偶尔会鼓起勇气走上来，同他聊上两句。

　　"您平时是比较喜欢油画的吧？"

　　夏习清对着发问的女孩笑了笑，眼睛却瞟向隔着两幅画作的一个年轻男孩儿，并不是因为长得帅才会多看两眼，是因为那个男孩一直看着自己，还以为他没有发现。

　　不知道哪里来的自信。

　　"对，油画。"夏习清松了松自己的领带，"我去拿杯酒，失陪。"

　　走到休息区透了口气，夏习清端起一杯苦艾酒小抿一口，忽然听见有人叫自己的名字，一侧头，看见一个长得面熟、穿着一身暗红色西服的男人。

　　"你好，你是夏习清吗？"男人殷勤地朝他伸出一只手，"我是魏旻。"

夏习清一向对人脸盲，但不知怎的忽然就记起来了。

这个人就是上次在水云间遇到的那个人，《跟踪》剧组的资方。

还没伸出手，夏习清一转头，正好远远对上刚才一直偷看自己的年轻男孩，他像是吓了一跳，忙转过身子。

今天都是怎么了，尽是些奇奇怪怪的人。

殊不知，那个被他眼神吓跑的男孩，正低头回复消息。

柯子：珩哥，你知道我在晚宴上碰着谁了吗？

柯子：哎算了，你别猜了，我告诉你。

柯子：夏习清！

一个小时前，周自珩还跟赵柯聊着天，对方一直撺掇他去参加今晚的艺术沙龙。

"我是听说这边晚宴有很多画家什么的。"电话那头的赵柯语气里还透着些小激动，"没准儿有什么美女画家。"

说到画家，周自珩的脑子里就不可抑制地想起那个身影。

"你什么时候好这口了？"周自珩戴着耳机，闭着眼睛做造型。他今晚的活动是一个中外独立电影推广讨论会，出席的"20代[1]"男演员只有他一个，剩下的全是资历深厚、奖项在手的"大咖"，蒋茵千叮咛万嘱咐，周自珩也理解她的苦心，这是在给自己铺路。

赵柯在那头调侃道："我前两天看见夏习清上热搜嘛，然后我仔细看了看他的照片、视频什么的，我发现搞艺术的气质还真是不一样，就说不出来的那种。而且他长得比好多女孩儿还漂亮，哎他有妹妹吗？长得像吗？介绍给我？"

周自珩皱起眉头，语气不悦得太明显："你给我滚蛋。"

"开玩笑嘛，真是可惜啊，这种长相没长在女孩儿身上。"赵柯换了话题，身为发小，一如既往地调侃着他小时候那么一点把柄，"哎，你最近都没提你的初恋小姐姐了，不对劲啊。"

被说中心事，周自珩有些心虚："提什么啊……"

"真的，我都好久没听你说起了，怪难受的。"赵柯语气贱兮兮的，"你该不

---

1 指年龄在 20 到 29 岁的人群。

会是变心了吧？"

周自珩半天不说话，倒是让赵柯心里打起鼓来："喂……你没事儿吧，你怎么不说话了？"

过了好一会儿，周自珩才开口："我问你……假如你从一开始就知道有这么一个人，私生活混乱，爱说谎，喜欢玩弄别人的感情，你会和他交朋友吗？"

"你说的是多深层次的朋友？我觉得这个得分开说吧，演艺界不是挺多这种人吗？喜欢玩儿，不拿真心对别人，少爷病吧，但我觉得不妨碍做朋友啊，有些人谈感情挺渣的，但是讲义气啊，这些都分人吧。"

周自珩知道赵柯理解不了他说的话，他也不知道为什么要问赵柯这个问题，他只是觉得自己现在处在迷茫期。说实话，这种想法像野草一样在他脑子里疯长，快要把他逼疯了。

只要想到夏习清过往的所作所为，周自珩就没了自信。他怎么敢说自己是特别的？

他已经输了，只是伪装自己还有赢的概率。

一旦自己的心思被戳穿，夏习清或许会毫不犹豫地丢弃他。

如果是那样的结果，周自珩反倒宁愿把自己圈在这个虚假的圈套里。

"嗯，你说得也对。"周自珩敷衍了两句，没想到赵柯又道："话是这么说，你这么正直一人，应该也不太想跟那种人厮混吧。你连喜欢的女生都是那种天使型的。"

全和他说的相反，周自珩只想保持沉默。

他不仅和那种人厮混了，还想和对方成为相处得很舒服的好朋友。

"你来不来啊？你来我俩一块儿过去啊。"

"我参会去不了，这会儿都在做造型了。"造型师开始给他吹发型，两人也就结束了通话。

谁知道等周自珩刚听完意大利的一位导演的发言，就连着收到了好几条赵柯发来的消息。他有些意外，原来夏习清说的活动和赵柯说的艺术沙龙是同一场活动。

这么一想他又有些不意外了，艺术沙龙，夏习清的身份出席再正常不过。现在轮到他后悔了，早知道收到邀请函就应该去的，可他当时顾及太多，不管是以明星的身份，还是带着家族背景，他都太过扎眼，出席这种活动比走全明星红毯难受多了，至少同行可以分摊关注度，再加上今晚本来也有别的安排，他也只能推掉。

如果他知道夏习清会去，或许都来不及考虑这些就去了。

宴会上的赵柯正偷瞄着夏习清，手机振了一下。

珩珩：他一个人去的？

柯子：好像是的，刚刚一直一个人，不过他长得太扎眼了，男的女的都来搭讪，忙死了。

看到最后三个字，周自珩只觉得血往脑子里冲，他几乎都能想象到夏习清顶着那张漂亮脸蛋一副温文尔雅的样子跟别人喝酒谈天的场景。

这种宴会，去的都是对艺术品有一定认知的人，他们会不会和夏习清很谈得来？会不会一见如故？

心里突然间变得狂躁。

珩珩：都去了哪些人？有我认识的吗？

赵柯也没多想，看了一眼场子，火速回复了消息。

柯子：大半你都认识，好些是咱们大院儿的，这个会是钟池搞的，还请了一些土大款，你不知道，门口那豪车停得，亏得我今天还特意开了辆最低调的，还是这帮人比较爽，随便炫。

越扯越远……

周自珩不知道怎么才能让赵柯帮自己照顾着点夏习清，直接说赵柯肯定觉得奇怪，可旁敲侧击他又怀疑赵柯不能理解。

珩珩：夏习清性格比较单纯，除了画画什么都不懂，你帮我照看着点儿，万一有什么事你告我一声。

赵柯乐了，能出什么事儿啊，再说了大老远告诉你你能怎么办，真当自己是拯救世界的超人吗？

不过这发小的正义心赵柯比谁都清楚，他也不觉得有什么奇怪，而且在他心里，夏习清的确符合周自珩所说的"单纯"两个字。

行吧，他这回也当一次护花——呸——护草使者吧。

他收好手机，一回头发现夏习清竟然不见了，连同刚刚在对方旁边搭讪的那个男人也不见了。赵柯一下子慌张起来，刚答应得好好的，这么快就打脸。

"去哪儿了……"赵柯跟无头苍蝇似的乱转悠，一回头撞上一个穿着黑丝绒吊带长裙的女孩儿。

"对不起对不起，"赵柯连声道歉，却发现这个女孩儿眼熟得很，"你是……"他脑子一片空白，什么都想不起来，明明那个名字就在嘴边了。

没想到女生先笑了起来："我一晚上都在这种被人眼熟却叫不出名字的尴尬氛围中。"

一听见她的声音，赵柯就想起来了："你是阮晓！对不对？"上电视的时候阮晓的打扮总是甜美风格的，栗色长发温柔又可爱。这回头发染回了黑色，暗红色大红唇配一袭黑丝绒吊带长裙，差点儿让赵柯这种"直男"没认出来。

"你来这儿是——"

阮晓下巴朝右侧扬了一下："我跟我爸来的。"

那头聚了一群富商，赵柯一下子就明白了："你是阮正霆的女儿？"

她耸了耸肩，笑得明媚动人。

赵柯忽然想起周自珩的嘱托："哦对了，你看见夏习清了吗？"

"夏习清？"阮晓有些惊讶，"你说的是和我一起录节目的习清？"

"对啊。"赵柯又望了一圈，"我刚刚还看见他了，可能是以画家身份被邀请的吧。刚他就在休息区喝酒来着，还有一个穿酒红色西服的男的跟他搭讪，一转头就没见着人了。"

阮晓的脸色忽然变得有些难看："酒红色西装，你说的是跟我们差不多大的一个男的吗？"

"嗯。全场就他一个穿得最骚包，那香水味简直冲天了。"

身边走过去一个人，阮晓假装亲热地环住了赵柯的胳膊，压低声音说："你可能不认识这个人，他叫魏旻，在我们朋友圈里的名声非常差。"

赵柯脸上一热，都没怎么听清阮晓说什么，就这么被阮晓带到了一个人少的地方，还没回过神来，阮晓就松开了他。

"他私生活特别乱，仗着有钱，不把任何人放在眼里。"

他这回算是听清楚了，回想起刚才魏旻那股子殷勤劲儿，他皱了皱眉："那我可得赶紧找到夏习清。"

"我跟你一起。"

赵柯一个二愣子，也没发现阮晓都不问自己找夏习清是为了什么，也不问阮晓怎么会认识他，就跟着阮晓一起在钟家大宅里头绕来绕去，都绕到了小花园里。

夏习清原本借口抽烟，想甩开魏旻自己去观景台，可魏旻不依不饶，拿出雪茄献殷勤。他虽说是个"富二代"，但出于家庭原因，很少出现在这种场合，很多人甚至都不知道夏昀凯的儿子就是他。

"你的画我看过，画得真是好。"魏旻主动给他拿了杯酒，"我最欣赏有才华的人了。"

看他说来说去都是画，八成也以为自己就是个受邀的网红小画家。

夏习清微笑着拒绝了他手里那杯蓝色鸡尾酒，也不说话。

"原来你不爱喝鸡尾酒啊，也是，这种酒喝起来跟糖水儿似的，没劲。"他直接将那杯酒放在了台面上，又将雪茄递到他跟前，"这个带劲儿，私人飞机从多米尼加运过来的，尝尝。"

说他土大款一点儿不委屈，夏习清淡淡笑着，也不说话，也懒得再推，温和地道了声谢。

"我听昆导说《跟踪》的男二号定你了，"魏旻笑了笑，"是这样，你大概还不知道，上次聚会的时候你还不在，那个时候还是女主呢，我呢，投了《跟踪》这部戏……"

"所以呢？"夏习清一抬眼，烟雾里那双桃花眼风情万种，又带着再明显不过的轻蔑。

魏旻愣了一下，没料到他会这样反问："啊……我的意思是，不知道你后半夜有没有时间，我呢虽然不太懂艺术，但我喜欢所有美的事物，赏心悦目嘛，我想在家里弄一个壁画，不知道夏大画家能不能赏个脸，帮我参谋参谋。"说着他笑起来，"要是能借一借你的手，那可就是蓬荜生辉了。"

找遍钟宅的阮晓和赵柯总算在三楼瞧见夏习清的背影了，赵柯犹豫了一下，就被阮晓拉到天台对开彩色玻璃门的后头。

"你干吗躲着？"

"我家现在催着我结婚。"阮晓鼓了鼓嘴，"要是被人看到我跟着魏旻，还以为我对他有意思，万一有人闲得没事儿撮合我俩我就完蛋了。"

那我们俩……赵柯看着抓住自己胳膊的阮晓，喉结滚了滚，最后还是没说话。

"咔"的一声，快门的声音，阮晓回过头看着赵柯举着手机："你干吗啊？"

"我拍下来发给珩珩。"

"为什么要给他看？"阮晓发出灵魂拷问。

赵柯愣了一下："对哦，为什么？"

两个人沉默了两秒，突然同时发问："你是他俩的粉丝吗？"

没想到还真是同道中人。阮晓拍了一下赵柯的肩膀："好，我们现在就是朋友了。"

这是什么展开。赵柯的手机猛地振了几下，一打开，果然是周自珩。

珩珩：这是怎么回事？

珩珩：他旁边的人是谁？

珩珩：你不是跟我说你帮我看着呢吗？

赵柯也火了，噼里啪啦打字回他。

柯子：珩哥，你这就不地道了，我这不是帮你看着呢吗？我听说这人不太好惹，难不成我还冲上去把人手掰开，还冲他骂一句"起开，这是我哥们儿的朋友"？呸，瞧我说的，夏习清是你什么人啊？

周自珩在那头收到这么一长串，愣了半晌。

是啊，夏习清是他什么人啊？

别说赵柯了，就算他在场，也没法干涉夏习清的自由。

见周自珩迟迟不回复，赵柯有些慌了，觉得自己话说得太难听，可他着实想不明白，夏习清都这么大一人了，周自珩紧张个什么劲儿。

这雪茄抽得人胃里恶心，又或许是眼前的人太恶心。夏习清实在是受不了，将没抽完的雪茄插进那杯蓝色鸡尾酒里，冷冷道了句："你请不起我。"

魏旻脸上的表情一变，见对方这么不识相，火气一下子就冲上头来，但夏习清，之前在水云间惊鸿一瞥，没想到在这碰上了，他自然是不愿意放过的。

舌头顶了顶口腔内侧，魏旻理了理自己的西装领口："夏大画家，你出去打听打听，我魏旻在本地是什么地位，多少人凑我跟前我都是一个好脸色不给的。我这么捧着你，就是想跟你交个朋友，你也甭跟我端着个艺术家的臭架子，识点儿趣。"

夏习清嘴角一歪，冷笑一声。

"交朋友？"

他的脸色彻底冷下来。

"你也配？"

说完，夏习清转过身，笔直地朝着天台外头走去。

看见夏习清准备出来，赵柯怕露馅，倒是阮晓比较冷静，拽着赵柯的外套转了半圈，让他背对着夏习清，自己也正好被赵柯挡住，伪装成一对儿拥抱的情侣。

"我们跟下去吗？"阮晓松开手，一路盯着夏习清，没听见赵柯的回应，抬头一看，赵柯正冲着自己发呆。

"喂。"

"去，现在就去，前赴后继地去，马不停蹄地去。"赵柯一慌就开始说胡话，惹得阮晓笑起来："还挺有才，走吧。"

夏习清的恶心劲儿还没犯完，下楼的时候都晕晕忽忽，他刚才就看见阮晓了，她跟那个一直偷窥自己的年轻男孩在一起，也不知道究竟在忙活些什么，原本想打个招呼，见她明显是在躲自己，夏习清也就顺着台阶下了，免得尴尬。他心想着先去趟洗手间，回来再装出偶遇的样子跟她打声招呼，然后直接回家得了。

这个晚宴简直无聊透顶，玷污艺术之名。

走到二楼，夏习清看见拐角处有一个洗手间，不知是不是快到夏天的缘故，他觉得身体有些无力，脑袋也昏昏沉沉，准备进去洗把脸。

可刚关上门他就感觉到不对劲。

恶心的感觉消退了大半，可他腿开始发软，他扶着洗手池，额角已经开始渗出汗来。他想到了之前那根雪茄，一定是雪茄有问题。他尽力想站住，可腿越来越软，跟废了似的，他第一时间想到了周自珩，手在西装口袋里摸着，好不容易摸出手机，却没有信号。

夏习清后背湿透了，整个人都不对了。

阮晓，找阮晓。

夏习清用力抓着洗手台，勉强爬起来，拖着沉重的步子开了门，没走两步，就觉得后脖子钝痛，感觉被两个人给强行架了起来，可眼前什么都看不清。

失去意识前的最后一秒，他的脑子里想的居然是周自珩的名字。

赵柯和阮晓下楼的时候看见夏习清进了洗手间，没法跟进去，两个人只能在外头一面聊天儿一面候着，没想到竟然看见两个穿着黑西装的男人扛着夏习清直往电梯走。

"我天，钟家人不管的吗？"赵柯快步冲上去，还没摸到电梯门就关了。他低声骂了一句，一面给周自珩打电话一面下楼梯，阮晓脱了高跟鞋拎在手上，光脚跟着赵柯跑了下去。

"钟家人不会管魏旻的，他们最近还有一个房地产项目的合作。"

"接电话啊大哥。"赵柯急得一头汗，连打了三个电话才等到周自珩接电话。

"我的珩哥您总算接电话了，你这会儿在哪儿啊？"

"开车，马上到钟家了。"周自珩的语气很不好。赵柯压根儿没听出来，也没想他怎么就过来了，火急火燎地把刚才看到的那一幕说给他听："夏习清不知道怎么回事就被两个男人给架起来弄走了，人都昏过去了。我刚刚明明亲眼看见他好端端走到洗手间去的，不知道怎么回事就……"说着说着，赵柯就反应过来了，"哎，该不会是被绑架了吧……"

周自珩脑子里的一根弦一瞬间断了，油门踩到了底。

"给我堵住他。"

最后这句话，周自珩几乎是咬牙切齿说出来的。赵柯从来没见过这个从小正能量"爆棚"的发小有过这种表现。不管怎么样，周自珩这么着急，他也不能放着不管。

"赵柯，刚刚我让我司机在下面看着。"阮晓皱着眉，"他们已经上车了。"她低下头把司机传给她的照片转发给了周自珩。

"我让他跟着车，你是开车来的吗？"

赵柯一下子就明白阮晓的意思，抓住阮晓的手腕下楼取车："我们去追那辆车，你让司机连着导航，"他想起刚才周自珩的语气就觉得后怕，"我怕周自珩一失控，做出什么要命的事儿。"

阮晓不觉得周自珩是那种人："怎么会，自珩……"

赵柯发动了车子："你不了解他。"他看见阮晓没系安全带，二话没说凑过去飞快地帮她系了，又把西服外套脱下来递给她，"你知道站在道德制高点的人触底反弹是什么样子吗？"

"我现在都害怕他是端着狙击枪来的。"

跟着定位追了五分钟，赵柯总算找到了魏旻的车，他一路给周自珩共享着定位，已经是晚上十一点，路上就魏旻一辆骚包的红色超跑。

"我们现在怎么办？"

阮晓冷静分析："要么现在上去截人，要么跟他到底。"她看一眼赵柯，"你是不是不方便，万一捅出点娄子，你爸他……"

"烦死了。最烦这些富二代。"赵柯低声骂了一句，又想到身边的阮晓也是"富二代"，"抱歉，我一着急就乱说话。"

"没事，我也烦。"

正说着，路上逆向开过来一辆黑车，眼熟得很，还没等赵柯搞明白怎么回事，那辆车居然突然飘移打横，直直地撑在开得飞快的红色超跑跟前，吓得前头的超跑猛地刹车。

赵柯也跟着踩了刹车，愣愣地开口："周自珩来了。"

果然没猜错。赵柯眼睁睁地看着黑车上下来一个人，一身黑色燕尾西装，手里好像提着根棍子，带上车门那一下不知道使了多大劲，连车身都跟着猛地一震。

就那个身形，不是周自珩还能是谁。

他感觉自己都出现幻觉了，周自珩身上好像有一团火。

周自珩一脚踩在红色超跑的前盖上，眼神狠戾地盯着里头的人。

"开门。"

驾驶座上的魏旻正骂着这个黑车车主，怎么也没想到下来的居然是周自珩，对方这架势更是吓坏了他。

周自珩自己惹不起，可这夏习清跟他有什么关系，不就是一起演个电视节目，他还当真了？

"你干什么？"魏旻强装镇定，"想上社会新闻找别人去，跟我要什么横！"

周自珩面无表情，抬起右手用棒球棍指着魏旻前头的挡风玻璃。

"开门。"

"你听不懂……"

话还没说完，一声巨响，挡风玻璃被周自珩用棒球棍砸了个粉碎。玻璃碴溅了出来，嵌进周自珩手臂里，他仍旧没有一丝表情，冷冷地走到车门前，手臂一甩，将驾驶座的车窗砸碎，手伸进去一把揪住魏旻的领子，将对方的头扯出车窗外，魏旻的脖子离玻璃碎片只有几厘米的距离，周自珩一抖那些碎片就能直接穿进自己脖子里。

疯了。这个人绝对疯了。

赵柯看到这一幕也吓了一跳，这完全不是他认识的周自珩，他慌里慌张地解了安全带下车，关车门前嘱咐阮晓："别下来，在车上等我。"说完他朝那边跑去。

魏旻本身就是个尿货，不敢跟疯子拉扯，命最重要。

他按了一下按钮，所有车门都打开。

"我开了、开了，你可以放开我了吧？"

周自珩松了手，走到了后座，见到晕倒在后座的夏习清，只觉得最后的一点理智都要被满腔的愤怒烧没了。

"自珩，"赵柯跑了过来，看见躺倒在后座的夏习清，"你快把他带走，再在路上纠缠就被人拍到了。这个浑蛋我帮你审。"

他压低声音："最近敏感时期，你别捅出什么娄子。"

周自珩看他一眼，那一眼盯得赵柯浑身发毛，他都有点怀疑现在让周自珩带夏习清走是不是一个明智的决定，但看周自珩这副样子，完全是谁带夏习清走就弄死谁的架势。

周自珩弯腰将夏习清从车里抱出来："问清楚吃了什么。"撂下这句寒气逼人的话，周自珩抱着昏迷的夏习清上了那辆黑色雷克萨斯。

拉开副驾驶的车门，周自珩动作轻柔地将夏习清放在座位上，调低座椅让他可以躺下。周自珩关上车门自己坐上驾驶座。他发现自己的手都在抖，不完全是因为愤怒，还因为恐惧、后悔。

如果他没有及时赶到，如果今天赵柯不在宴会上……

后面的事他根本想都不敢想。

这辈子没开过这么快的车，他整个人像极了一个爆竹，引线烧在了最后一截，只差一点就炸得粉身碎骨。

手机忽然响起来，周自珩接通了电话，听到了赵柯的声音。

"自珩，我刚问出来，只是吃了安眠药。"

"对身体伤害大吗？"周自珩没发觉自己的声音都是发抖的。

"可能会有后遗症。这个人渣本来是用来对付别人的，但夏习清根本不理睬他的奉承，为了出气就……"

周自珩听不下去了，没听赵柯把话说完就把电话挂了。

这都是什么事儿。

把车子开进车库的时候，夏习清终于从钝痛中醒过来，他的眼睛都是花的，视野里的一切都重影了。他无力地转过脸，看到的是周自珩的侧脸。

"周自珩……"

一开口声音都不对了，很沙哑，完全不受他的控制。

周自珩停下了车，握住夏习清的手，又焦急地摸上他的额头。

真的是他，真的是周自珩。

夏习清松了一口气，可很快，仅存的那么一丁点理智又让他想逃。现在这副虚弱不设防的样子被谁看见都好，他就是不愿意被周自珩看见。

看见夏习清撇过脸，周自珩下了车，干脆直接将夏习清背了出来。

"你……放开我……"

周自珩只当什么都没听见，大步流星地朝电梯走去，夏习清极力让自己看起来正常一些，身体没剩多少力气，他推搡着周自珩："放开……"

电梯里狭窄而安静，周自珩的背上充满了他的气味，夏习清无处可逃。"我要回我自己的家……"他的声音发抖，"我……我已经醒了……你放开我……我没事了……"

"我知道。"周自珩打开了自己家的门，没有再多说一句，将他放到了沙发上。

周自珩从冰箱里拿出冰水，拧开盖子递到他的嘴边："喝点水。"

一瓶水很快被他喝光，夏习清的症状并没有好太多，但恢复了一点力气，他试图从沙发上坐起来，然而身体没有恢复，他的手刚撑起身子就从沙发边缘滑下去。"自珩……你能不能送我回家……"

"不能。"周自珩决绝地开口。听到这两个字，夏习清松开了手翻倒过去，半眯着眼睛望着天花板。

"我也不想看到你。"谁都可以看到我最坏的一面，但你不行。

你看到的太多了，你那么好。

"我要回家……"夏习清伸手摸着自己的裤子口袋，像是要找手机。

周自珩终于被逼疯了。他一把揪住夏习清的领子，双眼通红，每一个字都是咬碎了牙才能说出口的。

"我说不允许。"

周自珩已经控制不住自己颤抖的手，不知道自己在说什么了，那些卑劣狠毒的基因像是凭空从他的血液里炸出，完完全全主导了他的身体。

"我和你有关系吗……"夏习清的眼睛也红了，"你是我什么人……"夏习清浑身刺痛，"我受够你了……受够我了……"

"不可能。

"夏习清，你好好说话。"

我这么在意你，在意到不敢靠近你。

"看着我。"周自珩狠狠瞪他。夏习清冷笑一下，躺下睡了。

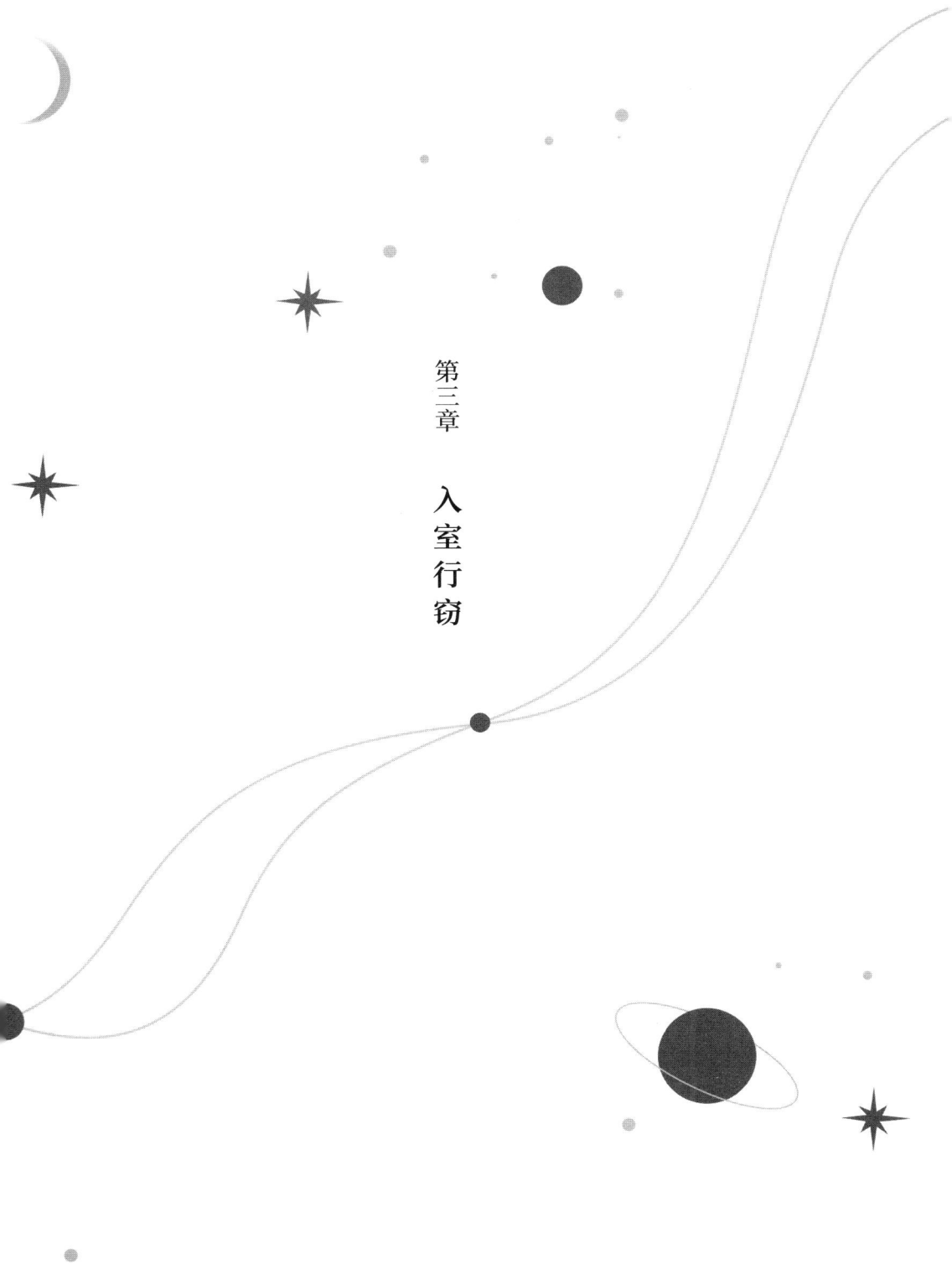

第三章

入室行窃

周自珩睡得极不安稳，尽管这些天一直忙于赶进组前的工作，每天只睡三四个小时，昨天又折腾了一晚，可怎么都没办法进入深眠之中，就好像一个浮于海面的木筏，摇晃起伏，无法靠岸。

　　梦里都是夏习清的脸，挑衅的、狡黠的、脆弱的，每一张脸上的表情都那么确切，又变得模糊，最终都消失了。

　　原来这个木筏并不是漂向远洋，而是漂向瀑布悬崖，湍急的流水让他无法呼吸，只能眼睁睁地看着自己在激流中坠入深渊，冰冷的潭水淹没了他的身体。

　　周自珩睁开双眼，迟缓地伸手摸了摸眼角。凉凉的，像梦中的潭水。

　　夏习清就躺在他的旁边，沉沉睡着。周自珩的心跳渐渐地恢复正常的频率。

　　周自珩就这么静静地凝视他的侧脸，不起床，也不说话，视线缓缓地移动，精致的眉骨，高挺的鼻梁，即使是闭上眼也能看见的重睑线条，还有鼻尖上那枚小小的痣。他伸手替夏习清把被子拉上来盖好，愧疚感快要将他吞没。夏习清昨晚睡前还在生气，他不应该这么做的，这是不对的。可他一回想起夏习清说过的话，心脏就闷痛不已。他也不想生气，也曾经试图控制自己。但一遇到夏习清，他就疯了。

　　夏习清醒来之后，应该还会生气吧，他是多么骄傲的人。

　　夏习清不知道自己究竟睡了多久，醒来的时候头痛得要命，视野里并不是想象中那么明亮，意识还没有完全恢复，可他的第一反应是伸开手臂试探。

　　没有别人，只有他自己。

　　夏习清觉得可笑，他极力地嘲讽着那个期待过剩的自己。夏习清觉得更难过了，自己是不是应该庆幸遇见的是周自珩？至少他那颗善良的心会让他足够温柔，不至于令自己太过狼狈。

嗓子干渴到快要着火，他试图撑着身子起来，却发现还是很不舒服。头疼得更厉害了，他想回家，昨晚的噩梦让他晕眩不已。

坐了好一会儿，等到缓过劲儿来，夏习清才扶着墙壁下了楼，每一步都走得艰难。

说是不期待，可夏习清下楼的时候还是想着，万一周自珩就在楼下怎么办，万一周自珩就坐在沙发上呢，他得用何种表情面对周自珩。

可周自珩并不在楼下，夏习清只看到沙发上叠好的他穿过来的衣服，还有凉掉的牛奶。

人家可是大明星，这种程度已经是仁至义尽了。也只有周自珩那种老好人才会做到这种地步，知足吧。

简单洗漱过后他把洗漱用品扔进了垃圾桶里，扶着墙走出浴室坐到了沙发上。这次连个字条都没有了，夏习清也能理解，毕竟周自珩没有义务关照他。

他动作迟缓地换上自己的衣服，那些衣服似乎都被洗过，只剩下一股西柚味洗衣液的香气。

嗓子干哑得厉害，夏习清把睡衣挂在沙发扶手上，拿起牛奶喝了一口，然后起身准备回家。

怎么心里就这么委屈呢？

夏习清自己都没发现，如果是以往，醒过来的第一件事一定是想弄死那个不要命的家伙，可现在满脑子只有周自珩，一面想知道他究竟去哪儿了，一面又不愿意去想。

他坐在玄关的台阶上换鞋。看着那双合脚的棉拖，夏习清心里更不舒服，只想快点离开这个地方。他要去喝酒喝个痛快。

夏习清把手放在门把手上，还没转，门就从外面开了。他惊呆了，门口站着的人不就是周自珩吗？

他一身黑，黑色T恤、黑牛仔裤、黑色棒球帽、黑色口罩，右手手臂上还套着一个黑色的长护袖，像是打篮球的时候戴的。或许是色调的原因，他今天的气质冷冷的，带着一股子很重的戾气。

周自珩拎着两个满满的购物袋，明显是没有料到正好能跟他碰上，看见穿戴整齐的夏习清眼神亮了一秒，又瞬间暗下去。

没有取口罩，周自珩闷着声音低头道："吃个饭再走吧，很快就做好。"

虽然这么说了，可周自珩也没有顺手带上门，就让门这么敞着，如果夏习清要走，他也不会拦。

见他就这么自顾自地拎着东西进去了，夏习清在原地愣了一会儿。

原来是去超市了？

站着也不是，进去也不是，直接回家似乎更过不去。夏习清站在门口，听见周自珩整理东西的声音，不知道怎的走了神，一下子就把门关上了。

"砰"的一声，夏习清自己都吓了一跳，后悔也来不及了。他强装出一副完全没有受到影响的样子，步伐缓慢地走回客厅。

"你喝牛奶了。"周自珩的眉头皱了一下，他出去这么久，牛奶都冷了吧，照夏习清那么懒散的个性，一定就这么冷着喝了。

夏习清却会错了意，后悔不该喝他留下来的牛奶，于是嘴硬道："没有。"

"是吗？"周自珩也没有多说话就走到厨房。谎言一下子被拆穿，夏习清伸出手背反复擦了擦嘴唇，心跳也快了起来。不知道为什么，他总感觉周自珩哪里不对劲。

夏习清正要去厨房，手机忽然振了一下，他打开微信一看，是一个人发过来的好友请求，头像是用火柴棍子拼出来的一个"柯"字。夏习清印象中并不认识什么名字里有"柯"字的人。

在他睡着的时候，手机有好几个未接来电，其中有夏修泽的，还有许其琛的，不过都只有一两通而已，还有一个未知号码，打了四五通。

他查看了一下号码，又转到微信去查看那个好友请求。

果然是同一个号码。这个人是谁啊？为什么一直找他？

夏习清懒得多想，将手机放回口袋里，走进餐厅，坐在那张小小的餐桌前，他的视线又一次落到了那束纸玫瑰上。

它们不是真正的玫瑰，没有生命，也就永远不会消失和枯萎。

永远在他的心里，开得很漂亮。

他忽然站了起来，冲着厨房里的周自珩说了句："我现在没胃口，走了。"

周自珩走了出来，站在门口，奇怪的是他还一直戴着口罩，声音比刚才还冷了几分。

"你昏迷了两天，必须得吃点东西。"

关你什么事呢？夏习清眉头拧起来，张了张嘴却没说出口。这些话太难听，清醒时候再说这样的话就太傻了。周自珩一副不会让他走的样子，搞得夏习清也没办法。

他坐回餐桌边，拿出手机，却收到了阮晓的消息。

阮晓：习清你醒了吗？有没有事？

阮晓：你身体没有大问题吧？我们都很担心你。

阮晓：那个，那天晚上和我一起救你的那个男生，是周自珩的发小，他找你有点事，你加一下他微信吧。

原来就是那天那个一直偷偷盯着他的人。夏习清添加了好友，对方很快就发来一条消息。

赵柯：夏习清你醒了？你没事吧？

夏习清：算没事吧，谢谢你那天帮忙。

赵柯：没事儿，珩珩呢？你看到他了吗？他有没有联系你？

珩珩？叫得还真是亲呢。前有初恋小姐姐，后有竹马好朋友，周自珩的童年还真是充实得很。

夏习清拿着手机优哉游哉走到厨房，靠在门框上拍了一张周自珩的背影发给他。

过了没多久，在家里焦急等消息的赵柯收到了夏习清发来的照片。

夏习清：你们家珩珩正在给我做晚饭。

夏习清无语，既然要找周自珩干吗不自己找他，非得通过自己才行，明明都是叫珩珩的关系了。这样一想，夏习清忽然有些不高兴，从聊天界面退出来，正好看见下面周自珩的聊天框，忍不住点开他的头像，就是那朵纸巾叠成的小玫瑰。

不悦的情绪简直就是恶性循环，夏习清索性关了微信，眼不见心不烦。他坐回到餐桌边，从一套餐具底下抽出垫着的深蓝色餐布，将它盖在那束纸玫瑰上。

周自珩端着青酱意面出来，一眼就看见被蒙起来的花。周自珩将夏习清的那份搁在他面前，自己坐到他的对面，将花上的餐布揭开。

夏习清正要发作，就看见周自珩将那束花取出来，一言不发地扔进了餐桌旁的垃圾桶里。他愣愣地看着周自珩，完全没想到对方居然会这么做。

"喂……你在干什么啊……"

周自珩回到厨房，把剩下的沙拉和果汁都端出来，然后才坐下。

"你不喜欢就丢掉。"

可是你不是特别喜欢吗？夏习清彻底猜不透周自珩的心思了。

"这些玫瑰是你找人叠的吧，还有你的头像，这么上心，你干吗扔了啊？"夏习清准备起来把那束花拿出来，被周自珩制止了。

"那是我自己一朵一朵叠的。但是现在我觉得没什么意义了。"

为什么啊？夏习清不明所以，尴尬地坐回去。

"吃饭吧，你肯定很饿了。"

夏习清看他一直低着头："你怎么还戴着口罩和帽子，你不捂得慌吗？"为了缓解这种尴尬的氛围，夏习清甚至自己先开起玩笑来，"你该不会是觉得不好意思吧？我都没有不好意思，你在这儿尴尬个什么劲儿。"

周自珩摘下口罩，还是低着头。

帽檐下的眼神复杂极了，周自珩似乎想说点什么，最终还是没说。

夏习清这才发现他的嘴角破了，明显是跟人斗狠打架留下来的伤："喂，你脸上这是怎么回事？"

周自珩没有回答，看了一眼手表，低下头自顾自地开口："你先吃饭，多吃一点。"说着他站起来，将那个装得满满的购物袋拿到旁边的椅子上放好，从里面拿出一样又一样东西，"那个王八蛋给你下了安眠药，你整整睡了两天，这两天什么都没吃，底子肯定很虚，这里是维生素和营养剂，你拿回去吃。我知道我说了你可能不会听，但是还是得说，这两天你不要吃辛辣，更不要喝酒抽烟，我不确定药性有没有完全消退，可能还有潜在的副作用，你别把自己的身体不当回事。"

他噼里啪啦说了一大堆，桩桩件件嘱咐到位，像是要出远门一样。夏习清有些搞不明白状况："我睡了两天……我记得离真正进组开机还有几天啊，你现在是要去什么地方吗？"他的视线扫过周自珩的手，发现对方指节上也有伤，

"还有你到底去做什么了？"

"没什么要紧事。"周自珩把南瓜浓汤推到夏习清面前，生硬地转换了话题，"对了，我听昆导说你决定进组了，如果你现在的想法还没有变的话，我们就剧组见了。"

"剧组见？"夏习清皱起眉，"你这两天去哪儿？"

"我这两天工作会很忙，飞来飞去，估计不着家了。"周自珩胡乱吃了几口面，夏习清发现他右手握着叉子的姿势明显不对劲。

"是吗？那你这几天都不会回来了？"

周自珩抬眼看他，以为他不相信自己说的话，从身上拿出钥匙卡推过去："你如果有什么需要就拿去。"

"我能有什么需要啊，说得跟我没有自己的家似的。"夏习清笑着低下头去吃面。周自珩"嗯"了一声，自己那份也没吃几口就端去厨房。

夏习清的手机响起来，又是那个陌生号码，他接通后问了一声："赵柯？"

"对，我是赵柯，你为什么不回我消息啊？自珩现在还在你那儿？"

夏习清吃完最后一口面："准确地说，是我在他这儿。"

"行行行，他现在没事吧？有没有受伤？"

"你这么关心他，干吗不自己打给他呢？"夏习清不耐烦地靠在椅子上，声音沙哑。

赵柯那边倒是先急了眼："我要是联系得上他我至于找你吗？吓我一跳，我上着课呢群里都炸了，说他自己一个人跑到魏旻那儿把对方狠狠揍了一顿，直接打进了医院，要不是周自珩他哥扛下了这件事，帮他摆平了那些说闲话的，今天周自珩就上微博热搜了。"

什么……

"只有他一个人吗？"夏习清迟钝地发问。

"对啊，他都没叫我，我居然是最后知道的。气死我了。"赵柯骂了两句又替周自珩难受起来，"最近比较敏感，他肯定是怕连累我们家所以才没找我，一个人单枪匹马过去的，司机、保安都被他撂倒了，他就揪着魏旻一个人往死里揍。我听跟魏旻住联排的哥们儿说，周自珩疯了似的，眼睛都红了，魏旻怎么求饶他都不收手。他怕出人命跑去拦住了。"

夏习清愣在餐桌前，一句话也说不出来。

"这些事他应该也跟你说了吧，我算是佩服这小子了，把人打进医院自己也受了伤，转头就回去给你做饭。"赵柯叹了口气，"这件事儿传疯了，他爸气得要命，周自珩从小到大从来没惹过一件事儿，别说打架斗殴了，都没骂过人，现在发这么大疯他爸真的……让他去给人道歉他死都不去，死不认错……你不知道他家教多严……"

"所以他现在怎么应付……"

"我刚给他哥打电话，说他爸要把他关家里禁闭几天，手机都收了，一直到他进组都不许出门。不过他跟他哥说回去取一个很重要的东西，到时候会自己回家领罚。我这不趁他还没关禁闭想看他一眼，也不知道他身上有没有重伤……"

没听完赵柯最后的话，夏习清将电话挂掉，拨打周自珩的手机，果然是关机。

他离开餐桌，沉住气走到了厨房，周自珩站在流理台边，正把蜂蜜倒进一个装满了柠檬片的玻璃罐子里，听见夏习清的脚步声，将玻璃罐子合上，微侧过头向他说明："你嗓子太哑了，得好好养几天，这个喝了对嗓子好，要放进冰箱，不然会坏。"周自珩总归不放心，"要不然这样吧，我帮你把这些东西都拿到你家去，我怕我这边说了这么一大堆你最后……"

"周自珩，你犯得着吗？"夏习清声音沙哑，带着一丝不易察觉的颤抖。

"嗯？"周自珩没明白夏习清意思，"哦，你是说这些吗？这些都是小事，不算什么。"他说完垂下头，深吸了一口气，像个做错事的孩子，"对不起。"

"你……"

"我挺后悔的，那天我也收到了那个艺术沙龙的请柬，我应该去的，这样后面的事都不会发生。"

"周自珩。"夏习清走到他的面前，一把抓住他的右手，脱掉了那个黑色护腕，上面缠着纱布，血都浸透了，"你道歉之前，能跟我解释解释这些伤吗？"

这些伤实际上是他用棒球棍砸碎挡风玻璃时被迸起的碎片刺伤的，没来得及好好处理，打架的时候又撕裂了。

他闷着声音："其实不是很严重，看着吓人，两天就好了。"

"对不起，"他的语气诚恳得要命，"我当时在气头上，冲你发了火，还说了很过分的话，我其实不是那样想的……也不是……反正我现在想起来觉得自己特别不是个东西。"

夏习清回想起他当时气急败坏对自己说的那些话，下意识皱起眉。

"所以你的意思是，你那时候说出的话，其实都不是你真正的想法？"

周自珩眼睛微微睁大，他张了张嘴："我……"他怎么能说自己当时真的就是那样想的，"我……"

一阵陌生的手机铃声忽然响起，打断了周自珩差一点说出口的话，夏习清深吸一口气："接吧。"

周自珩从裤子口袋里拿出一台手机，夏习清一眼就认出那不是他常用的那台，上面的来电人是"周自璟"。

对方的声音冷硬低沉："地下车库，两分钟，下楼。"

周自珩"嗯"了一声，挂断了电话。他难过极了，想跟夏习清解释这几天的事，可又没办法解释。

"我要去工作了。"周自珩垂着的手握成拳，语气低落，"你要照顾好自己。"

周自珩走之前还是把自己房子的钥匙卡给了夏习清。

一个嘴上说不出任何合适的给钥匙的理由，另一个也说不出任何合适的收钥匙的理由，但夏习清还是莫名其妙地拿了。

夏习清是第一次觉得这个房子这么大，大得空荡荡的，明明自己家也这么大。他坐在周自珩家的黑色沙发上，老老实实把周自珩分出来的药都吃了，不知道是不是药效的原因，他竟然又困了，浑身犯懒，懒得跑回去，又在周自珩的卧室里凑合了一晚上。

第二天难得地起了个大早，夏习清原本准备直接回去，想到周自珩的嘱咐，还是认真吃了早饭和水果，洗澡的时候发现身体恢复不少，看来周自珩的药还是管用的。

正想给周自珩发微信谢谢他的药，才想起来这家伙现在被关了禁闭。

没劲。

周自珩一走，就跟抽了他的筋似的，干什么都没劲。

现在只有打击报复才能勾起他的兴趣。

阮晓打电话过来，夏习清虽然有点奇怪，但也能猜到阮晓找他的意图，那天阮晓一出现在晚宴上他就猜到了她的身份。

"习清，听说魏旻被自珩打进医院了？"

夏习清"嗯"了一声，慢条斯理地扣着衬衣的扣子。

"魏家人现在想闹事，毕竟周自珩是公众人物，他们可以抓住这个把柄，虽然周家势力大，但是他们想翻点浪也不是没可能。毕竟现在的网友听着点儿风吹草动就想吃瓜。"阮晓那边似乎也在走路，一边还有人跟她打招呼，她客气地应了一声，"而且现在钟家和魏家有一个项目要共同开发，他们现在等于是同一条绳上的蚂蚱。"

"什么项目？"

"一个商业城的开发，具体的我也不清楚，不是我家的业务范围。"阮晓叹了口气，"要是这会儿有一个可以顶掉魏家的房地产公司就好了，最好是财大气粗的那种，砸钱把他弄下来，钟家老大不会跟钱过不去。"

这话刚说完，夏习清就轻笑一声。阮晓还有些莫名其妙，正要问他笑什么，就听见夏习清淡淡开口："有啊，正好一个做房地产开发的企业。"

"什么？"阮晓不明所以，难不成夏习清想找周自珩的哥哥？可周自璟不是搞金融的吗？

"寰亚。"

阮晓一惊。寰亚？"寰亚的老板不是夏昀凯……夏？你是夏昀凯的……"

"对。虽然我不是很想承认，但我的确是他的儿子，也是目前为止除他以外，寰亚最大的股东。"

阮晓半天说不出话，虽然她平时也觉得夏习清看起来就是一副不太缺钱的样子，可他太低调，从来不会谈及自己的家庭，加上身上这股艺术家的气质，根本不会让人产生他居然是"富二代"的想法。

"我以为你就是中产家庭出身的……这么一想你和夏叔叔还挺像……"

夏习清皱了皱眉："别，我和他一点也不像。我学艺术让他觉得不争气，所以对外他也从来不说我是他儿子，熟人见过的也只有他的小儿子而已。"

阮晓叹了口气，这种家庭里乱七八糟的事儿她见得不比夏习清少，不管怎么说，现在夏习清摊了底牌，那魏旻基本死得透透的了："天，魏旻要是知道他给夏昀凯的儿子下了药，估计能吓哭。这个项目虽然明面上都认定是钟魏两家合作了，但我这边听说还是要招标的，你们到时候插一脚，我这边再敲敲边鼓，钟家肯定第一个丢掉魏旻这枚弃子。"

阮晓分析得很到位，句句都说到了他心里。夏习清改了主意，准备先去一趟从没去过的公司，把这件事交代好。

这还是他回国后头一次去公司，尽管他一向不屑于被人冠以"夏昀凯的儿子"这样的称呼，但这种从小到大没有尽到任何一点父亲责任的人，不拿来利用一下，简直说不过去。

夏习清原本想开车库里最骚包的一辆黄色超跑，可后来想了想，毕竟现在也算是小半个公众人物，后续还得跟周自珩一块儿拍戏，这种不必要的麻烦还是能避就避。

寰亚的大楼离他家也没有多远，从夏习清家的落地窗望过去，最高的那一栋就是。他难得地戴了副黑色墨镜，穿得要多"富二代"就有多"富二代"，车钥匙往门口接待怀里一扔，手插口袋进了公司大门，直奔前台最漂亮的那一位。

"您好，请问先生您有什么需要吗？"前台小姐笑得一脸亲切，可看他的眼神有种分辨的意思，八成是认出他了。

"我找夏昀凯。"

"夏……"前台小姐听见公司老板的名字吓得噤声，"那个……请问您有预约吗？"

"没有。"夏习清的手指轻轻弹着大理石台面，一副无所谓的样子。

前台小姐脸上露出抱歉的笑："那先生，不好意思，我们董事长非常忙，需要预约才能安排会面。"她拿出一本备忘录，还有一支钢笔，双手递给夏习清，"不然这样，您留下您的联系方式和相关事宜，我们会替您转达，或者在董事长新的行程安排出来后通知您。"

"是吗？"夏习清轻笑一声，转了转手里的笔，"他当初生我的时候，也没跟我预约啊。"

说完夏习清把墨镜往额头上一推，露出一双漂亮的桃花眼，拿着笔在备忘录上点了点，像是在试墨，见前台愣在那儿不知所措，他用下巴点了点她手边的内线电话："你现在告诉他一声吧，说他儿子来给他找麻烦了。"

前台小姐吓得连连点头，拨了个电话，一边应声一边瞄着低着头握笔的夏习清。电话里那头的董事长助理一开始也以为是胡闹，还呵斥了她一顿，可前台小姐还是描述了一下夏习清的样子，那头才沉默了几秒。

"你请他上来。"

挂掉电话，前台小姐舒了口气。

"那个……夏、夏先生，董事长请您直接去 28 层，电梯门口有人接待您。"

夏习清朝她露出温柔无比的笑，轻声说了句"谢谢"，然后戴上了墨镜。他抬了脚正要走，又折返，一副想起了什么的样子："对了，你工作挺尽职，值得表扬。不过……"他把墨镜重新戴好，压低声音，"千万别在微博上说你看到了夏习清，这是贿赂。"他笑着撕下备忘录的那一页，用食指压着推到了前台小姐的面前。

"说好咯。"

说完，夏习清离开前台，径直走到拐角电梯。

前台小姐翻过那页备忘录，上面竟然画着一个装束和她一样的女孩子，很可爱的漫画速写。

原来真的是网上的那个画家小哥哥！他居然是董事长的儿子！

前台小姐姐激动地捏着小纸片，发了一上午的呆，无心工作。

夏习清一路坐到了顶层，刚出电梯门就看见一个恭恭敬敬冷着脸的高个儿女人："您好，我是董事长助理 Angelica，这边请。"

懒得多说话，夏习清跟着她走到了夏昀凯的办公室，Angelica 推开门，报告了一声，夏习清就走进去了。夏昀凯正面对办公室的落地窗站着，听见动静转过身，对夏习清热切地笑了一下，笑得他难受。

"废话我就不说了，我跟你之间也没必要演什么父子情深的戏码。"夏习清一身痞气，直截了当地坐上夏昀凯办公桌对面的转椅，两只脚叠着搭在他的桌上，"我要寰亚参与钟、魏两家合作的项目。"

夏昀凯眉头皱起："钟池的项目？"

"没错。"夏习清摘下眼镜在手指上转了转，仰着脸冲站在左侧的夏昀凯笑了笑，"也不对，我不是要寰亚参与，我是要寰亚直接踢掉魏旻的团队，取而代之。"

听到夏习清说出魏旻的名字，夏昀凯走到了他对面坐下："前两天周家老二打人的事，跟你有关系？你要帮他出头？"

夏习清转墨镜的手指停了一下，冷笑出声："事实上，是他为了帮我出头，才把魏旻那个狗东西打进了医院。"他环视了一下这个偌大无比的办公室，"你每天坐在这么漂亮的办公室里，大概都不知道自己的儿子差点被人下药弄死吧。"

看到夏昀凯脸色一变，夏习清又笑了笑："别紧张，只是未遂，我还不至于给你丢这么大人。周自珩给我出了头，我心里挺感激的。不过呢……"他的手指摆弄着墨镜镶钻的镜腿，"对付这种贱骨头，光是打一顿怎么够？"

夏昀凯沉默了一会儿："关于这个项目，我会找人了解……"

"你以为我来这儿是跟你商量的？"夏习清的语气一瞬间变冷，起身，手按在桌面上，"你欠我这么多，现在给你机会补偿我……"他勾起嘴角，那双和他母亲一模一样的漂亮眼睛又冷又迷人，"爸，你是不是应该好好珍惜？"

见到夏昀凯脸上的神情从惊讶转变成妥协，夏习清这才笑出来，他的眼睛瞟到夏昀凯办公桌后头成打的高尔夫球杆，"啧"了一声。

"要我说，周自珩真是太没有经验，拳头揍人怎么行，把自己也搞得一身伤，换作是我，"夏习清的眼神落回到夏昀凯身上，"当然是用高尔夫球杆了，照着脑袋一杆子敲下去，半条命就没了。"

夏昀凯的眼神闪烁得太明显，夏习清只觉得一石二鸟，心里痛快，临走前夏昀凯把项目组经理的联系方式留给了他。

魏旻的公司是他爸魏成的子公司，对外借的都是他爸的东风。可就是拿这个总公司跟寰亚比，都不是一个等级，更不用说魏旻的草台班子了，钟池最是精明，这会儿寰亚抛出橄榄枝，他还不乐呵呵地抛了魏旻这步烂棋？

第三天的时候，夏习清盯着钟家代表和寰亚签完约，直接坐着夏昀凯助理的车去了魏旻养伤的私人医院。这家医院只接待"高规格的客户"，说白了也就是各种关系户。

说来也巧，这家医院还有寰亚的投资，大堂负责人虽然不知道夏习清的身份，可一见到 Angelica 就恭恭敬敬。

"我们想见一下魏总，请问他现在在哪个病房？"

经理连连点头，笑意盈盈："我这就带二位去。"他的余光扫了几眼 Angelica 身后穿着一身黑西装，戴着墨镜，手里还捧着一束白菊花的年轻男人，总觉得有点眼熟，可一时间又想不起来。

"就是这儿了。"他将两人领到了豪华病房套间的门口，"我给您二位传个信儿？"

"不用了。"Angelica露出职业化的笑容，"吴经理，我正好来这边跟您谈一下后续投资的事，我们借一步说话。"

董事长助理都这么说了，经理怎么敢推托，他应着声儿，眼看着那个捧花的年轻男人推开病房门走进去，一转眼又合上门。

跟着Angelica走出VIP区，他才忽然发现不对劲。这个年轻男人手里捧着的花哪里像是探望病人的啊，一水儿开得贼好的白菊花，说是参加葬礼还差不多。

惹不起夏家的人，经理出了一后背的冷汗，只能让魏旻自求多福了，反正也不是什么好东西。

夏习清进去病房的时候，魏旻正躺床上看着电影，优哉游哉，听见声响还吆五喝六的："哎，你个护工怎么出去这么久，滚过来给我把床调高点儿，没看见少爷我看电影呢嘛，傻子一个，不会干活就给我滚。"

夏习清一句话也没说，步伐沉稳地走过套间的外室，来到了魏旻的床边，这个眼高于顶的浑蛋压根儿连看都没看来者。夏习清轻手轻脚摘下墨镜挂在胸前，伸手调整了一下他的病床。

"这样可以了吗？"

"高了点儿……"魏旻忽然发觉声音不对，可受了伤脑袋被固定着，他只能斜着一双眼极力去看，夏习清将手里的白菊花搁在桌上，很是体贴地凑到了他的跟前，掐住了他的下巴："看清了吗？好看吗？"

"夏、夏夏夏习清？"魏旻吓得跟见了鬼似的，说话都打哆嗦，"你、你怎么可能来这儿？"

"哎？不好看吗？"夏习清眼角微挑，笑得柔软。他的手松开，瞟到床头柜上的一把水果刀，"我这来一趟，也没给魏总带个果篮，这样吧，我亲手给您削个苹果。"

说着他便挑了个最红的苹果坐在床边，仔仔细细地削着，长长的果皮堆积起来，落到白色的被子上。一面削，那双漂亮眼睛一面从头到脚扫视躺在床上不能动弹的魏旻，只见他胳膊也断了，腿也吊着，一张脸鼻青脸肿看得人反胃：

"啧，周自珩下手也太狠了吧，真没想到他是这种人，明明在我面前又乖又奶，听话得很。"

"你……你们俩果然是串通好的！"魏旻又气又怕，"是不是他放你进来的？我告诉你，要是你敢对我做出什么事，我一定会搞周自珩，我去找记者，我要让他身败名裂！"

一直连着的果皮忽然断了，夏习清的眉头皱起来，露出相当不满的表情："你试试？"

他的气场一下子就镇住了魏旻。虽然怕，但魏旻心想自己在本地怎么着也是个有头有脸的人物，就算周家势力大，还能弄死他不成？这个夏习清又是个什么东西，一个破画画的居然敢这么嚣张。

"我不光试，我说要他身败名裂就是身败名裂！什么狗屁完美人设，我非撕了……啊！"

惨叫声代替魏旻的狠话。他吓得瞳孔都扩散开，浑身发抖看着夏习清握住水果刀的手。

"你、你……"

夏习清利落地拔起刀，用那张纯真无比的脸看着吓到说不出话的魏旻，慢条斯理地笑着开口。

"你说你怎么这么有眼光，晚宴上百来号人，偏偏想搞夏昀凯的儿子？"

"夏……夏昀凯？"魏旻惊得都忘了疼，"怎么可能……你是……"

夏习清隔着被子用力按了一下，疼得魏旻叫个不停。

"我是学画画的，还算了解人体，下一次我就不会这么温柔了。"夏习清将水果刀扔到桌上，"当"的一声脆响。

"你要是还妄想对付周自珩，"夏习清弯下腰，拍了拍魏旻那张令人恶心的脸，笑得狠毒又漂亮，"不管是你的项目，还是你的钱……我都会让它彻底消失。"

夏天快来了。这是一年中夏习清最不喜欢的一个季节，黏腻的汗水，没完没了的蝉鸣，还有快要将人烤化的太阳，连找一处可以躲避热度的阴凉处都成了奢侈。

他一心惦记着周自珩家的泳池，终于在某一天的晚上脱了衣服跳进去游了个痛快。这种未经允许登堂入室的罪恶感让他开心不已，他把头发往后一撸，裸着上半身在泳池里拍了张自拍，微信直接分享给了周自珩。

啊，他现在没手机啊，又看不到。

太可惜了。

收到许其琛发给他的最终版剧本，夏习清花了一整个晚上读完，心里挺复杂，但他觉得，如果这部戏真的能好好拍出剧本的内核，一定会非常精彩。

"我觉得你私心不小，这个剧本光是读起来就够令人遐想的。"夏习清开了一听啤酒喝下一大口，"我都能脑补出那些粉丝讨论起来的架势。"

许其琛的声音在电话里听起来很是开心："还好啊，我只是把他们写成了一种相互依靠的关系，至于他们究竟怎么看待彼此，其实我是没有做决定的，我觉得这个还是得看你们俩在演绎的时候注入的感情，然后就是观众怎么去理解。"

听到夏知许在对面催促的声音，夏习清瞟了一眼时钟，快晚上十一点，的确是不应该再继续打扰他们了，他也找了个借口挂掉了电话，睡不着觉，打开微博逛了一下，发现了一个很奇怪的热搜——"东明集团漏税"。

东明不就是魏旻的那个草台班子？

这可太有意思了，夏习清点进热搜，头几条都是官博，发布的也都是同一条新闻，标题就是《东明集团逃税高达 1.2 亿元，公司法人魏某等待法院传唤》。

"公司法人魏某的律师称，魏某如今……因病住院，痊愈后将全力配合检察院的调查……"夏习清念着新闻内容，不禁笑出了声。不过照他律师的口吻，这个魏旻八成是做了假账，不然咬死不会承认，现在说得这么模棱两可，肯定也是害怕到时候摆平不了。

不过魏旻怎么说都是一个"地头蛇"，谁能把这件事给揪出来？

夏习清想到了阮晓，尽管他不觉得是阮晓一手促成的，但总觉得她应该是知道些什么。他翻到阮晓的微信约她出来喝咖啡，谁知第二天见面的时候，阮晓竟然是跟一个男的一起出现的。

"你不打算跟我解释一下——"夏习清笑着抿了一口咖啡，视线落在坐在对面的两人身上，"你们怎么一起来了？"

阮晓面不改色："我知道你找我是为了什么，我这不是把'始作俑者'给你带来了吗？"那个年轻男孩儿听完阮晓的话瞥了她一眼，夏习清打量了一下坐在对面穿着连帽卫衣戴着黑框眼镜的男生，怎么看怎么面熟。

这穿衣风格，跟周自珩有的一拼。

他一下子反应过来，这就是上次晚宴上那个盯着他的男孩啊："你是赵柯？"

赵柯点了点头，推了一下鼻梁上的眼镜，一开口就是本地口音，夏习清不禁想着，都是一个地方的人，怎么周自珩没什么口音呢，难道是因为从小演戏？

"你身体……没事儿吧？"赵柯笑得有点尴尬，夏习清正喝着咖啡，听见他这话差点儿没给呛着："哎，咱们能不提这事儿了吗？"

好不容易过去了，现在又车轱辘。

"你约我是不是想知道魏旻逃税的事？"阮晓拨了一下头发，露出狡黠的笑，说完用肩膀碰了一下赵柯的胳膊，"他弄的。"

"他？"夏习清忽然想起来赵柯是周自珩的发小，虽然他到现在也不知道周自珩的家庭背景，但这么一想赵柯家也不容小觑。

阮晓朝着夏习清招了招手，隔着桌子凑到他的跟前，压低了声音道："他爸是……"

夏习清刚听见这话，阮晓就被赵柯给拽了回去，赵柯还扯了扯她的斜露肩T恤："你背都露出来了！"

"哪有那么夸张，这就是这种设计。"阮晓又朝着夏习清比了个口型，夏习清立刻明白过来，心想怪不得魏旻这事儿不早不晚地就给抖搂出来了，原来是因为赵柯。

"你怎么说服你爸去查他的啊？"夏习清问道。

赵柯抓了抓头发楂："也不是，我吃饭的时候跟我爸提了这么一嘴，我爸之前根本不知道他私底下跟人有勾结，也挺生气。"

这个魏旻，自己给自己那么大脸，事实上每个人都把他当棋子儿。夏习清觉得讽刺，又觉得他们这几个人也挺逗的："没想到这个世界这么小。"

阮晓用手指轻轻弹着杯壁，有些不明白："周自珩家境那么好，干吗去演艺界啊？"

"他嫂子是演艺界挺厉害的经纪人，茵姐，不知道你们认不认识？"

"蒋茵？"夏习清这可就没想到了，"蒋茵是他嫂子？"

"你认识啊。"赵柯继续道，"反正自珩等于是他嫂子带出来的，不然你想他出道这么多年，资源那么好还一点儿绯闻都没有。

"不过那小子铁了心想演戏有两方面原因，一方面是他觉着明星的力量其实很大，可以影响特别多人，他希望可以凭借偶像效应让更多的人去了解和关注一些被人忽视的社会现象，说俗点儿就是传播正能量。另一方面嘛……"

阮晓催着他继续，赵柯这才开口："他小时候喜欢一个小姐姐来着，他说那个小姐姐在他最害怕的时候鼓励了他，所以他才会有勇气站在镜头面前，他不想辜负那个小姐姐的期待，希望有一天她能在荧幕前把自己认出来。"赵柯叹了口气，"虽然我是觉得说不定人家早就忘了他结婚生子了。"

"这是什么一见钟情的神仙剧情啊，真看不出来周自珩是这么纯情的人。"

两个人聊得热火朝天，夏习清只当听不见这两人一唱一和，忽然发现微博热搜榜变了，第一名不是他和周自珩的词条。

"这一期的《逃出生天》播了吗？"夏习清抬眼问道。

阮晓拿出手机看了一眼日期："真的啊，完了完了，这一期我肯定得挨骂。"

赵柯道："为什么啊？"

"我差点儿把习清给投出去，还是自珩保了一下他。我真是服了自珩了，明明自己好不容易当一次'杀手'，居然处处护着习清，最后果然护脱了吧，本来稳赢的。"

这话说得夏习清耳根子发软，他假装听不懂，点进了他和商思睿的热搜，头一条是一个粉丝发的商思睿微博截图，就是上次夏习清为了气周自珩特意靠在商思睿肩上的那张自拍。

谁知道粉丝们却在评论区吵了起来，场面一度失控。

他这回可算是明白粉丝吵架正主得有多尴尬了。

夏习清本来还想跟周自珩分享一下，想起来他还在关禁闭，手机也不能用，于是只能退而求其次，给商思睿发了条微信。

习清：追星女孩的战斗力真是太可怕了。

没想到商思睿这么一个忙翻了天的偶像居然还能"秒回"。

思睿：我都习惯了，哈哈哈。

习清：我都不知道怎么回事，骂着骂着变成我和周自珩的粉丝互掐了。

思睿：你骂我我骂你，我俩哥哥是好兄弟。

夏习清对商思睿是彻底服气了，他回到微博，检查了一下自己有没有在吃瓜的时候点赞什么微博，以免在不知情的情况下引发腥风血雨。没想到坐对面的阮晓忽然开口："妈呀，周自珩发微博了？"

"不能吧，他手机都没了拿什么发啊？难不成是小罗帮他发的？"赵柯登上微博看了一眼，"还真发了！"

夏习清原本也想刷新一下微博，看看周自珩发了什么，可对面两个人就这么直勾勾地看着自己，脸上还挂着不可言说的微笑。

完全就是看热闹的笑容啊……

"你们俩上次的合照！他居然发了！"阮晓把手机推到了夏习清的跟前，自己还乐呵呵地跟赵柯炫耀，"我跟你说这张照片是我见证他俩拍的，看见左下角那个红色的袖子了吗？那是我的袖子！"

顾不上听对面两个人的话，夏习清愣愣地看着周自珩的微博，什么都没有写，只是分享了那张合照，镜头里的自己还有些茫然无措，周自珩自顾自笑得一脸阳光。

傻瓜。

夏习清一面在心里吐槽，一面又有些好奇，周自珩是怎么发的微博，明明都没有手机。

"破案了破案了，还真是小罗。"赵柯把自己的微信聊天界面摆出来给他们俩看，"小罗去给他送剧本，就在他家聊了一会儿天，跟他提了一嘴今天节目播出的事儿，没想到临走的时候周自珩非拽着小罗，让小罗登录自己的微博账号，把草稿箱里的微博发出去。"

草稿箱？夏习清眯着眼睛看了一眼小罗的聊天记录。

小罗：自珩也不知道抽什么风，非让我现在就发，我一看草稿箱就一条微博，还是半个月前的，而且还是他和习清的合照，我就纳了闷了，不给他发他还跟我急眼。

赵柯和阮晓在旁边笑得见牙不见眼，只有夏习清一个人没反应过来，周自珩这家伙在搞什么鬼？

笑够了，赵柯脸上的表情稍稍收敛一些："我刚还听小罗说自珩这两天瘦了好多呢，该不会在家闹绝食吧？"

"怎么可能……"夏习清"哼"了一声，低头喝了一口已经凉透的咖啡。

"怎么不可能。我跟你说，我从穿开裆裤的时候就跟周自珩是死党了，小二十年了，我从来没见过周自珩发过这么大火。那天你在车里，没看见周自珩干了啥，我跟阮晓可都看得真真儿的，吓坏了。"赵柯撇撇嘴，撞了撞阮晓的肩膀，"是吧？周自珩一棒球棍就把魏旻那孙子的挡风玻璃砸碎了。"

阮晓点点头："我也是头一次见自珩那样，真的。"

夏习清用手掌撑着下巴，盯着咖啡杯里浮起的泡沫："他那种老好人的性格，见义勇为不应该是常事吗？"

赵柯摇了摇头："得了吧，我初三那年跟隔壁高中的那帮混混打架，他都没上来给我搭把手，直接报了警，害得我差点儿被我爸弄死，完了他还语重心长地教育我，说我不应该跟那帮人动手，忒不够意思。"

回想起那天晚上周自珩脸上的表情，夏习清大概能想象到周自珩是怎么从魏旻手里把自己给弄回来的。可赵柯旁敲侧击得太直白，夏习清都不知道怎么接话了。

见他仍旧沉默不语，赵柯也干脆岔开了话题，单刀直入："你要不要跟我们一起去'探监'啊？"

夏习清皱起眉，略嫌弃地看向对面那两个满脸怂恿的家伙："探监？"

周自珩这几天在家，说是禁闭，倒不如说是身心双重煎熬，为了更贴合高坤的人物形象，嫂子还特地请了一个营养师，每天逼着他吃一些难吃到死的营养餐。

这两天老爸拿家训教育他，总结来归结去就是逼着周自珩去给受害人魏旻道歉。

"你说说，我平时让你练格斗、练腿法，是让你去打人的吗？啊？我那是让你路遇不平可以出手相助的。"

周自珩蔫蔫地跪在地上："我只能路遇粉丝，遇不了不平……"

"嘿你还跟我犟嘴！你打人就是不对，我非得把你揪过去给人道歉。自璟，你开车押着他去。"

周自璟刚挂断电话会议，从楼上下来，听见老周这么一说，又转身假装什么都没听到直往楼上走。

"我不道歉，爸，他真的欠打，我不光想打他，我都恨不得……"

老周一脚端上周自珩的腰："你恨不得怎么样？我看你是恨不得气死我。"

"他真不是个好人！"

第三天，禁闭在家跳绳的周自珩听着电视新闻，突然听见了一个熟悉的名字，他二话没说扔了绳子直奔老周的房间，把正在午休的老周活活摇醒了。

"爸！你看！我就说那个魏旻不是好人，逃税一个亿呢！你说这种人该不该打！"

老周眯着眼睛瞅着电视里，还真是魏旻的公司被查了："一个亿？这、这怎么能干出这种事儿呢？"

"对啊！怎么能这么坏？我看我那天就该狠狠教训他。"周自珩咬牙切齿地说着。

"唉，现在的年轻人……浮躁。"

道歉这件事儿总算过去了，心里总算舒坦了点儿，没想到小罗来的时候顺嘴一提，周自珩这才知道微博上又把商思睿跟夏习清的合照翻出来炒冷饭。那天夏习清挑衅他，害得他一气之下把自己跟夏习清的那张合照删了。

谁知道那天晚上，夏习清喝醉了哭了一宿，周自珩觉得又可怜又心疼，转头就偷偷把那张照片给恢复了。他想发出去，可犹豫了好久，最后还是没发，就让它静静地躺在自己的草稿箱里，他没再去管。

"小罗，你一定得给我发出去，千万别忘了。"

"为什么啊？"

"就……就宣传节目啊！"

两家粉丝在网上吵成那样，周自珩连个发微博的手机都没有，气得吃不下减脂餐。他百无聊赖地用手撑着下巴，手拿着叉子叉起一块西蓝花，呆呆地望着。

"这个是夏习清最不喜欢吃的，筷子都不沾一下。"他一面自言自语，一面把西蓝花塞进嘴里，越嚼越没有滋味儿。

"胡萝卜他也不喜欢……

"西芹，吃到嘴里就会吐出来……"

周自珩看着一盘子蔬菜，烦躁地仰头望着天花板。

夏习清怎么这么挑食啊？

自己不在的时候，夏习清肯定又跑出去喝酒了，没准儿还跟一些不三不四的人鬼混，万一又被魏旻之类的人找麻烦，自己现在被关起来，谁保护他啊？

真是越想越烦。

忽然，窗户那儿被什么东西砸了一下，周自珩侧着脑袋瞥了一眼，没看见什么，又丧着一张脸望着天花板。

砰——

又是一声。

谁啊，哪家熊孩子？

周自珩站起来，阳台的门从外面锁了起来，他也没法推开，只能站在玻璃门那儿朝阳台看了一眼，什么都没有。

怪吓人的。周自珩鸡皮疙瘩都起来了，他"唰唰"两下把玻璃门两侧的落地帘拉上，觉得自己大概是关禁闭关得脑子都糊涂了，于是决定先去洗个澡冷静一下。

等他洗完澡裹着浴巾出来的时候，发现帘外竟然隐隐约约透着一个人的影子，蹲在阳台上鬼鬼祟祟，周自珩在卧室兜了一圈，拎着根棒球棍靠近阳台的玻璃门。

那个影子窝成一团，就这么聚在对开玻璃门的中缝那儿。

周自珩屏住呼吸走到了跟前，一只手提着棒球棍，另一只手抓住帘子的一侧。

"唰"的一声。

周自珩愣住了。

夏习清竟然半跪在阳台的木地板上，手里攥着那个门锁，他似乎也被吓了一跳，抬眼望着站在玻璃门后的周自珩，嘴里叼着一朵刚从周自珩家花园偷来的花，还带着夜里的露水儿。

周自珩手里的棒球棍都吓得掉了下来。

"你……你怎么在这儿？"

隔着一扇门，夏习清听不清他的喃喃自语，但能猜出个七七八八。他站了起来，将那朵花别在自己的耳朵上，对着玻璃门呵了口气，细长白皙的手指在上头写写画画。

周自珩走近一步，仔细地辨认着他写的字。

入室行窃。

写完他还挑了挑眉，一副"我就是来挑衅"的样子。

这人还真是……

周自珩嘴角都不自觉地勾起。

他也学着夏习清的样子，在玻璃上呵气，写出一行字回复。字有点儿多，夏习清眯着眼睛仔细地看了好一会儿，这个小动作在周自珩的眼里很是讨喜，配上他忽闪的两丛眼睫和耳畔开得漂亮的花朵，可爱极了。

在心里默默念着，拼拼凑凑，夏习清终于读懂了周自珩给出的答案。

我只有这个，要吗？

眼神停留在句末问号处，夏习清满心疑惑，正要抬眼，却看见周自珩再一次伸手，在玻璃上画了一朵花。美术功底不怎么样，画得歪歪扭扭的，不标准，但很可爱。

隔着那朵花，夏习清看见他明朗又温柔的笑容，那双眼睛如同黑夜的湖水一般，洒满了无法捕捞的星光。

翻墙这种事儿，夏习清不是头一回干，中学的时候他就隔三岔五在晚自习的时候翻出去，倒也不是跟那些社会青年厮混，就是想找个地儿自己一个人待着，有时候别的啥也不看，就坐在墙头看星星。

可为了某个人而爬墙，夏习清还真是第一次。

赵柯煽风点火的功夫实在是太厉害，一会儿说周自珩在家闹绝食，一会儿说他家家规多严多吓人，他爸拿着棍子揍他，夏习清虽然半信半疑，但一想到周自珩是因为自己才挨罚的，心里总归有些过意不去。

去看看呗，也不会掉块肉。

权当消遣。

"你的车开不进去，坐我车去。"

八点出头天已经很黑了，赵柯开着车载上他和阮晓三人一块儿上了西山，这地界儿夏习清也是头一次来。

"周自珩家在最里头那溜，看见那个红顶的房子了吗？"赵柯开着车往前，前头又卡着一个值班亭，值班人员朝这边比了个手势，赵柯乖乖放慢了车速，摇下车窗冲对方露出笑容，"是我，晚上好啊王哥，今儿您轮岗啊。"

被叫作王哥的人冷硬的脸上也露出笑意："柯子来了啊。"他的眼睛朝车里头瞟了一眼，精明得很，"还捎了朋友？"

"您好，我是他女朋友。"阮晓大大方方地朝赵柯身上一靠，吓得赵柯差点儿一抖。

"哟！找了个这么漂亮的对象啊，可以啊，"王哥递过去一本访客登记册，"比珩珩有出息！"

阮晓看见王哥正看着后座的夏习清，甜甜笑着解释："那个是我哥哥，我们今天一起来看自珩。"

"行。"王哥从赵柯那儿接过登记册，"柯子是挺久没来了，我看今儿人齐，自璟也在，你们能凑两桌麻将。"

被顺利放行的赵柯也笑起来："人不够叫你啊。"

成功从王哥的眼皮子底下溜进来，赵柯松了口气，一想到刚才阮晓那句"我是他女朋友"，耳朵就烧得慌，眼睛忍不住瞟向阮晓，阮晓聪明得不能更聪明，瞥他一眼嗔道："看什么？"

夏习清也觉得有意思，身子前倾双手搭上前头两人的座椅，左手食指刮了一下赵柯的耳朵根子："是啊，看什么？"

赵柯一抖，车都差点开不稳："没、没看什么啊。"

阮晓凑到他跟前，嘴角浅浅勾着："你明明在看我。"

夏习清也学着阮晓的样子，扯了一下赵柯的耳朵："对啊，你明明在看她。"

赵柯耳朵红得跟被煮了似的："不是，你俩……你们……"

"我当然帮着我妹妹了。"夏习清戏弄够了，长舒一口气靠回座椅上，"阮晓，你也甭跟他这个那个的，直接捅破得了，他这智商不够你玩儿的。"

"什、什么？"赵柯有些摸不着头脑。

"你该不会还以为是你在追阮晓吧，还是说你准备跟她暧昧一辈子啊？"夏习清乐坏了，"她都使了这么多招了，明追暗示，真是个榆木脑袋。"

见赵柯云里雾里，夏习清直接冲着阮晓问道："上次钟家的晚宴，你是不是知道赵柯会去才过去的？一到场就跑去跟他搭讪了，结果这家伙一门心思给人当眼线。"

阮晓叹了口气："就是啊。我还听说他喜欢黑长直，特意把头发染回来了。"她手指头绕了一下自己的长发，"结果碰上魏旻那个人渣，害得我一晚上也没什么成果。我还暗示他，我家催着我结婚呢。"

夏习清笑疯了，他忽然想起些什么："所以你参加《逃出生天》不会也是因为赵柯吧？你知道赵柯和周自珩的关系？"

"对啊。"阮晓一副理所当然的表情，"平时赵柯不是在 P 大就是在家，都没机会碰面，我总得想点儿办法接近一下嘛，我们又没有交集，而且我听说你……"她用手指捏了一下赵柯的脸，一字一句，"特别讨厌富二代。"

赵柯汗都出来了："不敢不敢……"车里现在可坐着俩"富二代"呢。

可他又有些反应不过来，阮晓又漂亮又聪明，追她的人不知道得排到哪儿："你、你怎么会看上我啊？我们以前见过吗？"

开到了周自珩家的那栋别墅，赵柯将车停了下来，等待着阮晓的回答。

阮晓鼓了鼓嘴，自己开了车门。

"有时间回去翻翻你家的旧相册，看看有没有一个可怜巴巴穿红裙子的小姑娘。"

什么童年时期一见钟情的神仙爱情啊。夏习清啧了几声，也跟着下了车。

赵柯还沉浸在没搞明白状况的混乱情绪中，直到夏习清撞了他一下，他才回神，一口气说完了他早就想好的计划。

"我们一块儿进去，然后我和阮晓从正门进去，你贴着墙从花园绕到背后，他们家花园里花丛种得密，天这么黑肯定看不见你。周自珩的房间就是那棵国槐挨着的，顺着槐树上去，特好爬。我俩就在楼下会客厅替你们拖延时间，到时候叔叔阿姨肯定都跟我们在一块儿说话。"

这个听起来不怎么样的计划，实施起来还算不错。得亏夏习清从小就不是老实孩子，爬起树来才这么溜。

翻进阳台的时候他心里还挺得意，觉得自己就像古时候武艺高强可以飞檐走壁的大侠。谁知道这老周家这么严格，还给阳台玻璃门上了锁。

在节目里成天解锁，见个朋友还得开锁。夏习清现在听见"锁"这个字儿都犯怵。

在阳台转悠半天，最后在栏杆边上找到根铁丝，夏习清叼着花半跪在木地板上忙活着开锁，得亏小时候没少干这种坏事儿，这种程度的对他来说也不算太难，可刚把"钥匙"插进去转了没两下，玻璃门后头的落地帘就被"唰"的一下子拉开了。

就在心脏受到严重刺激的当下，夏习清一抬眼就看见了只围了一条浴巾裸着上半身的周自珩，右臂上还有伤。

虽然被吓了一跳，但为了保持自己小王子的翩翩风度，夏习清还是优雅缓慢地站了起来。那朵蒙着雾气的小花，实在是太可爱了，软乎乎的，搞得夏习清心都软了。

两个人隔着玻璃门齐齐蹲下，周自珩专心致志地盯着夏习清开锁，这样反倒弄得他没法专心了，生怕今天一晚上都开不开，或者被他们家的人发现，当场擒住。

好在连老天爷都帮着他。

"开了。"夏习清长舒一口气，把那个锁头取下来放到一边，周自珩站起来拉开了玻璃门，一把把夏习清拉了进去，身上柑橘混着薄荷的沐浴露香气直往夏习清鼻子里钻。"你身上有槐花香味儿。"周自珩像只黏人的大型犬。"不是的。"周自珩伸手摘掉了落在夏习清头上的好些槐花："就是你身上的花香。"

不是，明明是他冒着危险"探监"，怎么一见面就处于下风？

周自珩伸长胳膊把房门合上，顺手把窗帘也拉好，一副游刃有余的样子。

夏习清要强得很，不喜欢周自珩游刃有余，喜欢看周自珩招架不住的样子。

"跟谁学的？"

"还能有谁？"周自珩直视着他的眼睛。

"哦。"夏习清的尾音轻飘飘的，像是风里飘忽的一片柳絮，"那你现在是急着出师了？"

"出不出师……全凭师父决定。"

太会了，周自珩真的是天赋型选手，夏习清懒得跟他耍套路："许久不见，徒弟进步不少啊。"他想像月亮撬开黑夜的缝隙一样，找出眼前这正直透顶的人的缺陷，携着玫瑰的隐秘芬芳钻进去，顺着狂跳的鼓点摸到那颗全世界最珍贵的美好心脏。它跳得那么赤诚，不偷走都觉得可惜。

它跳得太真诚了。这个胆怯的小偷费尽心机溜进去，最后也只能悄悄地摸一小下。

舍不得摘走。

下次吧，下次一定。

周自珩笑了起来，卧室门突然传来两声轻叩。没一会儿，自家哥哥要死不活的声音也传了进来。

"周自珩，滚下来，赵柯来了。"

周自珩吓得赶紧把夏习清弄上床，拿被子盖住，慌慌张张地帮他把鞋脱了塞床底下，外套也塞进柜子里，然后自己也跟着上了床。

"我不下去，我睡了。"

周自璟的声音不徐不疾："九点不到你就睡？给我开门，不然我就让你爹上来看看你睡没睡。"

一听哥哥这么说，周自珩吓得直接从床上跳起来，飞快地跑下去开了门锁，又飞快地跑上来扯过被子盖住自己，端坐在床上如同圣母玛利亚，笑得一脸谄媚地看着端着水果盘的周自璟。

"妈让我拿上来的。"周自璟将水果盘搁在桌子上，一双深邃的眼睛扫视着坐在床上的周自珩。

"谢谢哥，我一会儿吃。"

周自璟双臂环胸，一副不太愿意走的样子："聊聊？"

"聊什么啊……"周自珩都快笑不出来了。

"我挺好奇的，魏旻那孙子究竟干了什么事儿，能让你打得进医院。"周自璟的眼睛直直盯着周自珩的眼睛，活像个检察官。

"就……我就是看不惯他……"

周自璟缓慢地点了点头，立刻扬长脖子朝着门外懒洋洋地喊了一声："爸——"

"我说我说，"周自珩慌里慌张地用手指比在嘴边，又做了几个求求他的动作，"哥哥哥，我跟你说……"

连躲在被子里的夏习清都差点绷不住笑，周自珩这怂样儿，原来在哪儿都是被欺负的那一个啊。周自璟挑了挑眉："说。"

双重夹击之下，神经濒临崩溃。

"就是……"周自珩深吸了一口气，声音都小了几分。

"他动了对我来说很重要的一个朋友。"

被子里的夏习清愣住了，这还是他清醒时候第一次真真切切听见周自珩说出这一句话。

隐约间，听见冰川被暖流击碎的声响。

周自璟轻笑一声，一脸上帝视角的鄙夷表情瞟了一眼周自珩，抬脚准备离开房间。

看见哥哥终于罢休，周自珩松了一口气，却见他又迈着长腿折返。

他一步一步，走到了自己的床边。

周自珩吓得心脏都要跳出来了。

该不会被他发现了吧？

他要怎么跟老周解释啊？老周等会儿要是打人怎么办？

得先护着夏习清，反正他衣服都穿得好好的，跑也好跑。

周自珩就差闭上眼等待命运的审判了。

"啧。"

他睁开眼，看见周自璟弯腰拾起地上的一朵花，在手里转了转："挺浪漫啊。"说完，他将花扔到了周自珩的跟前。

"别给我瞎搞。"

撂下这句话，周自璟带上门走了，声音大得像是特意提醒被子里的那位似的。吓得魂魄飞了一半的周自珩长长地舒了一口气，关切地掀开被子，低声问道："没事儿吧？"

夏习清终于钻出来，还有些发怔，奇怪的是，他的脖子根儿红极了，一直红到耳朵，脸颊像是覆着两片漂亮的火烧云似的。

"你怎么了？"周自珩端详着他的脸，"脸又红又烫。"

夏习清半低着头，睫毛轻轻闪着。

"被子里太闷了……缺氧。"

实在是太可爱了。

夏习清就像一只目光凶狠的花斑猎豹，用优雅的姿态赢得猎物青睐，慵懒地舔着自己锋利的爪子。危险又美丽是他的常态，可一旦放下武器和防备，趴在地上伸个懒腰，再摊开软乎乎的肉垫，比世界上任何一只小奶猫都要可爱。

"我、我就是来看你笑话的，现在我看完了，走了。"夏习清脸上挂不住，站起来准备往窗台走，却被周自珩拉住手腕拽回来。

"你刚刚是不是不好意思了？"周自珩笑道。

"你才不好意思！"夏习清猛地抬头，周自珩给小猫顺毛："好好好，是我不好意思、我不好意思。"

夏习清没那么好糊弄："你不穿衣服是该不好意思。"

"啊！手疼，我的胳膊……"周自珩没了招，只能动用自己的演技可怜兮兮地松开右手，夏习清赶紧抓住那条还缠着绷带的手臂："不是吧，我没动你这边啊……"

周自珩藏着嘴角的笑，假装委屈地瘪着嘴："好疼，刚刚洗澡的时候就很疼，怎么办？"

夏习清白了他一眼："谁让你这么冲动？"

"你怎么可以这么说你的救命恩人？"周自珩皱起眉，"我要不是为了把你带回来，我至于吗？"

听见周自珩这样说，夏习清也一时语塞，他扯了扯嘴角，安抚小狗狗一样。

"你身体还好吧？我给你的那些药你有好好吃吧？有没有背着我去喝酒？让我闻闻你身上有没有烟味儿。"

夏习清推开了周自珩企图凑近的脸，表情难看："我身体好得很，你别这么夸张。"

"我这不是担心那个药还有副作用嘛。"

听见这句，夏习清忽然抬眼望向他："是有一点副作用……"话音未落就听见两下敲门声。

这次又是谁？

屋里的两个人都吓得噤声，门外的声音传过来。

"怎么没声儿啊……他俩不会跑了吧……"

"推门试试？"

一推开门，赵柯和阮晓就看见周自珩和夏习清打打闹闹，关系好得简直不一般。

这两个人真是……

夏习清从床上下来。周自珩咳嗽两声，把被子往上扯了扯。

"你们这是要走了？"夏习清换好鞋，走到衣柜把自己的外套拿出来，反手搭在肩上。

"对，我们一会儿先下楼，大家肯定会送我们，再说几句话给你拖延时间，你翻出去之后在拐角等我们，那里有个监控盲区。"

"行。"夏习清歪着脑袋冲周自珩挑了挑眉，"那我先走啦，今天这一趟偷偷摸摸的，下次见喽。"

"下次见吧，习清哥哥。"

夏习清推开阳台的玻璃门，长腿一伸，一只脚踩上了阳台的栏杆。

夜风一吹，把滚烫的思念都荡开，只剩下留恋。

他回头，月光底下被风吹起的头发丝轻悠悠在那张漂亮面孔上拂动。坐在床边的周自珩披了件白色的浴袍，手握着那朵花朝他歪了歪头，月光下笑得太好看。心跳在夜里隐秘地流窜。

魏旻被查，周自珩的禁闭也就没有了意义，平日里周自珩工作忙，阖家团聚的机会少，难得一家人乐呵呵地坐在一起吃饭。

"魏旻被查，你那个新戏的投资现在准备怎么弄？"周自璟提出致命一问。周自珩被关了这么多天，整个人还没缓过来，闷闷不乐地扒了口饭，满满一口苦瓜吃进嘴里，差点儿没吐出来。

蒋茵见他这副心不在焉的样子，替他接过话："现在在找新的投资方，我昨天刚跟昆导通了话，他觉得挺抱歉的，因为之前一直拍的是小众电影，票房号召力肯定是比不了那些名导的。虽说这次的选角有话题度，很多投资方都保持观望态度，如果最后成了粉丝电影也意味着赚不了大钱。"

"商人的第一位当然是利益，这很正常。"周自璟将筷子搁下，"我来投资吧，签好保密协议，我不想惹麻烦。"

周自珩抬起头，有些惊讶："你要投资？"

周自璟皮笑肉不笑地拍周自珩的肩膀："是的，所以你最好给我演得叫好又叫座，票房最少破三亿，别让你哥我做赔本儿生意。"

投资的这件事儿解决了，蒋茵也就开始了试水工作。

她安排了一些营销号，先是放出了周自珩新片的消息，但只透露了角色是一位身患传染病的人，其他什么信息都没有。

和以前不同，现在的周自珩几乎已经摆脱了大众心中高演技童星的定位，凭借真人秀中"双商爆表"的表现和超高人气成为"20代"男演员中的人气代表，光是这么冰山一角的信息，在网上也引起了不小的波澜。

和别的男明星相比，周自珩的优势在于从小积累下的观众缘，他的"路人粉"非常多，大部分关于新电影的评论都很积极。

我是学渣啊：周自珩的选片能力我是服气的！每一部电影都会关注一个弱势群体，这样子的男明星真的屈指可数了。

Arries今天睡醒了吗：周自珩厉害！

谁说我不喜欢你：周自珩终于要拍新戏了，上一部《海鸥》我是跟妈妈一起看的，我妈全程胆战心惊，一路都替他捏着把汗，到最后都感动哭了，然而她到散场都没发现男主角是周自珩，哈哈哈，演技真的太好了。

123木头人：真的，如果是别的男明星每天炒作我可能会反感，但是周自珩的演技让我跪服，感觉他这次在攒大招，希望可以拿奖吧。

趁着舆论热度的不断攀升，蒋茵又在八卦论坛放出了"周自珩和夏习清疑似一起出演新电影"的料，但是真假参半，说夏习清可能会客串一个小角色。

八卦的传播速度快。论坛里的小小一个料，一下子就引爆了全网的讨论，这一次的舆论和上一轮不同，几乎是两边倒的趋势，一边是粉丝的狂欢，另一边是路人的质疑。

追星女孩冲鸭：天哪他们两个人要一起演戏了吗？真的吗？我要住在

电影院了！

你喜欢夏习清我们就是朋友：这两个人光是演真人秀都火花四溅，不敢想象真的拍戏……导演请给我们小画家多一点点戏份好不好？

可质疑声也渐渐多起来。

蓝裙小女孩：夏习清不是画家吗？怎么一会儿演真人秀一会儿拍戏的，就不能离开娱乐圈好好地画他的画？

橘子翡翠绿：放着艺术家不做跑来娱乐圈，看来还是钱的诱惑比较大啊。

rockbyebaby：长了张好看的脸真是赢在起跑线啊，发布会露个脸就能跟偶像一起拍真人秀，现在还可以跟偶像拍戏了。周自珩的粉丝不觉得心塞吗？这个小画家蹭热度蹭得不要太明显哦。

讨论愈演愈烈。

热度刚起来，蒋茵就号召粉丝不要参与这几天的掐架，全体"闭麦"，同时撤掉热搜，换上周自珩为了新片锻炼节食的花絮。就算有粉丝小范围吵闹，也不会影响路人的观感。

就在胶着期，《逃出生天》释出特辑，都是之前的花絮剪辑而成，节目组大手笔的宣传吸引了广大节目粉丝及其他观众的注意。

最重要的是，特辑中有一个大彩蛋——前两期节目的编剧现身了。

"大家好，我是《逃出生天》的剧本撰写人。"镜头里出现了一个戴着口罩的年轻男人，他坐在自己的工作台前，介绍创作《逃出生天》解密关卡的过程。

坐在电视机前收看特辑节目的夏习清惊呆了。

这个把他们折磨得死去活来的编剧，居然是许其琛！

"其实我一开始也不太相信自己可以完成这么难的剧本，但《逃出生天》播出之后，大家的评价和鼓励让我又有了很多继续'折磨'嘉宾的信心。"戴着口罩的许其琛对着镜头浅浅笑了一下。

"这个过程非常有趣，我用自己的灵感填补了《逃出生天》的剧情框架，而在它播出之后，这些嘉宾解密逃脱的过程又给了我新的灵感，在看到节目的时候，我的脑子里就构思出了一个新的故事，尤其是第一期节目里，两位嘉宾在黑暗中不期而遇的那一幕，给我很大的冲击。

"于是我在想，如果是一个不小心染上传染病、对世界充满报复心的男孩，在走投无路之时决定随机挑选一个对象满足自己的报复心，实施犯罪，这样的一个场景，似乎非常贴合节目里的那一幕。"

画面里的许其琛展示了新的剧本创作时满墙壁的人物关系图和各种各样堆积起来的资料："所以我创作了一个新的剧本，也有幸邀请到了我心目中最适合出演的两位艺人。"

在搞什么……

夏习清彻底蒙了。他动作迟缓地拨了许其琛的电话，对方刚接通就直截了当地承认了："就是我，我以为你一早就能发现呢。"

是，他是早该发现。那么环环相扣的线索和剧情，一大堆数理知识，还有完整到可以拿来拍电影的故事线，除了仗着自己好兄弟是 T 大工科学霸的许其琛还会有谁？

舆论在特辑播出之后彻底引爆，"《逃出生天》编剧""周自珩新片编剧"双双登上热搜榜前两位，之前质疑的路人的言论开始发生奇怪的转向。

我们一起数鸭子：我有预感自己会"真香"。如果是《逃出生天》的编剧操刀……

Soph 今天也要加油：如果是《逃出生天》的编剧，那我是真的真的很想看了，剧本肯定很棒不用质疑啊。

一襟风雪载昆仑：没人发现编剧小哥哥长得很好看吗？瘦高白净、声音温柔，还这么聪明，完全理想型！

love33：虽然不清楚这个片子究竟夏习清会不会演，但这个编剧我是真的服气，他写什么我都愿意看，《逃出生天》的剧本真的"爆炸"良心。

rockbyebaby：编剧好就代表电影一定好吗？现在的网友是不是思想太简单了。

蒋茵猜到对方会弱化编剧，继续踩夏习清。

这一刻就是反击的最佳时期。

蒋茵找人把昆城那里夏习清的试镜录像经过加工处理，做出录屏的效果，然后发了出来。各大博主疯狂转载，并配上了这样的标题——《周自珩新片，夏习清试镜片段流出，疑似出演男二号》。

这种欲扬先抑的宣传手法让吃瓜群众期待反转的心理得到了极大的满足，加上夏习清充满感染力的本色出演，抓住了普通路人的心。

消极一下好：我是真路人，夏习清这演技比太多小鲜肉都厉害了，他不敢看小女孩的那个躲闪的眼神看得我心里发酸，怎么什么都擅长啊。

87我是78：夏习清最后那一滴眼泪，绝了。仙子下凡。之前那么多人黑他，说他演技一定稀烂，这么一看真心怜爱漂亮哥哥，明明又有实力又有颜。

不爱吃榴梿的小宝贝：我之前还说死都不会期待这部电影的。终究是没能逃过"真香定律"。打脸打脸。

喵喵咪呜：天哪我的习清宝贝，快到妈妈的怀里来，呜呜呜呜，妈妈给你揉一揉。我们习清的演技真的惊人了。

或许你追星吗：十分钟内我要看到这部电影的官宣！

短短几天内，舆论颠过来倒过去，连连反转，既让夏习清的参演变得让大家充满期待，消除了网友对他的质疑，又让《跟踪》这部戏未拍先红，赚足了大众的期待。周自珩亲眼看见自家嫂子的手段，只能叹服。

"不愧是最年轻的金牌经纪人兼制作人。"周自珩狗腿地给她捶着背，"我说怎么一直不公布真人秀的编剧呢，原来嫂子你有后招啊，真人秀和电影一起宣，厉害厉害。"

蒋茵白了他一眼："少跟我在这儿放彩虹屁。收拾收拾东西，明天出发去拍摄地，先跟着导演一起过去，熟悉一下环境，尽早进入角色，别白费我这一番苦心。"

周自珩点了点头，正要上楼，想起一件事儿又噔噔噔跑下来，还没开口，就听见嫂子补充道："夏习清也去，你们一起磨合，找找感觉。"

周自珩故作镇定地"哦"了一声，转过身嘴角疯狂扬起。

不用磨合，现在的感觉就挺好的。

明天就可以见到夏习清了。周自珩怀揣着这个好到令人心脏狂跳的消息，甜蜜入梦。

中午的飞机，周自珩原本想起个大早回公寓接夏习清，跟对方一起去机场，可这心思被蒋茵看得透透的，愣是不让他去。

"现在舆论刚消停会儿，你们能避嫌就避嫌。"

周自珩的脸一下子拉下来。

避什么嫌？他巴不得全天下的人都知道他跟夏习清走得近，巴不得谁见了夏习清第一反应就想到他。可说到底，周自珩又担心夏习清被人骂，只能勉为其难地同意分头行动。

夏习清没签公司，但拍戏身边不能没有助理，蒋茵打电话从公司调了个经验丰富的女助理。

"你知道习清现在住哪儿吗？我把地址给笑笑，她一会儿去接习清。"

听见自家嫂子这么问，周自珩差一点脱口而出，可他忽然想到自己如果说出来，那不是等于告诉嫂子他和夏习清住对门吗？虽然这只是个巧合，但嫂子如果追问，实在是太难解释清楚了。

"那个……你让夏习清自己去机场吧，车从你公司开出去很容易被跟，到时候再接上他，万一被记者乱写说你签了他什么的。"

蒋茵白他一眼："我现在一天天地替他操心，跟签了他有什么区别？他还不能给我赚钱。"

周自珩狗腿地夸了嫂子一路，蒋茵也顾忌到周自珩说的可能性，改变了之前的决定，让笑笑直接出发去机场。一行人最后都在机场碰头，周自珩的车在路上堵了一阵子，成了最后一个到的。他走到候机区的时候就看到了一大群女孩子围着，一个个喊着"习清哥哥"，甜得不得了。

周自珩本来还想悄悄走近，谁知眼尖的粉丝一下子就暴露了周自珩的行踪。

"珩珩你今天的衣服好好看，灰色卫衣好看！"

"珩珩好帅！"

"周自珩你今天太好看了吧！"

周自珩连连点头，十分抱歉地拒绝了粉丝们的礼物，步履艰难地走到另一个旋涡中心。坐在椅子上被一群女孩儿围住的夏习清听见动静摘下了耳机，他难得地穿了一身休闲装，黑色短袖配高腰深灰色工装裤，头戴一顶浅灰色棒球帽，看到人群中周自珩的脸，他那张时刻保持温柔的脸上才终于露出一丝狡黠玩味的笑。

"哎呀，我才发现今天习清和自珩穿得好配哦。"

"对啊，都是黑灰色系。"

周自珩有些惊讶，看了看自己的穿搭，灰色卫衣配黑色运动裤，黑色棒球帽反戴，都是临走前随便从家里扯来套上的，没想到居然真的跟夏习清一一对应上了。

太巧了，这就是别人口中的心有灵犀？

这么一想，周自珩就觉得自己今天穿得帅爆了，怎么看怎么舒坦。

快登机的时候粉丝多到走不动道，怕夏习清摔倒，周自珩站在他后头两手扶着他的肩膀，这时候才发现他身上这件修身黑T恤有多显腰身，盘靓条顺。

"自珩，你这次可以开张了吗？"一个粉丝在人群中问道。

"开张？"周自珩一脸莫名，"开什么张？"

一群粉丝笑道："演爱情片啊！"

差点儿被这帮小姑娘给呛到，周自珩低着头咳嗽了几声。夏习清感觉那双扶在自己肩上的手都抓紧了些，他浅浅笑着，对身边的女孩子们解释："这次也不是爱情片哦。"

粉丝间爆发出一阵此起彼伏的遗憾声。

"那两个人的感情挺复杂的，在我对剧本的理解里是超过了友谊的。"夏习清侧过脸回头望着周自珩，"你说呢？"

那双漂亮的眼睛忽然撞入视线里，周自珩微怔，犹豫了一秒。

"啊，对，我也觉得。"

飞行时间不算长，但这次和周自珩挨着的是导演昆城，夏习清则是坐在昆导的前一个座位，他还是老样子，一上飞机闭眼睡觉。昆导倒是有一肚子话跟周自珩讲，趁此机会把他打磨剧本期间的一些感悟和对这部戏的理解统统拿出来跟周自珩分享。

"最终版的剧本其实非常有画面感了，许编很不错，替我省了不少分镜的功夫。"昆导把电脑里的相册打开，"我们上周带着拍摄组提前去了一趟，你看这是我们拍的。"

周自珩"嗯"了一声，把视线从座位缝隙里夏习清的背影转到了昆导的电脑上。照片上是两排高到镜头也拍不下的楼房，窗户很小，楼房中间只隔着大约一米的距离，形成了一条光线匮乏的小巷。画面从中间一分为二，下面是晦暗泥泞的路和被粉刷得翠绿斑驳的墙壁，上面是无法触及的天光。

昆城观察着周自珩脸上的表情："是不是一下子就有那种感觉了？"

周自珩后知后觉地点了点头："对……没错。"

就是这条路，在这条路上走投无路的高坤跟踪了茫然无措的江桐，将他一下子推到墙壁上，翠绿的漆面在昏暗的光线下散发着幽深的光泽。

"这是武汉的景？"周自珩有些不敢相信，他之前因为行程也去过很多次这座城市，那里发达繁华，和照片里的完全不同。

"是的。"昆城点了点头，"许编在创作这个剧本的时候就定好了拍摄地，听说许编是武汉人，可能比较熟悉吧，他说这是武汉的一个城中村，现在这样的景快要绝迹了，难得啊。"

许编是武汉人。夏习清也是。

周自珩抬了抬眼，看到熟睡的夏习清的头快要偏到中间，轻微点了一下又摆正回去，有点可爱。

回到故乡拍戏，他会不会联想起什么不太好的回忆？心里隐隐有些担心，但他又想到许其琛之前说过的话。

"夏习清不能逃避一辈子，他总得面对自己的过去。"

飞机落地，周自珩一下子就感受到了曾经的"火炉"城市初夏的威力，明明才五月中旬，这里就已经有了露天桑拿的架势，走了没两步他就感觉自己的卫衣袖子快要和手臂皮肤粘到一起。南方潮湿闷热的天气，还真让他这个实打实的北方人不太习惯。

夏习清倒没什么影响，骨子里就已经适应了故乡的气候，只是他一路上睡得都不安稳，脖子有点难受，他转了转头试图缓解这种感觉，听着周自珩和昆导有说有笑地走在后头，让他本来没睡好导致的坏心情更加恶劣。

谁知下一秒，一只温暖干燥的手就按到他的后颈，不轻不重地给他捏了捏脖子。夏习清侧过头，看见周自珩的脸仍旧对着昆导，可手却在自己的脖子上轻轻按着。

周自珩朗声道："昆导，我们等会儿是先去酒店还是先去拍摄地？其他人呢？"

昆城笑着摆了摆手："我们现在还没开机呢。"他望向夏习清。"习清，我们为了让你们早点进入角色，在华安里租了一个房子，那个就是后期开机后江桐住的地方，你们到时候不是会有一个合住的时期嘛，你先和自珩一起在那里住几天，磨合磨合，找找感觉。"他的笑容里有些歉意，"条件可能会很艰苦，需要你们适应一下。"

"没事的。"夏习清笑了一下，拍掉了周自珩仍旧挂在他脖子上的手，"我很能吃苦的。"

一出机场，昆导安排好的车就接上了他们，司机师傅是个本地的大哥，说着一口令夏习清亲切无比的"汉普"，热情又能聊。小罗和笑笑拿了他们的行李先去了酒店。

昆城坐在副驾驶座，上次来武汉他已经和这个大哥很熟了，两人有说有笑，侃天侃地。司机大哥从后视镜那儿瞥了一眼，看着周自珩笑道："这个帅哥我认得的，大明星，我女儿很喜欢你。哦对了我叫杨飞，你们可以叫我老杨。"

"叫你飞哥吧。"周自珩友好地笑了笑。

飞哥又望向周自珩身边的夏习清："这个帅哥蛮白的，不像是北方人啊。"

夏习清勾起嘴角，稍稍抬了一下帽檐："我是武汉人。"

这还是周自珩头一次听见夏习清说方言。

和许多南方人不同，他一向都是说着一口标准普通话，甚至带点儿北方口音，很难让人从口音上分辨出出生地。

他说家乡话的时候声音很低，说这句话的时候"汉"字不经意间拖得很长，比普通话生动多了，在周自珩听来又酷又可爱。

"哦！你是本地人啊，难怪。"大哥也说起武汉话来，"我是说你长得就蛮像我们武汉伢。"

夏习清看了一眼周自珩，发现他一直盯着自己，笑着低声问道："你听得懂飞哥说什么吗？"

周自珩愣了一下："啊？嗯……说你长得好看。"

什么啊。夏习清笑了起来："不懂装懂。"他故意往座椅靠背上缩了缩，帽檐在眼下投下一片阴影。

谈笑间，夏习清侧过脸去看车窗外，高耸的写字楼、等待施工的蓝色围栏、轻轨下的立交桥，熟悉的街景被车窗上贴着的膜蒙上一层灰色的滤镜，像一部看了许多遍的黑白默片。

每看一遍都觉得熟悉，却又能看出许多不一样的地方。

周自珩也学着他的样子往下缩着，可一双长腿无处伸展，只好伸到夏习清的脚边，右脚插到夏习清的两脚之间。他也不想说话打扰夏习清，就默默地坐在对方的身边。

车子开了一会儿，景色忽然发生了大变化，这里的建筑还挺多，但看起来有种二十世纪八十年代的感觉，陈旧的建筑设计和快要掉皮的粉橙色楼墙无时无刻不透露着年代感，其中最显眼的大楼上面挂着一个写着"友谊百货"的牌子，字体古老。周围大大小小的建筑都是如此，不过也夹杂着一些诸如连锁便利店之类的新鲜商铺。

"这里靠近江边，拆不起。"夏习清忽然开口，"所以保留了很多以前的建筑。其实这一块以前很繁华。"

"看得出来。"夏习清主动跟他说话，周自珩开心不已。

没过多久，他们的车子就上了长江大桥，他们的视野一瞬间开阔，波光粼粼的江面上浮着夕阳洒下的碎金，几艘渡轮缓缓地漂着，偶尔发出悠长的汽笛声，极目远眺，那里有一片烧了满天的红色云霞，像是一团燃烧在长江上的火。

虽说是水景，可这里和江南水乡完全不同，这里是大江大湖，充满了热辣潇洒的江湖气。

这一点倒是和夏习清很相衬，看起来是温柔的水，真正淌进来才会触及他鲜活又不羁的灵魂。

"好漂亮。"周自珩由衷地感叹，他想起一句著名的诗，"暮霭沉沉楚天阔。"

听到这句诗，夏习清轻轻笑了一下："真是难为你这个理科生了。"

昆城和飞哥还在聊，夏习清中途问了一句："导演，具体取景地在哪儿？"

"华安里。"

"华安里?"夏习清有些吃惊,但很快恢复平静,"难为你们能找到那个地方。"

昆城笑起来:"这不是许编说的嘛,他说他写剧本的时候还特意回来了一趟。"

"哦,对,我都差点忘了。"夏习清望着窗外,"其实武汉本地人几乎都没有去过华安里,那里基本都是外来人口了。"

"嗯……"昆导转过头看向夏习清,"听说习清你和许编是同学?那这么一算你们认识挺多年了啊。"

"嗯,我们高中一个班,他那个时候就很厉害,成天参加作文竞赛,写得一手好文章。"说起高中的事儿夏习清的脸上都带了些温柔的神色,"不过他那个时候特别内向,和谁都不说话。"

"许编现在也不爱说话,但是性格挺温和,人特别好说话,好脾气。"

"嗯……他就是那样。"

周自珩对许编的经历不感兴趣,倒是非常好奇高中时期的夏习清:"那你呢?"

"我?"夏习清疑惑地侧过脸,"我怎么了?"

"你高中的时候和现在像吗?"

不知道为什么,夏习清隐约觉得周自珩这句话里透着些许遗憾的味道,像是错过了什么重要的事似的,令人惋惜。

周自珩的眼神诚恳得令人胆怯,夏习清垂下眼帘,潦草敷衍地回答:"差不多。"

"习清高中时应该有很多人追吧。"昆导拿他打趣,"长得这么好看,那不得是校草级别的?"

"就是撒,像习清这么好看的一个班里也不多吧。"飞哥也跟着搭腔。

真是哪壶不开提哪壶。

周自珩冲他挑了挑眉,凑近夏习清的脸笑道:"是啊,长得这么好看。"

他的语气阴阳怪气得太明显了。

"然后呢?"夏习清的眉尾也扬了扬。

"我就是好奇,当初是很多人排队追过你,还是你追过很多人?"

夏习清无声地笑了笑,回答了他的提问,但答非所问。

"我很难追的。"

过了江，又行过繁华都市，路途越来越偏，周自珩拿脚尖碰了碰夏习清：
"快到了吗？"

"不知道。"夏习清都没仔细分辨。

周自珩感觉自己受到了敷衍："你不是武汉人吗？"

"没有几个武汉人逛遍过整个武汉。"夏习清说这句话时的语气先是不假思索，到了末尾又隐隐约约流露出些许感叹。这一点周自珩发现了，坐在前头的飞哥却没有发现，还乐呵呵地接过话茬："对，像我这种老武汉人天天四处跑的，也不见得跑遍了所有地方。"

夏习清侧过脸看向他，那颗小小的鼻尖痣总能一下子勾去周自珩的注意力："你知道武汉三镇吧？"

见周自珩点头，夏习清继续道："其实说是三镇，倒不如说是三个城市，每一个的面积都很大，合起来就更不用说了。我家住在汉口，高中时常去武大写生，坐公交得将近两个小时，在车上都能睡一个回笼觉。"他说起往事的时候表情总是会柔软下来，"不过我们这里的司机开车很猛，基本是不可能睡着的。"

看着夏习清的脸，周自珩总想着如果在武汉待得够久就好了，他就可以听夏习清说一整夜故事了。

"你们俩有时间，离开机还有一星期呢。"昆城笑道，"习清你就多带自珩在武汉转转，让他尽快融入角色，沾沾烟火气。"

几个人在车里说着话，没多久就到了拍摄取景地。这里是武汉最著名的城中村，也是整个城市中最不"武汉"的地方。路开始变得拥挤，到处都是杂乱无章的小摊和怎么也避不开的行人，好在飞哥开车技术不错，一直把车开到了华安里的涵洞。

涵洞事实上就是进入华安社区的一条通道，两边刷得翠绿的墙壁相夹，中间一个盖住的顶。就这么一条五米宽的狭窄甬道，每天都承担着十万社区居民出行的重任。

飞哥手把着方向盘，朝着前头灰头土脸的面包车摁了一下喇叭："今天运气还可以，没碰到从那边出来的车子，不然两头一堵，哪个都动不了。"

前头的面包车终于挪开了道，像个上了年纪的老人慢吞吞往前开着，弄得他们也只能慢行，总算进了甬道，光线一下子暗下来。周自珩下意识地握紧了夏习清的手，看向他那边，可夏习清只是托腮望着车窗外。其实甬道里根本不是一片漆黑，只是稍稍暗了点，甬道也不长，车很快就开了出去。似乎是因为刚下过一场雨，地上泥泞一片，一个大妈提着两大袋子生活用品贴着甬道边走着，被车轮溅了一身泥点子，她用并不正宗的武汉话骂了几句，继续贴着甬道走出去。

周自珩不讨厌这种混乱嘈杂的市井，作为一名演员，他反倒很喜欢这种地方，这里充满了形形色色的人，每一个人都是一本摊开了的故事书，用他们的肢体和表情演绎着千奇百怪的情节。

开到了车子开不进去的地方。四个人下了车，飞哥麻利地带上车门，带着他们前往昆导托他租好的房子那儿。周自珩和夏习清走在后头，两个人的帽檐都压得很低，肩膀与肩膀在黏热的空气里时不时蹭一下，再随着步伐拉开一小段距离。

走过一段泥泞的小路，四人来到了密密麻麻的建筑区，这里的房子建得很高，让人不由得想到了香港通天的格子间，可又不完全一样，这里的高楼层明显是后来加建的。下头的楼层墙壁早已被做饭的油污抹上厚厚的深色，可上头却是洋蓝色的铁皮集装箱，在快要消歇的夕阳下泛着微紫的光泽。

"这里的条件是真的蛮差。"飞哥点了根烟吸了一口，吐出的烟雾都像是要被湿气黏住一样，没办法漂漂亮亮地散开，"这个位置面积小，人又多，地上盖不了只能往天上盖，房子越搞越高。"

周自珩正要抬头瞅一眼，就感觉一只手摁住了自己的后脑勺，走过去再回头的时候才发现，刚刚那个地方有一条松松垮垮吊着的电线，夏习清早已把手收了回来，插进了工装裤的裤兜。

"你稍微低着点儿头。"夏习清的声音在湿热的空气里显得分外清明，"也不知道吃什么长大的，这么高。"

飞哥听见了，也跟着发问："就是说，自珩你是怎么长得这么长的？"

"长？"周自珩一脸莫名，求救似的看向夏习清。夏习清低着头笑了一声，又把帽檐抬了些许看过去。"武汉话里不说人长得高，特别是对小孩子，比方说我是你的叔叔，"夏习清抬手摸了一下周自珩的帽檐，用一口武汉话学着大人的腔调说道，"珩珩，这才半年有见你又长长了。"

说完他的语气立刻变回来，连带着方言也收走了："明白了吗？"

周自珩勾起嘴角，他不要太喜欢夏习清说武汉话，有声有色。

"习清这口武汉话说得蛮有味。"飞哥笑着跟前头的昆导夸赞，昆导也觉得满意："要不怎么说许编厉害呢，连培训演员的方言都给我省了。到时候习清你就用带武汉口音的普通话来演。"

"我不是演个听障人士吗？"前头的路实在太泥泞，就算是夏习清这样随意的性子也实在没办法，只好一面说话一面弯下腰去挽起灰色工装裤的裤腿，露出白皙的脚踝。周自珩的脚步也停了下来等他。

"哦！哦对对对，江桐有一点听说障碍。"没发觉夏习清落在后头，被点醒的昆导一拍脑门，"我都给忘了。那你培训培训自珩。"

飞哥接道："他演的是外地人吧。"

"就是要培训成不正宗的武汉口音，哈哈哈。"

两个人笑作一团，走在后头的夏习清觉得热，摘了帽子抓了抓头发，又扇了两下，把帽子反扣在头上，周自珩却忽然拉住他凑了过来，小声地在耳边扔下一句话。

"我觉得我是挺高的。"

夏习清皱着眉抬眼，发丝被汗浸透了，弯弯绕绕地贴在白净的脸侧，长点儿的可以延伸到下颌线。周自珩凑到他的耳边，声音很低。

"反正比你高。"

夏习清压着火，自己可不能发作，深吸了一口气，觉得"风水轮流转"这句话可真是一点也没说错，他这么一个要横长大的，到现在居然被一个比自己小五岁的家伙给比下去了！做好表情管理之后，夏习清侧过脸看向周自珩："高不重要，年纪、阅历最重要。"他点点头，想说点什么，昆城正好回头，看见两个人打打闹闹也觉得高兴，毕竟要在一起演那么长时间的戏，演员之间必须建立一定程度的友谊，否则他这个导演可就头疼了。"阅历需要积累，"看着昆导转了过去，周自珩的余光回到夏习清的身上，他压低声音，"哥哥教我啊。"

夏习清一把推开他，嘴里吐出一个字："热。"夏习清说这句话好像带了点儿武汉人喜欢拖字的口音，像是习惯性的嗔怪，被周自珩灵敏的耳朵分辨出来。单单一个"热"字音调转了又转，直转进他心里。

就算是被推开了，周自珩也觉得开心，狭窄的楼房里飘来了不知哪户人家煨好的排骨藕汤的清甜香气，在天光即将熄灭的时刻，他微笑着走在夏习清的后头，头一次感到人间烟火的美好。

怎样都好，哪里都好，只要夏习清就在自己的身边。

走到了一个单元楼里，里头的楼梯阴暗狭窄，夏习清刚走了两步台阶，周自珩就跟了上来。夏习清原本想拉开距离，但也懒得走远，就这么任由他跟着，反正光线这么暗，走在前头的两个人也看不清。

上了四楼，又经过一条漆黑的甬道，尽头有一扇门，飞哥从裤兜里拿了把钥匙，用手机照着费劲儿地开了锁。

"就是这间屋子。"飞哥先踏进去，"你们看看，反正蛮小的。"

其实比夏习清想象中好得多，他原本以为会是那种很脏很旧的房子，事实上只是小了点，是一套狭窄的一室一厅一卫，四个人站进去都显得有点儿转不开身子。他们绕着房子转了一下，夏习清也大概了解了房型，门一进来就是小小的客厅，穿过一条小通道才是卧室，通道的右侧是厨房和洗手间，并排挨着，大小也差不多，都只够一个人活动。

整个房子唯一的光源来自卧室的一扇小窗户，窗户下面摆着一排小多肉，绿绿的很可爱。

一进屋子，那股子闷热活像是一层保鲜膜，透明但不透风，将周自珩死死地盖住，他拎起衣服领子呼扇呼扇地扇了好几下。

"差不多就是这样，其实原房主还是很爱干净的，是个外来务工的小伙子。"昆导笑起来，"人特别实诚，我说多给他点钱，因为可能要重新装饰一下嘛，他死活不要，我们还是多给了，那孩子高兴得要命，一个劲儿跟我说'谢谢'。"

夏习清试着把这个小房子和剧本里江桐的住所对应起来，这种感觉很奇妙，好像是刻意挤进一个安全的小模子里，把自己变成另一个人。客厅茶几上有台落灰的小风扇，他坐到沙发上正对着它，摁了开关。风扇吱呀呀地转动起来，风力不大，总好过没有。

周自珩的视线停留在了夏习清的身上，看着热流掀起了他的额发，看着他伸长了脖子去迎接风的到来，汗湿的头发粘在嘴角，被他用手拨开，可他却无暇顾及粘在修长后颈的碎发。

这一幕，带给周自珩一股充满烟火气的生活感。

"哦对了，我和拍摄组的人还要开会，一起去外面取夜景，你们俩留这儿还是回酒店？"

还没等夏习清回答，周自珩就擅自做了决定："留下，我想对着剧本找找感觉。"说着他三步并作两步走到沙发边坐下，一把揽住夏习清的肩膀，"习清跟我一起吧，等完事儿了我给小罗打电话接我们回酒店。"

飞哥听了把钥匙往他手里一塞："那这个给你们，我老婆刚刚还给我发短信，催我去接小孩辅导班下课。"

"没事儿，飞哥你去吧，一会儿我助理过来。"周自珩的手在夏习清的肩头点了点，"再说了，这不还有一个本地人嘛。"

就这样，昆城和飞哥被周自珩说服，两人一起下楼，脚步声渐渐地听不见了，周自珩关上了那扇锈迹斑斑的铁门。

夏习清把手里的帽子向后一扔，扔到了身后灰绿色的布艺沙发上。

即使开着风扇，屋子里也闷热得不行，夏习清自顾自地走到了浴室，声音传来的时候带着粘连的回响："我冲个凉，身上太黏了。你现在就给小罗打电话，让他来的路上买点吃的，我很饿。"

听了这话，周自珩立刻起身："我出去一下。"他飞快地戴上口罩下了楼。

夏习清在浴室里听见他出门的动静，不知道他究竟在干什么，过了十几分钟，浴室虚掩着的门打开了，周自珩踩着一双深蓝色的橡胶拖鞋走进来，手里还拿着衣服、拖鞋和新毛巾。

"你下楼了？"

"嗯，我去买了点东西。"他把衣服还有拖鞋都搁在洗衣机上就出去了。看着周自珩这副样子，夏习清心头一暖。他很想说，你没必要这样。这样的话他说过太多次，每一次都毫无障碍，也非常奏效。可不知道为什么，看到周自珩的脸，他就说不出这句话。可他心里依旧觉得，对于自己这样的人，周自珩没必要做到这步。

周自珩给对方的是他一贯当作睡衣的白色 T 恤，也是他买完东西上楼后又换下来的那件衣服，他自己则是穿了刚刚在楼下花三十元买的一件黑色短袖。夏习清穿着那双合脚的拖鞋走出了浴室，拿了毛巾擦了擦头发，觉得浑身清爽。天彻底黑了下来，客厅的灯不太亮，暗黄色灯光打下来，充盈了这个小小的空间。

一转身看见穿着黑色 T 恤的周自珩伸手捏着衣服后领，转过头似乎想找什么，夏习清走过去："怎么了？"

"领标磨得脖子好痒。"

"坐到沙发上去。"夏习清四处找了找，发现电视柜第二层上放着一把旧剪刀，于是走过去拿起来，手柄处的橡胶皮都旧得开胶了。一回头他看到周自珩正坐在沙发上等着，没做造型的头发干掉之后毛茸茸的。

"你在哪儿买的劣质衣服，该不会是楼下夜市买的吧？"夏习清走过来，周自珩朝他拍了拍自己身边的位置，笑得露出一排白晃晃的牙齿："对啊，你怎么这么聪明。"

一个大明星，真不讲究。夏习清看着这个笑容难以拒绝，坐到了他身边给他剪领标。

"别动啊，剪到肉别怪我。"

"嗯。"

小心翼翼地剪下最后一点点，夏习清用手扯下了那个劣质的领标，虽然很小心，但还是在他的短袖上留下了一些小小的破洞，没所谓了，反正一看就是便宜衣服。

"好了。"

周自珩的肚子忽然叫了一声。

"饿了吧。"夏习清笑着放下剪刀，瞟了一眼墙上挂着的摆钟，"走，带你去吃东西。"

潮气仍旧没有蒸发，但暑热随着太阳的消失散去了大半，夜风吹在人身上温温的。周自珩和夏习清肩并肩下了楼，之前一团乱的社区被万家灯火照亮，本就算不上宽阔的马路牙子被大大小小的摊位占领，临街卖衣服的，卖花鸟鱼虫的，奇奇怪怪的各种小铺子密密麻麻挤在长长的一条街上，用带着一串串小灯泡的绳子区分开彼此，也分享着彼此的光。

"你没逛过夜市吧？"夏习清伸手将周自珩的帽檐压得低了些，周自珩顺手推了一下自己的眼镜框："没有，我们那儿现在连个小脏摊儿都没了。"

"也是。整治市容市貌嘛。"夏习清拉着他走到了人行道上，这里不是夜市的主要行动区，不至于人贴人，他扯了一下自己的口罩，提醒周自珩，"小心你的手机，我以前有三台手机都是在夜市上被偷走的。"

刚说完，夏习清转头看见周自珩身手敏捷地扶住了一辆差点栽倒的小推车，抓着小推车推杆的婆婆头发花白，连声跟他说谢谢："幸亏有你啊，不然我今天这一晚上都白搞了，都没了啊。"

周自珩听不太懂，只能笑着帮她推到固定的摊位上，用普通话跟婆婆费劲地交流着，他的个子太高，只能一直弓着背，低头凑在婆婆跟前。

"您小心点儿，这个脚不大稳。"周自珩半蹲下去，从裤兜里拿出一张纸巾叠了几下，垫在那个低了一截的木脚下，"好了。"他抓着推车的木脚晃了晃，"这下就不会晃荡了。"他一抬头，正巧和不远处的夏习清目光相撞，朝对方露出笑容。

夏习清觉得自己简直热出了幻觉。

他感觉周自珩的背后长出了一对儿发光的翅膀。

这么好的人，干吗要跟自己厮混？

他也跟着走了过去，看了一眼推车上不锈钢的大保温桶和上头摆着的切好的水果，用武汉话对婆婆说："婆婆，要一杯绿豆冰沙，还要一串荸荠。"

拿了冰沙和荸荠串儿，夏习清离开了摊位继续朝前走着，周自珩跟在后头："我也要吃。"

"你去买啊。"

"我要吃你手上的。"

夏习清猛地转身，周自珩一个没刹住差点儿迎面和他撞个正着，连忙后退了一步，夏习清手里的荸荠串上串了五个削得干干净净的荸荠，每一个都白白嫩嫩圆咕噜嘟的，他把冰凉的绿豆冰沙塞到周自珩手上："先别喝。"说着他取下一个小荸荠就要递到周自珩手里，"吃吧，你们那儿应该不会把这个当水果吃。"

谁知周自珩直接低下头，就着夏习清的手咬住了那个荸荠，一仰头送入口中，嚼了两下，脆嫩清香，汁水甘甜。

"好吃！"那双黑框眼镜下的眼睛都亮了几分，"我还要。"

夏习清也跟着笑起来，夺走他手里的绿豆冰沙毫不留情地转过身："自己去买。"

"别啊，你再给我吃一个。这个好好吃啊。"

"这就是马蹄。"

"是吗？我们那儿马蹄都拿来包饺子做丸子了，不怎么生吃，而且我们那儿的一点也不嫩。"周自珩揽住夏习清的肩膀，"还是你们这儿好，什么水果都有，奶奶削好了拿出来卖，还便宜。"

无论什么时候，被人夸赞故乡都是一件令人心情愉悦的事。

夜市的中段是联排的大排档，家家生意都红火，夏习清领着周自珩找了偏僻的地儿坐下，点了四大盘烧烤，都是用铁扦儿串好的各种肉，烤得吱吱冒油，再撒上一大把孜然、辣椒和葱花，香得要命。他又去旁边的摊位买了一小碗卤味、两笼西红柿味儿的汤包，把又小又矮的桌子摆得满满当当。

"尝尝。"

周自珩拿起一串烤脆骨就往嘴里放，他向来是不吃辣椒的，这下子被结结实实辣了个蒙，抓起夏习清手边的绿豆冰沙呼噜呼噜吸了一大口。

"好辣！"他张开了嘴像大金毛似的直吸气，笑得夏习清差点儿呛着："我点的可是微辣。"

夏习清给周自珩夹了一个卤海带结："这个好吃，我最爱吃这个。"

听到夏习清这么说，周自珩想都没想就把海带结也塞进嘴里，在老卤汤里煨煮了好几个小时的海带早已咸鲜美味："嗯……这个好好吃。"可下一秒卤汤里藏匿的辛辣后劲儿又浮了上来，周自珩伸出舌头，"这个也辣。"

"啧啧啧。"夏习清摇了摇头，吃了一串烤青椒，"我们这儿大部分的东西都是带辣味儿的。"

最后周自珩一个人吃完了两笼汤包，还吃上了瘾，自己跑去又叫了两笼，没过一会儿一个大叔端着两笼汤包过来给他们搁下："帅哥，你的汤包。"此时夏习清早就吃完了东西重新戴上了口罩，大叔瞟了一眼他扎起的头发，又瞅了瞅他的眉眼，跟周自珩调侃道，"帅哥你蛮有福气啊，玩的个朋友长得蛮漂亮咧。"

老板的普通话夹着浓重的方言，周自珩听了个大概，以为他是在夸夏习清长得好看，于是笑起来，正要回他，夏习清却忽然拉下了自己的口罩，抬头对着老板一本正经道："我是男的。"

"啊？"老板仔细瞅了一眼，还真是个男的，他立刻抱歉地笑起来，"啊呀，我搞错了搞错了，不好意思啊。刚刚我老婆还跟我说有一个长得蛮高蛮漂亮的美女买了两笼西红柿汤包，我还以为是你。"

夏习清皮笑肉不笑地说了句"没事"，老板谈笑两句也就走了。

"他是说你长得漂亮吗？"周自珩一直询问，他就是好奇，为什么老板说完那句话，夏习清就要解释自己是男生呢。他回忆着之前老板说的话。

刚咬了汤包一个小口子的夏习清被滚烫的汤汁烫了舌尖，薄皮再也裹不住的汤汁在小盘子里哗啦啦地流淌，像是藏不住的隐秘心事。

吃过夜宵，两个人并肩从一条岔道走出去，渐渐远离了喧闹的夜市，华安里社区被铁路包围，耳边传来火车呼啸而过的轰鸣声，连带着心脏一起震动。

走在后头的周自珩低声开口，夏习清没有回头，把手里绿豆冰沙的塑料杯子像是投篮一样投进了远处的垃圾桶，完美得分。

"我们现在算不算……"

火车的声音铺天盖地地压过来，像一只怪物一样将夏夜的声响全都吞没，包括周自珩最后的两个字。

轰鸣声渐行渐远，一切恢复宁静。夏习清转过身子，半握着拳头。

"你刚刚说什么？"

夏习清是多么聪明的人。周自珩盯着那张月光下毫无破绽的脸，沉默了两秒。

"没什么。"

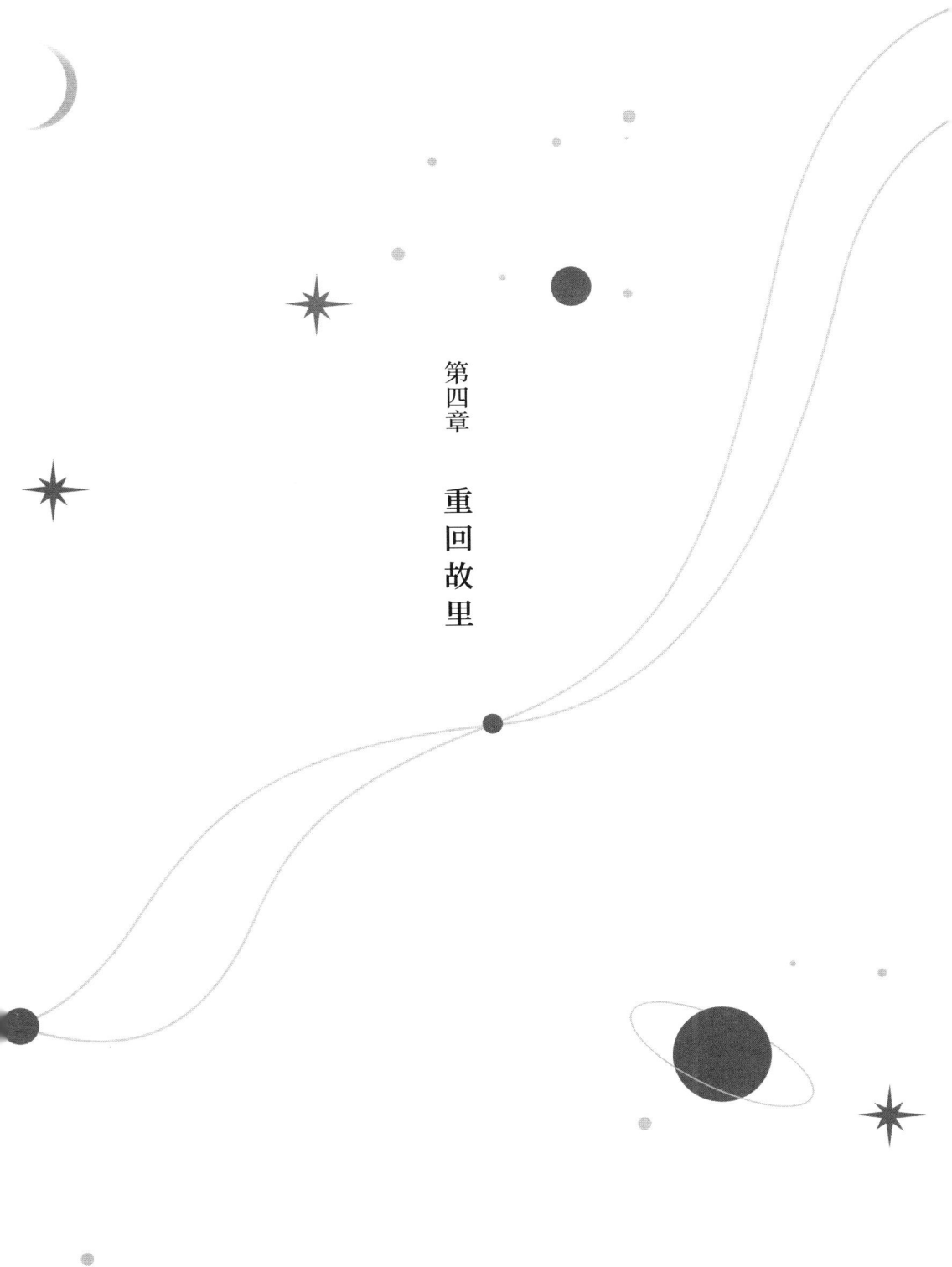

第四章

重回故里

除开刚到武汉的那两天，开机前一个星期的准备时间里，夏习清和周自珩基本上都在酒店磨剧本。

这部电影的冲突点很多，涉及的人物角色也不少，还有很多是跨度比较大的"回忆杀"，加之周自珩扮演的高坤有一个从患病早期到逐渐严重的过程，这些都意味着演员光是在形象上就要呈现出非常大的变化。

"我觉得你应该打个耳钉，"夏习清一言不发看了二十多分钟剧本后，忽然抬头对周自珩开口，"还应该染个头发。"

周自珩抓了抓自己正为了做造型养长了点的头发，他以前的头发从没超过四厘米，现在倒像个实实在在的小鲜肉了："你认真的？"

"当然了。"夏习清拿起手机，在主创群里发了一条消息。

夏习清：昆导，我提议让高坤染个头发、戴个耳钉什么的，比较像混社会的。

群里一共就四个人，俩主演一导演一编剧，很快昆城就回复了消息。

昆城：这个主意不错，高坤本来就是个外来务工差点误入歧途的孩子，在社会上混了两三年的，染个头发我觉得可以。

许其琛：嗯，高坤的形象其实是比较外放的，野路子，要和江桐形成反差，这个形象设计可以。

昆城：习清不愧是学美术的，要不你根据剧本把几个主演的形象都搞个概念图出来吧，哈哈哈。

昆城：开个玩笑。

夏习清想了想，也不是什么难事儿，但他一个人最多只能弄出两个主演的，他没有直接揽活，心里琢磨了一下，没想到坐在身边的周自珩也拿起手机回复了一条。

周自珩：他光是背台词就够呛了。话说回来，我染个什么颜色比较靠谱？

看着周自珩的回复，夏习清觉得心里头热热的，他就这么不动声色地替自己把活儿给推了，话题一下子就转开。

昆城：黄的吧，就那种特土、特俗气的，哈哈哈。

许其琛：嗯……我想也是。

夏习清想象了一下顶着一头杀马特黄毛的周自珩，觉得太好笑，有种和他形象不匹配的怪异感。他扫视着盘腿坐在身边垂着脑袋发消息的周自珩，伸手把对方的脸扳过来对着自己，左看右看，拿了放在身边的平板和电子笔。

"你要画我吗？"

"嘘……"

周自珩很有眼色地再一次低下头，对话框上写着刚才自己没有发出去的话——你们都是认真的？好吧，如果你们真的觉得黄毛可以的话我就染吧，为艺术献身。

瞟了一眼正低头在平板上画画的夏习清，周自珩一个字一个字删掉了刚刚的话，重新编辑了一条。

周自珩：发色可是大事儿，得从长计议，你们给我三分钟的时间考虑一下。

昆城：你就是不想染吧。

许其琛：[大笑.jpg]

没一会儿，夏习清就抬起头，歪着脑袋仔细地看了看手里的平板，又改了改，最后截图发到了群里。

夏习清：你们觉得这样的形象符不符合高坤？

周自珩没有点开图片，他挪到了夏习清的跟前，看着对方手里的平板，屏幕上是一个类似时装设计专业常画的概念图。上面画着一个身形高大的男人，脸不分明，但顶着染成深红色的寸头，右耳戴着一枚黑色耳钉，像一颗痣似的，上半身是一件黑色背心，左边大臂有文身，穿着条脏兮兮的深蓝色牛仔裤，蹬双山寨的旧球鞋，手里还夹着半支烟。

"怎么样，行吗？"夏习清侧过脸问他，周自珩抬了抬眼睛，抿着嘴："我觉得不行。"

夏习清皱了一下眉头，挺直了后背低头盯着平板："哪里不行？我觉得挺好的啊。"说完他又弓起了背，抿了一小下嘴，小声嘟囔了一句，"我心里的高坤就是这样的。"

周自珩只轻轻笑了一下，从他肩膀那儿起来，又伸手揉了一把夏习清的头发，坐直身子发了条消息。

周自珩：坤哥的造型就这么定了。

昆城：可以啊习清，很符合人物形象，我已经发给造型组组长了。

许其琛：不愧是习清，也挺符合我心目中高坤早期的形象。

夏习清看了消息，抬头伸腿踹了周自珩的腰一脚："你就不能对着我本人说句好话吗？"

"刚逗你的。"周自珩笑着抓了一把他的脚脖子，把他撸到膝盖的运动裤裤脚放了下来，空调开得太猛了。

"不过也是，太帅了。"夏习清一心只放在他的概念图上，他这人在别的事儿上都没什么，随意得很，唯独在画画这件事上，特别吹毛求疵，"涂黑点儿？弄个疤？"改了改还是不满意，夏习清就把怨气撒在周自珩的身上，扑到他身上扯住他的脸，"这事儿不赖我，要怪就怪你长得太帅，我帮你毁个容就完美了。"

周自珩被夏习清这突如其来的袭击一下子给弄得仰面躺在地上，可他的手还托着夏习清，由着对方拉扯自己的脸也不喊疼，只笑着调侃："那你毁啊，你舍得吗？"

这话一说出来他就有点后悔，感觉太把自己当回事儿了，看见夏习清的手滞了一下，周自珩立刻补了句："你不是就欣赏这张脸吗？"

"呵，还有身材。不过你这身材到后期也瘦成白条鸡了。"

"然后呢？"周自珩立刻坐起来看向对方，脸上的表情有点儿不大高兴，夏习清很快明白过来他是因为这句话不高兴，又蹲下来拍拍周自珩的头："没事儿，艺术品摔碎了也是艺术品，小瓷片儿都闪着人文的光辉。美学价值是不会因为画布褪色而贬值的。"真会说。周自珩勾起嘴角，颇为满意："说不过你这个搞艺术的。"

"你以后再动我鼻子，我真去点了这个痣。"两个人打闹了半天，最后小罗敲门进来送开机仪式的流程书，这才结束了这个幼稚的游戏。

最大隐形投资商周自璟信不过其他人，弄了半天还是让自己的老婆来当制片主任，在外人眼里，不过是周自珩经纪公司的老板来当制片人，这种情形在圈里也挺常见，何况蒋茵手里的片子很少有砸的，不然也不会被称为金牌制片。不过在夏习清眼里就有点儿搞笑了。

"合着这部戏到最后都是你家的班子啊，你哥投资，你嫂子制片，你来演。真逗。"

周自珩耸了耸肩。

几个戏份比较少的演员没有进组，开机仪式弄得很简单，导演带着几个主演插了香拜了拜，为了不泄露剧情演员们都没有做妆发，直接穿着私服弄完了开机仪式。

不过上一次蒋茵的营销做得非常不错，效应到现在还有余韵，光是一个开机仪式就吸引了无数家媒体前来采访，一直以来都是拍小众独立片的昆城不大擅长应付这种事，媒体见面会统共也就半小时，全集中在周自珩和夏习清身上，反倒是"圈外人"夏习清，承担了大部分回答媒体提问的任务。

仪式折腾完，几个演员就马不停蹄地开始做造型，夏习清的造型比较好做，剪剪头发再换套衣服基本就可以了，原本江桐的原型就是夏习清本人，连长期营养不良的苍白肤色都是对应着的，连粉底都不用多上，把唇色遮一遮就行。

可周自珩就麻烦了，先是要剪头发、染头发，还得贴文身贴、打耳钉。第一天夏习清只有一场戏，在剧本里还是黄昏时候，需要等几个小时。在这场戏里，从家里出来的江桐遇到了几个收保护费的混混，高坤路过替他揍了他们几个人，这是两个人在"跟踪"之后的头一次交流，很重要的文戏。

他们的造型室在之前在华安里租的一套房子里，做好造型的夏习清离开化妆间来到造型室，在门口遇到了一个小麦色皮肤、眼睛细长的男生，个子一米七五左右，人看着很有活力，上来就主动跟夏习清打了招呼："你好你好。"

被这个男生握住手摇了半天，夏习清觉得他很眼熟，大概是演过什么电视剧，可自己也不怎么看电视，或许是在微博上刷到过，应该不是像周自珩这样的当红演员，夏习清习惯性露出温柔的笑容："你好，我是夏习清。"

"我知道。我特爱看《逃出生天》！"男孩儿嘿嘿笑了两声，又觉得自己实在是太自来熟，松了握住他的手不好意思地挠了挠自己的头发，"我叫杨博，那什么，我在这里边儿演'阿龙'。"

夏习清很快反应过来，阿龙是这部戏里一个配角："哦哦，你好你好，今天第一场戏就是你的，紧张吗？"

"还真有点儿。"杨博的表情很生动，他虽然长得不帅，但一看就是天生吃这碗饭的。

刚给夏习清弄完妆面的化妆师苏姐从化妆间拎着大包小包地走过来，见两人站在造型室门口聊着，撞了一下夏习清的胳膊："干吗在门口说话啊，进去啊，还有地方坐。"

"是哈。"杨博的东北腔一下子冒出来，夏习清也笑了笑："那我们进去吧。"

一推门，夏习清就瞧见了周自珩坐在化妆镜前的背影，他的头被加热帽给包住，估计正在染头发，一个男人正拿着文身贴纸摁在他的左胳膊上，周自珩原本也侧着脑袋看着自己的手臂，一听见开门的声音就抬起头，发现夏习清和另外一个男生走进来了，他对着镜子就冲夏习清喊了一声："习清！"

他们两个人在一起的时候，周自珩很少会叫他的名字，所以夏习清有点不习惯，他冲周自珩笑了一下，杨博没发觉他视线的转移，问道："那你们拍戏还回去拍真人秀吗？"

夏习清收回眼神："暂时不拍了，制作组找了别的艺人。"

"别沾水啊自珩，等它干一干。"造型组请来的文身师拿出一把小扇子给他扇着，这个场景有点儿怪异，一个文身从手指连到脖子，留着一头圆寸的硬汉大哥拿着把粉红色小扇子半蹲着在他跟前摇着。

"哥，这个你们做了多少份？"周自珩觉得不好意思，把扇子拿过来自己扇，文身的花纹很复杂，有火焰，有缠绕的花枝，如果仔细一点看，还能看到里面藏着的一个苍老妇人的脸，那是高坤的奶奶。

高坤是个留守儿童，妈妈在他一出生就跟着别人跑了，爸爸在广州打工，他一直跟奶奶相依为命。奶奶对戏里的高坤来说是最重要的亲人。

"百来份呢，放心吧，不够后面再印。"

盯着身上的文身，周自珩有些出神，他摊开自己的手看了一眼，愣愣地问道："哥，要是真的文身也花不了多长时间吧？"

"那不一定，得看图案复杂程度还有面积。"文身哥笑了笑，"怎么，想弄文身啊？"

"没，我就问问。"周自珩摇了摇头，"我们这种职业不能随便弄文身，何况我爸也不会答应。"

"也是，上电视还得打马赛克。"

弄完文身，周自珩的头发差不多也染好了，造型师阿杰领着他过去小心翼翼地把头发冲洗干净，生怕弄花假文身。

夏习清和杨博则是坐在沙发上互相交流剧本，杨博是哈尔滨的，浑身都透着股东北人的豪爽劲儿，拉着夏习清就跟亲哥们儿一样，两个人交流完剧本又开始交流造型。

夏习清抓了一绺杨博头上的黄毛，笑道："最开始导演还说让周自珩染黄毛来着。"

"是吗？"杨博嘿嘿笑了两声，"他染肯定比我染帅。对了，你俩演了真人秀又演这部戏，关系应该挺好的吧？"

被对方这么一问夏习清还忽然有点不好意思，他眼睛往边儿上瞟了一眼："还行。"

这会儿一抬头就看到周自珩发型做好了，深红色的短发和他想象中几乎没有出入，他一下子就从小沙发那儿站起来走到了周自珩身边，由衷地夸奖道："还挺好看。"

"只是挺好看吗？"周自珩转过头冲他挑了挑眉。

"帅。"夏习清伸过手就想直接摸摸他的头发，忽然意识到这是周自珩刚做好的发型，手又收了回去，"真的帅。"

周自珩一贯修剪整齐的眉毛为了拍这部戏也一直处于放养状态，长成了他"野生眉"的样子，配上深邃的眼窝和立体的眉骨，这个面部轮廓散发着一种特有韧劲儿的魅力。

之前的周自珩身上有股扔都扔不掉的正气，明明长了张绝世"渣男"脸，可骨子里就是温柔又善良。现在这小混混的造型一弄，就跟许其琛说的一样，野路子。

瞧着他新打的耳洞，一枚黑色耳钉还挂在上头，夏习清的手指轻轻撩了一下他的耳垂："你以后就是这条街上最靓的仔啦。"

周自珩听了夏习清的夸赞，心里的高兴就快掩盖不住，先是得意地勾起嘴角，又微微抿了抿嘴。

站在椅子后头的阿杰也跟着开起玩笑来："导演也不给我们坤子配个高颜值女主角，最靓的仔就是要配最靓的女啊。"

不不不，最靓的仔如果是自己，那也没辙，周自珩在心里反驳。

不过，他这么凑近看才发现夏习清的头发剪了不少，原本头发快到肩膀了，现在被修剪得刚到下巴，看起来和他第一次遇到夏习清时的长度差不多。

"头发剪得挺好。"

"那可不，发型师是专业的。"夏习清的手自然地搭在周自珩的肩膀上，"不像你，我可跟你说好了，到时候别'咔'的一下给我剪成秃子，我可跟你没完。"

夏习清说的是剧本里高坤给江桐剪头发的一场戏，这场戏是终稿里才有的，大概是许其琛后来加进去的。

"没事儿，光头也不会影响您的美貌。"周自珩憋着笑打趣。

"滚蛋。"

副导演推了门进来，手往自己光溜溜的脑袋抹了把汗，一口半咬着舌头的标准京片子："好了吗？咱过那头拍去？"

这光头来得太应景了。这回夏习清和周自珩两个人都笑起来，跟俩小孩儿似的前俯后仰，弄得副导演一个人莫名其妙，又摸了摸他灯泡儿似的脑袋。

第一场戏是周自珩和杨博的，杨博演的阿龙是个混混儿，和夏习清饰演的江桐一样住在华安里的一个小破出租屋里，但他的戏份不多，这个出租屋剧组只租了一天，必须先拍他在出租屋的戏份。

这场戏其实是刚知道自己得了传染病的高坤盛怒之下来找阿龙，认为是他害了自己，两个人隔着铁门发生了非常激烈的冲突。

开机第一条就是冲突戏，这对演员的要求其实是很高的，但周自珩演戏这么多年早就习惯了，昆城更不放心的是杨博。

"你们先试着演一场，没事儿，这会儿天还没黑，还有时间。"

等天快黑就是周自珩和夏习清的对手戏了。导演必须在这短短的两三个小时把这段冲突戏拍到位，时间是一大挑战。夏习清在演戏方面完全空白，尽管这段时间他没有戏，但他还是站在片场看着，用最快的办法吸收学习。

演员就位完毕，场务拿着黑白相间的场记板走到镜头跟前，看了一眼摄影师的手势，开口道："《跟踪》第一场第一镜第一次。Action[1]！"

"咔"的一声打板，两台机器对着的周自珩立刻进入状态，这是夏习清从未见过的他。

他用手猛地拍打着铁防盗门，也不说话，就铆足了劲儿拍，后槽牙咬紧，眼睛垂着，砰砰响着的铁门让站在楼道旁观的夏习清也一下子就进入了情绪。

"谁啊？是不是有病啊……"防盗门里头那道门开了，隔着铁栏能看见阿龙揉着眼睛，枯黄的头发像是一团秋末时节的草，一看见高坤，他的眉头就皱了起来，脸上的表情很是嫌恶，"你脑子有病吧，过来我这儿闹事，还想不想挣钱了，啊？"

高坤握了握拳头，紧紧抿着自己的嘴唇，眼睛仍旧半垂着。

"说话啊？你抽血抽哑巴了啊！"阿龙挠了挠自己的脑袋，手扶到门上准备关门，"老子钱都给你结了，少过来闹……"

"砰"的一声巨响。高坤的拳头狠狠砸在了铁门上，他如同动物园里任人观赏的猛兽，极度愤怒之下隔着栏杆发着狠，眼睛瞪得通红。

"你……你……"愤怒让他的声音变得嘶哑，"都是因为你们的针管……"

阿龙被他吓了一跳，心里有些发虚但还是强装出一副强势的样子，毕竟这个高坤再怎么也不过是他们的一个血包而已，穷到只能来卖血的人，有什么好害怕的。

"你们什么？我看你是穷得发疯了。"

"我得传染病了。"高坤忽然开口，"你知道吗？传染病！"

第一句他说得异常平静，仿佛得病的人并不是自己，可这股平静没有维持几秒，他的拳头不断地砸向那个铁门，仿佛砸开他就可以获得解救一样，浑身战栗。

阿龙猛地怔在原地，半天没有说话。

站在一旁的夏习清看得入了迷，可阿龙一直不说话，然后又后退了两步，吞吞吐吐，高坤又狠狠砸了两下门，穷凶极恶地抓着栏杆像恶鬼一样开口："都是你，都是你害得我变成这样！我要杀了你！开门！"

---

1 导演专用语，表示开始。

夏习清的眼睛落到了阿龙身上，不对，演错了，刚才高坤明显是在救场。

"Cut! 阿龙忘词了，怎么回事？"昆导拿着对讲机喊了停，"阿龙调整一下，正好我们拍一个高坤这边的特写，没事的，先过两遍。阿龙不要有压力。"

杨博脸上露出抱歉又懊悔的表情，弯下腰连连向工作人员抱歉："对不起对不起，我刚刚是真的被周自珩吓着了。"

夏习清不由得笑起来，周自珩一秒入戏的功夫太深，不愧是在剧组长大的孩子，这气场搁谁谁都会被吓住。

化妆师连忙上前替周自珩擦汗，周自珩让杨博开了门跟他讲戏，两个人又交流了一下彼此角色在这个场景下的心情。

"没事的。"周自珩拍了一下他的肩膀，"刚上来就演冲突戏是真的不容易，我刚开始也是，慢慢就好了。"

杨博很是感激，由于外形和人设，周自珩在不熟悉的人眼里一向是气场强大又有些冷漠的类型，但这次接触他才发现事实根本不是如此，周自珩不光不冷漠，还特别温和耐心。

"准备好了？再来一条，这回拍高坤的特写，高坤注意机器。"昆导看向杨博，"阿龙先在摄影师后头站着看一下，多看几次就不会被吓着了。"

"我长得有那么吓人吗？"周自珩这么一打趣，片场里的众人都跟着笑起来，杨博的紧张情绪也好了不少。

你生气是挺吓人的。夏习清站在他的身后不远处，心里默默吐槽。

《跟踪》第一场第二镜第一次。Action!"

重新开始，杨博站在了特写摄影师的背后，认真地观察这一次周自珩的演绎，同时在后面用声音和他对戏，特写镜头呈现出来的是完完全全的阿龙视角，周自珩对于高坤情绪的处理比上一次更加饱满，从一开始有些恍惚，到越来越气愤，再到痛苦和不愿承认的无助，每一个情绪点都承接得流畅无比。他发红的眼睛里像是含着泪，但又似乎没有。

"你给我滚出来！我要杀了你！"高坤又打又踹，甚至捡起墙角被人丢弃的旧拖把狠狠砸在门上，"出来！滚出来！我非得让你给我陪葬！"他手里的长杆一下又一下地挥在铁门上，随着时间的流逝，他砸门的力度也渐渐减小，最后一下顿在半空中。

他垂下头，紧咬牙关牵扯出面颊侧面的肌肉颤动，握住拖把的手指在颤，却又努力地克制着不愿它颤。

"我今年十九岁……"

夏习清的心揪了一下。这句台词出现得太让人难受了。

阿龙的声音出现："这……这……你、你开什么玩笑，我、我我什么都不知道。你别赖我！别赖我，你的钱我给了，你去找别人发疯！"

"我找谁？"高坤又一次扑上铁门，"我去找谁！"

阿龙的声音抖得跟筛糠似的："我、我我不知道！谁传给你的你去找谁……冤有头债有主，我没有传染病你别找我！"

高坤气得发抖，一双手只想抓破铁栏杆上的纱布，穿过去将这个人拉出来，现在恨不得扒了他的皮喝他的血："你给我出来……出来！我要你的命！我要你的命！"

"Cut!"昆导喊了停，"很好，高坤特写过，下一条拍阿龙，阿龙刚刚的台词感觉对了，一定要有那种惊慌害怕又想推卸责任的感觉。"

杨博重重点了两下头。周自珩被化妆师拍了拍肩，转过来低下身子让她擦汗补妆，为了和角色更加贴合，他特地让化妆师用深色粉底化妆，肩膀上还化了晒伤磨破的痕迹，但武汉的夏天实在闷热，人稍稍动两下就开始冒汗，更不用说周自珩这么用力地表演。

等待补妆的他眼睛朝别处看了看，对上了不远处观摩学习的夏习清，一直不知道夏习清在场的他脸上的惊喜几乎无处掩饰，嘴角一瞬间就扬起来。

夏习清也对他露出笑容。这个人在演戏的时候情绪转换如此之快，他有最浑然天成的掩饰和覆盖情绪的技巧，可私底下却真诚得要命，一切情绪都那么明显。

时间很紧，周自珩补妆结束后就立刻开始第三条，第一遍的时候阿龙的情绪转换还是有些生硬，尤其是得知高坤染病之后的那个瞬间。

"你的惊慌和恐惧是分开的两个情绪，这是不对的，你当下的状态就是我不敢相信他真的身患传染病但是另一方面又害怕，不光是被他这个人吓到，更是被这个病吓到。"昆导耐心地给杨博说戏，在他充分理解角色情绪之后重新开始。对电影稍稍有些吹毛求疵的昆导在拍了六条之后才通过。

"抱歉抱歉。"杨博从房子里出来，看了一眼楼道外面，幸好太阳还没有落下来，"耽误大家时间了。"

"没事的。"周自珩朝他露出笑容，"作为一个新人你已经很厉害了。"

"自珩你知道这是我的第一部电影？"杨博有些惊讶，他原本以为自己这么小的"咖位"绝对不会引起周自珩这种当红男明星的注意力，这让他有些受宠若惊。

"我刚拿到演员表的时候查了一下每个人的资料，因为不是每次演戏都会跟认识的人搭，事先了解一下更好。"杨博额角有一滴汗流下来，被周自珩看到了，他眼睛往上看了看，又笑起来，"我觉得你很厉害啊，我第一次演电影可做不到第一场就是冲突戏。"

杨博现在简直要把周自珩当作他的偶像了，虽然这位才二十岁，比自己都小。

他算是知道为什么那么多人喜欢周自珩了。

夏习清走了过来，看了一眼周自珩脸上的表情立刻秒懂，称心又诚心地对他夸赞了一句："演得真好。"周自珩一听高兴坏了，但又找不到一个得体的方式表达出来，只好抿嘴笑了一下，冲着夏习清道："可以给我买根冰棍吗？"

"找小罗去，我又不是你助理。"夏习清瞟他一眼，"吃什么雪糕，你是三岁小孩啊。"

每次这两个人一凑到一起，杨博就感觉有一道天然屏障把他和他们隔开，自动变成了只能看不必说话的背景。

紧赶慢赶在夕阳降临之前转了场，这一场戏的取景地是一家酒店后门的小巷子，铺好滑轨之后昆导稍微讲了一下戏，因为夏习清毕竟是一个新人，而江桐这个角色又是一个内收的角色。

内收的情绪比外放的更难演，一不小心就会演成面瘫，脱离角色本身，让人跳戏。

"准备好了吧？"

站在酒店后门的夏习清点头示意，打板声响起之后他便自然地提了满满两大袋垃圾从门里走到后巷，掀开墨绿色大垃圾桶的盖子，将垃圾袋弄起来塞进去，手上很脏，他看了看，也没处可擦，步伐缓慢地走到了后巷的一个小水龙头那儿，拧了半天才出来一点水。

他把两只手放在细细的水流下面，仔细地洗着手上的脏污。

忽然感觉脑袋被什么东西狠狠砸了一下，江桐回过头，脸上的表情有些发蒙，夕阳红彤彤地打在他的脸上，逆着光看见几个骂骂咧咧的混混走了过来，打头的那个人手里拿了听啤酒，看见他便开始骂："哑巴，你这几天还躲着我们？"说完对方把手里的易拉罐猛地扔过去，江桐吓得把手抬起来捂住头，易拉罐在他的手腕上砸了一下，里头还没喝完的啤酒流在了他的衣服上。

他刚从酒店打完工，身上还穿着酒店的白围裙和白色工作服，又宽又旧很不合身，现在又被弄脏。

江桐嘴巴动了动，没说话。

几个人上来围着他："钱呢？自觉点交出来今天就不打你了。"

江桐慌乱地比了个手语，领头的那个直接一脚踹上他的肚子："比画个鬼啊！说话！"

"没、没钱……"江桐捂着肚子扑倒在墙根，他的手伸进口袋将它扯了个干净，皱着眉头看着他们，"没、没有……"

"没有？我看你就是欠打！"

"Cut!"昆导喊了停，"江桐的表情不对，太硬了，你这个时候应该害怕。"

夏习清从墙角站起来，刚才踢肚子那一下不过是借位，他一直担心自己会在这个地方演得不自然而被 NG[1]，却没想到是因为表情。

"江桐因为这些地痞流氓长期收保护费欺负他，看到他们应该习惯性害怕，你刚才的表现过于冷静了。"昆导是难得的好脾气的导演，"没事，我们再来一条，习清你放松一点，代入江桐的角色。"

所有人都在准备下一条，夏习清却开了口："昆导，我觉得不对。"

连旁边演混混头子的都递了个眼色，大部分的电影都是以导演为中心，导演在剧组大于一切，很多演员就是因为得罪导演被剪戏份，甚至毁掉整个职业生涯的，所以他们在片场几乎不会对导演提出的建议进行辩驳。

可夏习清并不打算演多少戏，他也不担心得罪人。

---

1 电影术语，指导演让演员重演一次。

"江桐的性格不是软弱胆怯的，如果是他早就死了。他爸赌博，从小把他和他妈往死里打，他妈又收入微薄，为了生计唯唯诺诺，最后甚至被活活打死，他一个人打工养活自己到现在，这样的经历搁在任何人的身上，早就自杀了。"

夏习清语气平静，可周自珩的心脏却莫名疼起来。

"他不害怕，但他没有反抗的能力，所以只能承受。就像你说的，江桐长期被这些混混欺负，已经习惯了这种生活。如果是习惯性接受伤害，演得心如死灰或许更真实一点。"

片场大大小小的工作人员，灯光师、摄影师、场务、候场的演员，没有一个人发表意见，大家都知道昆城是一个性格好的导演，更清楚他是一个固执的导演。

"我也赞同。"周自珩的声音打破了沉寂，"事实上，江桐比高坤更勇敢，真正害怕的是高坤，而不是看起来更柔弱的江桐。"

昆导神情凝重地盯着地面，眉头紧紧皱着，过了好一会儿才站起来，看了看天空，又看了看夏习清脸上坚定的表情，就在这个瞬间，他真的觉得面前站着的不是夏习清，而是真正的江桐。

"我认输。"昆城耸了一下肩膀，笑着抓了一把后脑勺的头发，"你口中的江桐才更贴近这个角色，很好，非常好。"

他心里忽然燃起一团火，他多么希望这部戏可以在他的执导下完完全全呈现出本质，让观众看到。

"对，就是这么拍。"昆城又激动地重复一遍，"就这么拍！"

夏习清也勾起嘴角，昆城脸上的表情他再熟悉不过，那是对艺术创作的无上渴望。

第二条开始之后，昆城给了夏习清足够大的发挥空间，使用并无条件相信一个在演技方面完全空白的新人，这种方式在电影拍摄上是一种极大的冒险，最坏的结果就是毁了整部片子。

尽管剧组里昆城是最有发言权的人，但这也不代表其他的人都能够信服这样的运作方式。这一点夏习清再清楚不过，他所能做的就是用自己的能力让所有人信服。可在演戏方面，他又有什么能力可言？

他有的，只不过是自我剖析的壮烈决心罢了。

"Action!"

江桐半趴在地上，明明是最卑微最软弱的姿态，灰头土脸，狼狈不堪，可他那张很好欺负的脸上却没有一丝求饶的表情，无论那些混混如何羞辱殴打他，他都用天生不自然的语调陈述着自己身无分文的事实。

他的确没有钱，他刚结的工资交了房租，买了一些生活必需品和食物，剩下的都用来买颜料，用以维持自己奢侈无比的爱好。就连自行车坏了他都舍不得拿去修。

"我看你就是跟我在这儿装，今天不好好教训你一顿，你都不知道这条街究竟是谁做主！"

领头的没了半点耐心，一把拎起已经被打倒在地的江桐抵在墙上，拳头正对着他那张苍白的脸，江桐没办法反抗，他浑身的力气都像是被抽走了一样，肚子疼得拧在了一块。

见那拳头就这么直直冲自己来了，他所能做的也只有下意识闭上眼，反正这样的事也不是第一次遇到。

只要死不了，一切都没所谓。

可下个瞬间，他等到的并不是那个能打断他下颌骨的重拳，而是巨响和号叫、溅在脸上热热的液体，领口被松开，江桐顺着墙壁滑下，睁开眼的瞬间他惊呆了。刚刚还叫嚣着要狠狠教训他的混混头子就这么倒在了自己面前，满脸都是血。江桐愣愣地伸手，摸了一把自己的脸。

手指上全是血——这个人的血。

他看见了之前不存在的一根棍子，就在混混脚边，还轻微滚动着。

有人拿这个砸了他？

"王哥？王哥你没事吧？"其他几个人见状也吓了一跳，他们立马围了上来，扶住那个已经失了威风头破血流却还嘴硬的老大。"快、快给我弄死他！我的头……"

几个人抬头朝巷子口望去，怔住的江桐这时候才想起来，也愣愣地朝着那头望去。

夕阳底下，从巷子口走来一个身形高大的人，他的头发像是火一样，烧得通红。逆光下他的面孔不分明，火红的光就像是他的面罩一样。

这个突如其来的闯入者一言不发地向他们走来，没有撂一句狠话。

"给我往死里揍他！"

混混这边有四个人，那头只有一个，就算他看起来再怎么高大，总归不是对手。江桐朝他挥了挥手，嘴里费劲地说着："快、快走！"

那人像是比他还要聋一样，根本没有听他的话，直直冲上来，一脚正面端在了打头阵的人胸口上，把对方端得直接仰倒在地，浑身的骨头都要震碎。

这一脚端完，江桐也终于看清了逆光下他的面孔，尤其是那双孤狼一般穷凶极恶的目光。

他浑身打战，嘴里不由自主地念着："那天晚上……那天……"跟踪他，差一点杀掉他的那个人！

像是忽然被人掐住了脖子，江桐的瞳孔都涣散了，身体抖得不像话。

黑暗中那双手曾经死死捂住自己的嘴，江桐也曾经近距离看过那人凶狠无比的目光，月光下，他如同一匹陷入绝境的狼。

那个身形高大的人明明没有任何帮手，可下手的时候却是狠到不留后路，每一拳每一脚都是把人往死里打的。江桐看得胆战心惊。

这个人根本不怕出人命。

这个世界上最不能招惹的就是一无所有的人，他们才是真正不要命的那个。

很快，之前对江桐极尽羞辱的那几个人都趴倒在地，连站起来逃走的力气都没了，像是几条苟延残喘的老狗。

那人喘着气，侧过脸看向江桐，江桐也在一瞬间侧过脸，避开了他的眼神。

汗从额头滑下来，是凉的。

他害怕，这是他头一次承认。他真的害怕。

一回想起那天晚上，生理上的恐惧就无法克服。

"你怎么还不滚，"那人忽然开口，声音低沉，带着些许刚动完手的微喘，"想留在这儿被他们打死吗？"

江桐猛地扭过头，直视那个人的脸，他的嘴角破了，眉骨也破了个口子，往下淌着细细的血流。

这个人是怎么能说出这样的话？就好像那天晚上想杀掉自己的人不是他一样。

江桐也不知道为什么，打着抖开了口，明明这个时候逃跑就够了，只要可以活下来就够了，可他还是笔直地望着对方的眼睛说出了心里的话："你……你就是……"

那人没有像想象中那样靠近，只是隔着半米的距离蹲下来，面无表情地看着江桐。

"我就是那天跟踪你的人。"他扯了一下嘴角，不像是在笑，倒像是某种意义上的示威。

"我……知道……"

江桐回答得很吃力，但很坚定。退无可退，背靠着墙壁的他手边没有一件可以当作武器的东西，可即便是有，他也知道自己没有胜算，看看这几个趴倒在地的人就知道了，面对这样一个强者，他几乎没有任何反抗的余地。

他努力地平复着自己的呼吸，扶着墙壁艰难地站起来，腹部的剧痛并没有消退，他的右腿也被踢伤了，每走一步都疼得厉害。

的确，他摆脱了这几个人的纠缠，可他心里更加害怕起来。

因为那个人的影子紧紧地跟着自己，就像那天晚上一样。对方的影子很长很长，鬼魅一般出现在他的身侧，无论他怎么加快步伐，都无法摆脱。

步履维艰地走着，看到自己那辆坏掉的自行车，江桐犹豫了一会儿，可他实在不敢再停留，恐惧让他的心脏跳得极快，快到仿佛下一秒就要跳出心口。

"你怕我。"

那个人在身后忽然开口，吓得江桐浑身一颤，也顾不上那辆旧自行车，直直朝着巷子口外面走去。没有扶的东西，他的脚步加快，整个人又疼又不稳，一瘸一拐，摔倒在地。

后头那人也没有上前扶江桐，只是用令人捉摸不透的语气说着："你是该怕我，"他的声音透着股绝望的味道，"但不是现在。"

江桐不明白他的意思，也没有想要明白的欲望。他没有回头，两人就这么一前一后地走出了那个脏乱逼仄的小巷，外面是一条人流量不怎么大的马路，两旁种着高大的梧桐，初夏时节梧桐的叶子疯长，道路两旁的梧桐枝叶几乎要连在一起，遮蔽天空。这种感觉很是奇妙，仿佛两个无论如何也不会有交集的人，拼了命地朝对方伸出自己的手。

无论是不是能够拥抱，只要有指尖相触的那个瞬间，一切都值得。

所以江桐喜欢这个时节的梧桐，这是他晦暗人生中难得有的希冀之源。

低下头，影子还在，江桐每走上几步就可以扶住一棵树，可树之间的空当仍旧让他的脚没办法承受，步伐越来越慢。

"站住。"

身后的人忽然开口，江桐又吓了一跳，手边没有扶的，差点摔倒。

"转过来。"

对这个人带来的天然恐惧让江桐不得不选择听从。江桐别扭地扭着脖子，侧脸，但又不看他。

他以为这个天生杀戮狂一定会把自己带到某个无人的角落，说不定是直接杀了他分尸成许多碎片，又或者用尽手段折磨他，否则他真的想不到还会有什么样的情况才能让一个人在黑暗中跟踪另一个完全陌生的人，不图钱，只想杀人。

可他没想到，他心中的杀人狂发号施令之后就弯腰坐在了马路牙子，仰着头看着他的脸："坐。"

究竟什么居心？

江桐捂着肚子转了身，不敢坐下也不敢这么继续站着。

那人又冲他使了个眼色，凶狠又不容拒绝。江桐只好动作迟钝地弯腰，准备挨着他坐下来。

"别靠我太近。"

江桐莫名其妙地看向他，眼神里满是疑惑。可他并不想提出什么疑问，自己默默忍着痛坐了下来。远一点也好。

他的眼睛胆怯地在这人的脸上瞟着。刚才还只淌到上眼睑的血现在已经到了眼下，像是穿越深邃峡谷的水流，因为他的眼窝很深，很像那些学美术的人用来练习素描的石膏像。可是江桐没有钱去学，连摸一摸那些石膏像的机会都没有。

江桐的视线坚定了一些，可心里还是打鼓，他咽了一口口水，喉结滚了滚。

把头撇回来。

"Cut!"

昆城站了起来，脸上的惊喜压都压不住："很好很好，刚刚那个长镜头很不错。"

你们俩搭戏完全不用磨啊。这句话他本来想说，可又不知道怎的，没说出口。

之前打架的那段他们拍了好几个机位，从不同角度拍，效果也很不错，来了五六遍的样子，对于相对激烈的打斗戏算是非常高的效率了。可令昆城惊喜的是江桐站起来之后，高坤跟在他的后面两个人一前一后走到马路的一个完整镜头。

这两个人之间的戏剧张力几乎是浑然天成的，比他想象中磨合到最好程度的结果还要好。就连高坤在后面随意说出来的台词、语气和节奏都卡得刚刚好。

真是捡到宝了。

夏习清长长地呼了口气，一直绷着的情绪突然间放松，这种感觉让人有点难受。他现在算是明白为什么那么多演员演戏的时候会产生不良情绪了，这活儿真不是一般人干的。

小罗走了过来，拿着一台巴掌大的粉色小风扇，刚准备说话手里的风扇就被周自珩夺了过去，他一下都没吹就递给了坐在旁边的夏习清："热吧？你快吹吹。"

夏习清撇过脑袋看着满额头汗的周自珩："你比较热吧。"

"我不热。"周自珩把风扇关了扔他怀里。一旁的化妆师小姐姐笑起来，一下子拍上周自珩的脑门儿："你不热你就别流汗啊，看看我们每次 cut 都得给你补妆，血都跟着汗一起流下来了。"

周自珩不好意思地仰头笑了笑。

夏习清手握着风扇的柄，嘴角也勾起来，他开了开关，挪着屁股坐到周自珩的身边，挨着对方，举着小风扇放到两个人中间，嘴里还拿刚才的台词打趣。

"我就要靠这么近。"

周自珩很快反应过来，又往右边挪了挪，重复高坤的台词："别靠我太近。"

"就要。"夏习清又挪了一下。

"你俩别闹了，没法补妆了。"化妆师被两个幼稚鬼逗得笑个不停，小罗在旁边露出嫌弃的表情，还不敢让周自珩看见。

"演江桐是不是挺麻烦的？"周自珩还是担心夏习清。

夏习清挑了一下眉尾，样子懒散又痞气，压低声音在周自珩身边道："要一个成天在学校打人斗狠的人演一个被打的，真是……"

周自珩也压低了声音："谁叫你长得这么柔弱？"

夏习清狠狠瞪他一眼，就差当着其他人的面削他了，周自珩见了立刻赔罪："我是开玩笑的，对不起对不起。"说着他也觉得好笑，"我在学校从来没打过架。"

　　"可不是嘛，你都是报警的那个。"

　　周自珩惊讶地转过头："你怎么知道？"

　　夏习清笑得有点孩子气："我就是知道。"

　　周自珩不闹了，脸上的笑微微收起，开口换了话题："你刚刚……演怕我的时候怎么这么真实？"他又考虑了一下措辞，"我的意思是，你平常不会害怕什么的，我相信就是打架你也没怕过。"

　　对方沉默了好一会儿，才终于有声音。

　　"我怕黑啊。"

　　夏习清的笑声很轻，却重重地坠落到周自珩的心里。

　　"借一下那种感觉，也就不难了。"

　　向自己心底最深的恐惧借一点情绪，周自珩无法想象。

　　小风扇轻轻转着，夏习清盯着中心那个圆圈，脸颊被人碰了一下。

　　"有汗。"他抬头看到周自珩笑，还一脸抱歉，"啊，被我擦过之后好像更脏了。"

　　"走开，烦死你了。"夏习清低头擦脸，笑容不自觉地浮起。

　　昆城又看了一遍那个从巷子出来到路边的长镜头，相当满意地走过来："刚刚那个镜头真的不错，果然就是要手持镜头在前面才有种步行的感觉。"他又匆匆忙忙走到另一边，跟总摄影师沟通着之后镜头的视角和布局。

　　"头一次拍戏就试长镜头，厉害啊。"昆城一走，周自珩就开始调侃夏习清，"天才新人。"

　　"那不是你吗？"

　　"我是磨出来的。"周自珩的脑门上贴了几张纸巾，"一点点摸索出来的。"他的手放在屈起的膝盖上，"我呢，以前总是被很多导演说，可以演生死，演不了生活。让我演多强烈的情绪我都可以，但就是不能演一个普普通通的平头老百姓。因为我根本不了解他们，不了解我的角色。"

　　他的眼睛望着马路："所以那个时候我就像现在这样，蹲在马路边上，有时候一蹲就是一下午。那时候还小，念高中，也不是很红。放假没事儿我就那样蹲着，看来来往往的路人。看得多了我就发现，每个人都是情绪的集合体，很多种情绪堆在身上，很复杂，复杂得只能选择用那些情绪相互打磨才能活得像个成熟的成年人，于是就磨平了。"

说着，周自珩望向夏习清，脸上带着微笑："我后来明白了，我要演的就是那种平。"

暖黄色的夕阳把周自珩脸上的每一个棱角都勾勒出来，却又将它们包裹得那么柔软。夏习清就这么看着他，嘴角扬起，没有说话。

他其实也想说点什么，却发现自己贫瘠的语言完全无法形容此刻对周自珩的感觉，太好了，好得过了头，过了用语言可以描述的那个阈值。如果有画笔、有颜料就好了，最好是温温柔柔的水彩，他现在就想画下来，画一画他眼里这个对表演艺术充满了热忱的周自珩。

"看什么？"周自珩望着一直凝视自己的夏习清，有些疑惑。

愣神的夏习清走出自己的沉思，冲他挑了挑眉："看你好看啊，小帅哥。"

"是大帅哥。"周自珩故意用脚碰了碰夏习清的脚尖，摘掉了额头上的纸巾。化妆师离开，下一场马上就要开始。

夏习清坐起来，回到与之前差不多的位置等待开始，却忽然听见周自珩的声音。

"我不希望你是那种平。"

身体一僵。夏习清忽然僵住，只能望着地上周自珩的影子。

"我希望看到你所有的情绪，好的也好，坏的也好，无论多么复杂，多么尖锐，不要相互打磨，就让它们释放。"

最后一句刻意压低，低到全世界只有他们两个才能听到。

"给我吧，我都可以承受。"

"准备好了吗？我们换侧面特写，从江桐绕过去到高坤那边。"昆城的声音打断了夏习清的愣神，他迅速整理表情，走到刚才江桐坐下的位置。

"注意一下手持镜头的摇晃感，别太过，但是要表现情绪波动。"昆导对摄影师交代了许多，坐到了监视器的前面，"开始后江桐坐下来，高坤说别靠我太近。明白了吗？"

"嗯。"夏习清半转过身子低着头，手心冒汗，心脏疯狂地撞击着胸膛，完全没办法回到江桐的情绪中。

"Action！"

江桐转过身迟钝地弯下腰，准备挨着高坤坐下。高坤却忽然开口："别靠我太近。"

这一句话吓得江桐愣了一愣，眼神疑惑，但还是挪开了一些坐下。

远一点更好。

江桐坐在马路边上，身后的梧桐树上贮存着夏日特供的悠长蝉鸣，一声连着一声，和愈来愈快的心跳发生了某种强烈的共振。他侧过头去看高坤，这个人像是某种野蛮生长的植物，或者是动物，总之是他没有见过的那种。

锋利的眉眼，温柔的内心。

"你在看什么？"

"看你……"

夏习清忽然醒悟，自己刚刚混淆了——这样的对话只会发生在夏习清和周自珩的身上，不会发生在江桐和高坤的身上。

"对不起。"夏习清抬手想抚额头，但又很快放下来，匆忙站起来跟工作人员道歉，"重来一次吧，我刚刚忘词了。"

他的眼睛望着明显有些沮丧的夏习清，心里产生了一种臆想。昆城在那头道："没事，我们再来一条，还是从那个地方开始。"

就在夏习清准备复位的时候，周自珩又开口。

"对不起，刚才是我说太多了，影响你状态了。"

也不知道是为什么，夏习清忽然就慌了，仿佛有什么见不得光的秘密被人生生扒开外衣，马上就要揭晓一样，他不经思索便开了口："没有。跟你没关系。"

话说得太快，倒像是说给自己听似的。覆水难收，反正都说到这份儿上了，夏习清干脆说得更过分些。

"我都不记得你刚刚说什么了。"

紧紧地包住自己的壳，无论如何也不能出来。

他第一次这么害怕。

"Action！"

"你在看什么？"

听见高坤的话，江桐转过头，没有任何回应。事实上，他很想狠狠地质问面前的这个人，问对方那天晚上为什么要跟踪他，为什么想杀他。如果他可以顺顺利利地把这些话都说出来，他一定会质问。

可他没办法。

想到这里，江桐只想安静离开，上次这个人也没有真的杀自己，这一次救了他，算是相抵，以后再也别遇到就好。又转过头看了他一眼，江桐发现他眉骨伤口的血仍旧没有完全凝固，血已经淌到了脸颊。除此之外，他的指关节也磨破了皮，嘴唇破开，下颌骨青紫一片。

江桐微不可闻地叹了口气，两手扯了一下自己身上这件又旧又大的工作服，最后还是解了扣子，露出里头那件洗得发灰的黑色短袖。里头这件衣服他已经穿了两年，侧面的接缝处都开了线。江桐用手抓住接缝，费了好大的劲扯开。

听到布料崩裂的声音，高坤转过头看他，发现江桐把自己里面那件 T 恤下摆扯烂，使劲儿使得脸都皱到一起，这才扯下来一条长长的黑色布条。

舒了口气，江桐凑过来，一只手拿着布条，另一只手准备去抓高坤受伤的右手，还没碰上，就被高坤躲开，他像是受了什么刺激似的，一下子站起来退了两步，情绪激动："别碰我。"

江桐愣了两秒，仰头看了高坤一眼，脸上露出尴尬的神色，他眨了两下眼睛，一句话也没有说，收回了自己的手，把从自己衣服上扯下来的黑色布条塞回到口袋里，低下头飞快地扣好自己工作服的扣子。

一只手掌撑着地面，江桐勉强地站了起来，尽管他的肚子还是很疼，脚也很痛，但他现在只想离开这里。

高坤看着他的反应，注视着他一系列的举动，心里竟然有点不舒服，像是小时候在田里玩耍时不小心踩到一只小蜗牛那种感觉。

他咬了咬后槽牙："哎。"

江桐的肩膀又缩了一下，可这一次他没有停下脚步，反而是一瘸一拐加快了步伐。

血糊住了睫毛，高坤抬起手用手背擦了一下，皱着眉眼神厌恶地看着手背上那团血污，又看向前面那个固执的男孩儿，抬脚快速赶了两步："你走这么快脚肯定废掉。"

江桐怎么会不知道，他的脚疼得要命，可他现在这个样子再怎么努力也甩不开身后的人。

他每走一步，口袋里黑色布条的尾端就随着他跟跄的步伐晃动几下。高坤一伸手，抽走了那个布条，飞快地在自己的手掌上缠了好几下，裹住了正在流血的指关节。

"我让你别走了。"

没有反应。

"站住！"

江桐终于停下，听觉上的障碍让他在感知这个世界的时候只能借助塞在耳朵里的助听器，它们旧得发黄，时不时会发出嘈杂刺耳的声音。从十岁的时候第一次戴上，从寂静无声的世界被解救出来，江桐就已经习惯了这种嘈杂。

可身后这个人的声音太过清晰，好像没有借助这个小小的仪器，而是通过另外的媒介，笔直地钻进心里。清晰到令人恐惧。

"我有病。"对方若无其事地走到自己的身侧，"会传染的那种。"

江桐抬头望着对方，耳朵里嵌着的助听器有些松动，他往里塞了塞，站定了脚步："什……么……病……"他说话的样子还是一如既往地吃力，认真得就像刚学会说话的小孩。

那个染着一头红发的男孩垂下头，没有说话，江桐也没说话，有些局促地站在他的面前。

镜头晃动，就像一个人挣扎不已的内心。高坤的眉头狠狠地皱着，手指攥紧又松开，喉结上上下下，如鲠在喉。

倘若把沉默拆开来看，一定是无数次看不见的挣扎，无论是怎样的沉默。

"那天晚上把你吓坏了吧。"他终于开口，却仍旧低着头，用脚踢开一颗不大不小的石子，"我当时疯了，觉得自己活不长了，不想就这么一个人孤零零地病死，烂在哪儿了都没人知道。我这辈子太倒霉了，凭什么偏偏是我，我没做错什么，凭什么，我只是想赚钱！而且我真的没办法……"

他说了好大一堆，语速也快，又带着很重的情绪，江桐听清了一部分，剩下的全靠猜，但听见他不想一个人死。

自己也不想。

忽然抓住的一个共同点让江桐放下了戒备心，人有时候就是这么莫名其妙，上一秒还怕得要死，现在又忽然不怕了。他咬了咬下嘴唇，试着开口："那、那……你……现、现在……还……想……"

"现在不了。我当时就是脑子抽风，其实我看到你之后就不想杀……"他的话没说完，像是在犹豫措辞，可最后想了很久也没继续，而是抬头冲江桐扬了一下还瘀青的下巴，"我叫高坤，你叫什么名字？"

突如其来的发问让江桐措手不及："江……江……"

"江什么？"

高坤的追问让天生说不清楚话的江桐更慌了，一时紧张得什么都说不出，舌尖死死抵在齿背，想努力地发出那个"桐"字，可却好像哽住一样，怎么都发不出来，急得脸都通红。

"哎哎，你着什么急啊。别咬着舌头。"想伸手拍一下他，可一伸手就看见自己手上的血，高坤皱起眉，伸出脚碰了碰他的脚尖。

江桐一下子抬起头。

"怎么？想起来你名字了？"高坤挑了一下眉，却不小心扯到自己眉骨的伤口，又倒吸了一口凉气，"啊……真疼。"

"桐……"

"捅？"

他的发音不太准，听得高坤一头雾水："江统？"江桐摇摇头，伸手在空中比画了两下，对着空气写了半天他的"桐"字，可高坤还是不明白，他把手伸到高坤的手边，情急之下准备在对方的手掌上写，又一次被高坤躲开。

江桐的眼睛有一瞬间的黯淡，马路上的车子呼啸而过，汽车鸣笛声尖锐而突兀，惊起茂密枝叶中藏匿的鸟，扑棱着翅膀钻出来向遥不可及的天际飞去。

它的鲁莽和惊慌携走了一片巴掌似的绿叶，如同惊羽一枚，随风悠悠地落下来，打着转儿落到了江桐和高坤之间。

江桐伸手一抓，细长的手捏住了那片梧桐叶，夕阳照透了它的脉络，就好像照透了江桐白皙手背下的毛细血管一样。

他脸上一瞬间染上欣喜的神色，举着那片叶子在高坤的面前摇晃。

"晃什么啊晃。"高坤一副看傻子的表情看向他，"不就是片梧桐叶子。"

梧桐？高坤的眼神闪动一下："你叫江桐？"

江桐立刻点点头，一副开心的模样。越接近夜晚，晚霞的色彩越沉越浓，给江桐那张过分苍白的面孔添上几分血色，像是超市里进口冰鲜货架上摆着的漂亮水果。

"江桐……还行，凑合听。"高坤也说不出什么有文化的话来，咳嗽两声从他手里夺过那片叶子，拿在手指尖转着，"考考你，我叫什么？"

"高……坤……"神奇的是，比起自己的名字，"高坤"这两个字他倒是发得标准得多，说完了脸上还露出一副等待表扬的表情。高坤停了转叶子，看了看叶面，挺干净。

他用叶子轻轻碰了一下江桐的头："行啊，挺厉害。"

"Cut!"

终于赶在夕阳西沉之前结束了这一段的拍摄，中途好几次切换镜头，好在两个演员的戏都连上了，效率才没有被落下来。拍完了，周自珩和夏习清都跑到监视器那儿去看，和周自珩这种经验丰富的老手不一样，夏习清心里其实还是有些紧张的，尽管他平常都是漫不经心的懒散模样，一旦做起一件事，好胜要强的心比谁都重。

"高坤刚刚加的那个脚的动作不错，"昆城习惯在片场也叫角色名，他指了指屏幕，"和后头用叶子碰正好照应上了。"他抬起头去看周自珩，"挺不错啊，你们有什么临场发挥都可以来，只要不影响进度，我是绝对鼓励的，别把戏演得死死的，没意思。演人不演戏。"

昆城说了这么一大堆，夏习清心不在焉，没太听进去，刚才拍戏周自珩脚尖伸过来的时候就已经吓了他一跳，差一点NG。

"江桐也很不错，眼神的表现力很有天赋。"

夏习清回过神，对着昆导笑了一下。

"先去吃点东西，"昆城看了一下手表，"八点半的时候我们转场去拍夜场，高坤和江桐吃完饭立刻去换造型。"

周自珩见夏习清有些恍惚，等导演一走，他就拉住了夏习清的胳膊："怎么了？累了？"

"没。"夏习清抹了把脸，"有一点累。"两个人跟着剧组的大部分人离开，周自珩前脚上了自己的保姆车，小罗正把他的晚饭拿出来，一回头发现夏习清人不见了。

"哎？他人呢？"

小罗"啧"了两声："你忘啦？蒋茵姐给他配了保姆车和助理啊，又不是坐咱们的车。"他把筷子塞到周自珩手里，"快吃吧，早上六点熬到现在，你还真不觉得累啊。"

以往拍戏的时候，一喊"cut"周自珩就变得沉默寡言，演戏的过程中消耗了太多的情绪，让他在回归自己时变得倦怠，可有夏习清在的时候就不同，对于变回周自珩，他迫不及待。

用筷子夹了一根青菜塞进嘴里，实在是食之无味，周自珩低头扒了口饭，小罗看着问道："是不是空调不够凉？热得吃不下饭吧。"他又调低了几度，听见外面吵吵嚷嚷，从座位上站起来看了一下，"怎么这么热闹？"

隔着遮光玻璃看不清，小罗干脆拉开了车门，脑袋探出去瞄了一眼："哎，笑笑你们干吗呢？有冰棍儿？哎哎给我一根儿，都什么味的啊？"

自家小助理被勾搭了出去，周自珩嫌弃地抬起头往车门那儿望了一眼，谁知正巧看见夏习清迈着长腿进了车里，"砰"的一下拉上了车门，把手里捏着的一个袋装冰棍儿扔在他的桌子上。

周自珩脸上的惊喜都藏不住："给我买的？"

"不吃是吧？"夏习清抓了冰棒就撕开了袋子，"那我自己吃了。"

"吃！"周自珩飞快地夺过自己心心念念的冰棒就往嘴里放，冰得牙齿都打战，还嘴硬说好吃。

"没人跟你抢，人人都有。"

原来刚刚小罗说的冰棍是夏习清买的。意识到这一点的周自珩瞬间失望起来："每个人都有啊。"

"可不是，花了我不少钱呢。"夏习清极为顺手地拿了周自珩面前的筷子扒拉了两下他正吃着的饭菜，又放下筷子，"你刚刚不还吵吵嚷嚷着要吃冰棒，又不吃了？"他抓过周自珩的手腕把冰棍拿到自己的跟前，咬了一口，"挺好吃的啊。"

见周自珩脸上仍旧不开心，夏习清一下子明白过来，手撑着下巴懒懒笑着，手指优哉游哉地在脸上弹了几下："我给别人买的都是三块钱的，给你买的可是最贵的，三四层夹心呢。"

周自珩没好气儿地瞥了他一眼。

"你要不高兴我也没关系，但是你得搞明白因果关系。"夏习清手拿着筷子在外卖盒上轻轻敲着，"我呢，是为了给你买冰棒才给他们买，不是给他们买顺带给你捎了一根，明白？"

雪糕上的奶油都一点点化开，顺着往下淌，看着怪可惜的，夏习清掰开周自珩的手抢过雪糕："你不吃算了，浪费。我还不如拿去喂狗。"

"谁说我不吃了？"见夏习清拿了雪糕咬了一口就往外头走，周自珩急了，不管不顾地站起来，忽略了自己一米九的个子，冷不丁"砰"的一下撞到车顶，疼得重心不稳往前倒，夏习清听见声儿吓了一跳连忙转过身去看，结果就这么被周自珩撞倒在本来还算宽敞的保姆车里。

周自珩生怕压着夏习清，连忙从他身上起来。

"啊……老子的背……"夏习清也扶着自己的腰坐起来，眯起的眼睛微微睁开，视线慢慢清晰。

"抱歉，我不是故意的。"

又习惯性地道歉，无论什么时候都是。

手里的雪糕化了一半，黏腻地淌在指缝，这种黏糊糊的触感让人不舒服。夏习清抬起手，舔了一下指尖滑腻的白色奶油，眼神懒懒地投出去，望着周自珩那副每次道歉时都真诚不已的脸。

一连好几天的夜戏，夏习清睡眠严重不足，整个人的状态都不大好，昨天为了拍一场雨戏，活活淋了一晚上的人工雨，当天晚上回酒店人就不行了。今天的戏全排在白天，早上五点夏习清就起了床，连着灌了三大杯冰美式拍到下午两点半。

终于拍完了自己的部分，夏习清坐在台阶上发着愣，午后的太阳照得他头脑发晕，感觉自己就快化成一缕烟了。

"习清，你黑眼圈好重哦，要不要让 Cindy 姐给你遮一下？"笑笑蹲在他的跟前替他举着小风扇，脸上露出担忧的表情，"你还困吗？想吃什么吗？"

夏习清摇摇头，手掌撑着脸颊，说话都有气无力："有黑眼圈就更像江桐了，反正 Cindy 姐来了也是把我往丑了化，你去车上坐着吧，我歇一会儿就上去……啊啾——"他忽然打了个喷嚏，笑笑紧张地问道："该不会是昨天淋雨淋感冒了吧？"

"没，"夏习清用手揉了揉鼻子，又打了个大大的哈欠，"晒太阳晒的。"

"三催四请"的笑笑也就回去了，夏习清站起来伸了个懒腰，周自珩正拍着戏，他也只能站在旁边围观一下。

这场戏是高坤发现自己身体不适之后去黑诊所看病的戏，诊所也是华安里社区里租的一个很小的房间，布置成小诊所的样子，里头坐着几个打吊瓶的群演，整个房间只有一个老吊扇，转起来都没什么风，窗户全敞着都闷热难耐。

夏习清站在导演的旁边看着监视器的屏幕。

"我一咽东西就疼。"高坤皱着眉隔着一张小木桌对诊所大夫解释，"那种刮得慌的疼。喉咙，就嗓子这里好像是肿着的。"

医生是一个看起来五十多岁的中年妇女，戴着老花镜穿着白大褂，伸手摸了一下高坤的喉咙："张嘴。"

她看过之后："你这里面都起疱了。"

她站起来到身后的药柜里头翻出来两盒药，"啪"的一下扔在高坤的面前："蓝的一天两颗，绿的一天三颗。"

"你都不说我是什么病？"高坤摸着自己的脖子，看了一眼那两盒药，又看向医生。

"上火。"那中年妇女翻了个白眼，臃肿的身子费了半天劲儿才从药柜和桌子之间狭窄的缝里转过来，再一次坐下，"这药你是要还是不要？"

高坤的眉头仍皱着，伸手要去拿药，又收回来一些，抬眼看她："真的只是上火？"

"是你看病还是我看病？"她推了一把眼镜，语气刻薄，"怎么，上火不行，你还想得绝症啊。"

高坤脾气噌的一下就起来了，手一拍桌子，引得周围人都看过来，闭着眼睛打吊瓶的小孩儿都睁开眼哭起来，哭声越来越大，他回头看了一眼，又转过头，压着火问了句多少钱。

"六十五。"

"六十五？你怎么不去抢？"

"你出去打听打听，这都嫌贵？"她的眼神刀子似的在高坤脸上扫着，恨不能剜下两块肉，"没钱还跟这儿闹。要还是不要！"

高坤没辙，从裤子口袋里扒拉出一沓纸币，还是上次帮人打临时工挣的，他把纸币放在桌子下头数了数，抽出好几张拍到桌子上，抓起两盒药就往门外走，撞得门上的风铃丁零当啷响。

"要什么横，有本事去大医院啊，一辈子穷病。"

"Cut！"昆城喊了停，"休息一下。这条很好，过了。"他转头看向习清，"怎么样，习惯演员生活了吗？"

习清苦笑了一下："习惯倒是习惯了，就是还称不上是演员。"

"我倒是觉得你挺有天赋的。"昆城笑着说了一句，副导演走了过来，身边还跟着一个女生，夏习清转头去看，那个女孩儿看起来挺眼熟，年纪看起来二十不到，穿着一个橘黄色的吊带背心，下面是紧身牛仔裤，露出半截细白的腰，身材不错，头发染成黄棕色，戴着两个夸张的大耳环，跟刚刚晃荡不停的风铃似的。

"昆导，我中午刚到，不好意思啊。"

昆城站了起来："没事儿，正好他们这边耽误了一会儿，等下就是你跟高坤的戏了。"说完他又走到副导演的身边，两个人商量着其他的事。那个女孩儿就转过脸看向夏习清，冲他大大咧咧地笑了一下："你好，我是宋念，演玲玲的。"

宋念？夏习清很快反应过来，难怪觉得她眼熟，之前在 B 站刷周自珩演技合集的时候好像见过她，大概是合作过几次的女艺人。他大方地伸过手，温柔笑道："我是夏习清。"

"我知道，我也喜欢看你们的那个综艺。"宋念的嘴上涂着大红色的口红，衬得牙齿很白，她在演艺界里绝对称不上是大美女，但笑起来很是讨人喜欢，属于比较舒服的长相，"你长得可真好看，比我还漂亮。"

这个词算是夏习清的雷区，不过念在初次见面，他也只是微笑着说了句"谢谢"，两个人没聊几句，周自珩就走了过来。

"哎，宋念你迟到……"

话还没说完，性格开朗的宋念就冲到了周自珩的跟前，跳起来勾住他的脖子："好久不见啊！"

"你这头发染得酷啊，像樱木花道，"宋念踮着脚伸手去摸他的头发，"早知道我也染个红的，咱俩不是演一对儿吗？"

是一对儿吗？我们看的怕不是一个剧本吧，夏习清在心里吐槽。宋念演的这个玲玲是一开始刚来大城市的时候跟高坤在一次打群架的时候认识的，两个人相互有好感，暧昧了一阵子，也是玲玲告诉高坤有快速来钱的办法。

不过后来知道高坤得了传染病之后，玲玲就连夜搬了家，再也找不着人影。

虽然知道宋念只是扮演玲玲这个角色，但夏习清对宋念不免还是带着玲玲的滤镜，正好走过来一个化妆师，夏习清拦了拦："小月，帮我卸一下妆吧。"

"行啊，走呗。"

周自珩还没来得及说话，就看着夏习清两手一揣兜跟着化妆师小姐姐走了，连个头都没回，面子上的招呼都没打。他心里顿时烦躁起来，宋念又在旁边咋咋呼呼说个不停，一贯的好教养在这时候都不顶用了。

"我去那边休息一下，热得我头晕。"

话说到一半的宋念尴尬地"哦"了一声："那……那你去吧。"

周自珩找了个树荫坐下，拿出手机看了一眼时间，正好看见赵柯发来的消息。

柯子：双排来不来？找不到人了！

一看就来气。周自珩啪啪啪打了一行字撑过去。

珩珩：你脑子有泡吗？你觉得一个正在组里拍戏的演员有工夫跟你打游戏？

刚发出去没一会儿，赵柯的电话就进来了，周自珩接通之后没好气地"喂"了一声。

"哟哟哟，谁把我们珩哥惹成这样儿啊？"赵柯那头也是阴阳怪气，七弯八绕的，"珩哥您这戏拍得看来是不顺心啊。"

周自珩被带的口音都跑了出来："你不是打游戏吗，打什么电话？"

"打游戏哪有看我们珩珩的笑话有意思啊，哎我说，你到底是遇上什么事儿了？火气大的我隔着电话都觉着烧耳朵。"

"没什么……"周自珩的语气低下来，被赵柯一听就听出不对劲，虽然他平时就是又损又贫，但自家发小的事儿一贯上心，周自珩什么人啊，那是打着灯笼没处找的天使，从来不跟人生气斗狠的，平时连个小情绪都没有。

能把他气得打字儿不发标点符号的，估计也就一个人了。

"那什么，你该不会是跟夏习清吵架了吧？"赵柯试探性地开口，听见那头许久不说话，心里也就有了谱，"我说呢，大下午上头，弄半天是跟习清置气啊。"

周自珩低低地"嗯"了一声，也不说别的。

"为什么啊？"

周自珩低着头，看着不远处有一队小蚂蚁在往自己这边儿爬，他闷着声儿叹气，背后的蝉鸣声叫得人心里发慌。

就这么，像个抱着电话的闷葫芦似的闷了半晌，周自珩才终于开口。

"我在意夏习清。"

他等着赵柯那头发作，却听见电话那边儿传来一声恨铁不成钢的叹气。

"哎我说周自珩你是不是有什么毛病啊！老子不打游戏搁这儿等半天你就跟我说这个！谁看不出来你在意夏习清啊！"

这回换周自珩愣住了："有、有那么明显吗？"

"超——级——明显。"赵柯气得脑仁儿疼，"宇宙无敌旋转托马斯七百八十度转体三周半总得分第一明显。"

周自珩咽了口口水："那你说夏习清看得出来吗？"

"滚，我要去打游戏了。"

"哎哎哎等会儿。"

赵柯算是服气了："弄半天你就为了这，给我气得。夏习清那么聪明一人，他怎么可能看不出来你在意他，你这么巴心巴肝的。"

说得也是，眼看着小蚂蚁就要到自己跟前，周自珩抬起两只脚："其实我不想让他知道，他如果知道我在意他，肯定就躲开我了，他那个人只在意不在意他的人。"

赵柯在那头沉默了半天："他现在是怎么个意思啊？"

"我觉得他现在也在意我，可我不确定。"

赵柯换上打小算盘的语气："要不你试探试探？"

"怎么试探？"

"唉，我刚刚还看了一公众号的推文，就是说这个的，我发给你。"

赵柯"咔"的一下就挂了电话。周自珩一脸莫名其妙，地上的小蚂蚁也走了，他背靠着大树用后脑勺磕了几下树干。手机振了一下，点开一看，什么鬼啊……周自珩皱着一张脸。赵柯平常都关注的什么乱七八糟的公众号……还是点开看看吧。

夏习清实在是累得要命，一进化妆室就拉开躺椅躺上去，化妆师动作轻柔地替他卸完妆后发现他已经睡过去了，只能悄悄给他带上门，让他休息一会儿。

他后来是热醒的，都不知道睡了多久，嗓子又干又痒，揉着眼睛从椅子上起来，把化妆台上放着的一瓶水一口气喝了个干净。也不知怎的，他身上盖着一条薄薄的毯子。

大概是笑笑盖的吧。夏习清掀开毯子，房间里又闷又热，他捞起后颈的头发扎了个小鬏鬏推门出去，片场离这儿不远，走个两百多米也就到了。

刚靠近，夏习清就听见场务小哥吆喝的声音。笑笑远远就看见了他，冲他跑了过来："习清你好点儿没？刚刚我给你去拿了点儿糖，补充补充体力，给。"

夏习清瞟了一眼她手里拿着的树莓味儿棒棒糖："哪儿弄的？"

"小罗车上的，他们保姆车上的小冰箱里全是糖，我就拿了几根。"笑笑剥开棒棒糖的糖纸递过来，夏习清也没拒绝，拿了塞进嘴里。

"自珩他们快结束要转场了。你要等他吗？"

"我等他干什么？"

"哎？"笑笑有些不知所措，以前不是每天都一起的吗，这是怎么了……她观察了一下夏习清的表情，"那现在……要不你上车先，咱们吹空调去？"

刚说完夏习清又打了个喷嚏："不了，我那什么，我不热，你去吹空调吧。"说完他叼着棒棒糖径直走到昆导那儿，随便拉了个马扎坐昆导旁边看着屏幕。

这场戏是"回忆杀"，拍的就是高坤和玲玲之前相遇的事儿。

屏幕里玲玲和高坤并排坐在一个隧道边的草地上，镜头正对着两个人的侧脸，旁边呼啸而过一辆车。她的脸在镜头前开始变得不分明，剪影画一样，镜头缓缓移动着，高坤的侧脸渐渐完整。

玲玲歪着脑袋冲高坤笑，那种笑里透着股调情的味道，眼角、眉梢都是风情。

夏习清也是挺佩服这个宋念的演技，看起来年纪不大，演起来还是挺有味道的。

"抽烟吗？"

高坤撇过脑袋看了玲玲一眼，后知后觉地点了头，又道一句："抽。"

"喏。"玲玲把夹着烟的手伸到高坤的跟前。高坤探出手要去拿，她却又将自己的手收回去，像是戏弄他似的，脸上还挂着笑。高坤面子上挂不住，准备伸手去夺，谁知玲玲直接将烟送到了他的唇边，涂着鲜红指甲油的指尖有意无意蹭了一下唇角。

高坤反应迟钝地含住了烟，眼神愣愣地望向玲玲那张笑脸，烟雾像条蛇似的直往肺管子里钻，呛得他连连咳嗽，眼神也仓促地收回来。

玲玲笑起来，越笑越大声。

这一幕越看越熟悉。他不由得开始思考许其琛写这个角色的居心。

"Cut!"昆城摘了耳机，朝那头挥了个手，"这条很不错，看来老搭档就是不一样啊，默契十足。今天看来是可以早收工了。"

渐渐融化的棒棒糖像是腐蚀了口腔内壁的黏膜一样，夏习清拿出来在手上转了转，舌尖舔过被糖抵住的那侧，磨得慌。

周自珩和宋念走过来，宋念蹦蹦跳跳，跟个兔子一样，周自珩则是一如既往地沉稳，跟在后头不紧不慢，也不知道为什么，夏习清看着心里倒觉得挺般配。

"昆导，晚上一起吃饭吧，刚刚我听副导演说今晚的夜戏取消了，不是吗？"宋念笑嘻嘻地蹲在导演跟前，昆导也说："对，我差点儿忘了，今晚租的场子出了点问题，得明天才弄好。"

"我听说咱们组到现在都还没去聚一次，多无聊啊，一起去吃火锅吧，再去唱歌？"

"行吧，你跟老周安排吧。"

夏习清原本以为周自珩过来会跟他说话，却没想到对方也就只是走过来搁这儿站着，两手插在兜里，也没看他。见周自珩这样，夏习清也不说话，他安安静静地坐在马扎上，像个被抽走力气的软体动物。

"太好了，那我可就随便安排啦。"宋念站起来抓住周自珩的胳膊，"你想吃什么？我在网上搜下这附近哪儿有好吃的，再找个KTV，怎么样？"

周自珩这次也没躲，脸上带笑："都行，我不挑。"

"听说习清是本地人，"宋念低头看着夏习清笑，"要不你来攒局吧？哪儿有好吃的我都不知道。"

夏习清这会儿才抬起头，拿出嘴里的棒棒糖，笑得一脸温柔："我就不去了，我今天有点累，想早点回酒店睡觉。"

"那怎么行！"宋念生拉硬拽地把夏习清给拉起来，"哪有地主先走的道理，今天谁逃都可以，你不行。"说完她转过头去找周自珩求援，"是吧自珩？"

夏习清抬眼去看周自珩，见对方笑着附和，也没说让自己休息，他就忍不住又用舌头舔了舔被糖弄得发皱的口腔内壁，在宋念再次转头的时候勾起嘴角："好吧，听你的。"

他已经给过周自珩机会了。

收工收得早，组里目前为止的四个主演加上导演、副导演，六个人一齐去了一家当地算小有名气的店吃小龙虾，尽管大家都是全副武装，可周自珩的个子实在扎眼，一进门就被坐在大厅的好几个小姑娘给认了出来。

"哎哎那是不是周自珩？"

"周自珩？"

"夏习清在吗？"

"好像……哎不对，在最后！"

两人并没有形影不离，反而是一头一尾，虽说不如愿，可这些难得和明星偶遇的路人粉还是把匆忙拍下来的视频发在了微博上，很快被两人的粉丝疯狂转发。

我爱学习：啊啊啊，周自珩的侧影好帅。啊啊啊，习清素颜好白好好看！

SweetieQ：周自珩旁边是演云意的宋念吧，他俩关系不错啊，视频里从进门就在聊天。

念念不忘：念念今天也好好看！这是剧组聚会吗？导演也在。

柠檬精是也：忽然get[1]到了周自珩和女生的CP[2]感，身高差好萌。

---

1 网络流行语，指领悟、明白、懂得。

2 网络流行语，指人物配对。

因为这个偶遇视频，粉丝和路人开始猜测起这几个人的私下关系，大部分粉丝说着场面话，还有一部分粉丝则拿这个视频当实锤，一口一个他们只是营业。

没多久小范围的吵闹就开始发酵，"偶遇周自珩、夏习清"的热词也上了热搜。当然，网络上发生的这一切几位当事人完全不知情。周自珩挨着昆导刚坐下，宋念就坐在了自己右边的空位上，后走进来的夏习清和杨博顺着空位坐下来，就在周自珩的斜对面。

杨博是个实打实的东北人，吃小龙虾吃得少，光是给一只虾剥壳的工夫夏习清都吃饱了，他看着实在费劲，于是用肩膀撞了撞杨博的肩，戴着塑料手套的手抓起一只虾："我教你怎么吃。"

他麻利地拧了虾头，握着虾尾拇指食指一捏，虾壳从中间绽开一条缝，两边一剥，一条完整的虾肉就出来了。

"会了吗？"夏习清侧过头，一看杨博还是没剥好，"啧"了一声，把手里的虾扔进他碗里，"你手真笨。"

杨博嘿嘿笑了两声，把他剥好的虾塞进嘴里："好吃。"

饭桌上宋念的声音最大，之前还在跟昆导聊着他的云南老家，这会儿便开始爆周自珩的料了。

"昆导你不知道，我头一次见自珩的时候特别怕他，他长得本来就一副脾气不太好的样子，又演的是一个暴躁中学生。"宋念笑得牙齿晃人眼，"我当时都不敢跟他说话。"

"那你俩咋说上话的？"

穿着背心的宋念肩膀撞了撞周自珩，人也歪倒过去："你说。"

周自珩笑道："还是你说吧。"

坐在昆导旁边的副导演吃虾辣得脑门儿冒汗："你俩还让起来了，矫情啥，赶紧说！"

周自珩倒不是故意跟她玩推拉，其实他是真的不记得跟宋念第一次说话的场景了，别说第一次说话，第一次合作对他来说都是模糊的。

"当时我刚拍完一场跑步的戏，浑身都是汗，他远远地走过来对我说，"宋念开始学起周自珩那副少年老成的样子，"你的后背湿了，那什么的带子有点明显，披件衣服吧。"说完她就开始笑，"你们都不知道我当时有多尴尬，我好歹也是女孩子啊。"

忙着剥虾的杨博也插入了话题："这种时候就应该直接把外套脱下来搭在女孩儿身上啊，标准偶像剧展开。"他还故意搞笑地挑了两下眉。

一下子周自珩就成了饭桌上调侃的对象，连昆导都开起玩笑来："这自珩一看就是没谈过恋爱的，太直接了。"

副导演"哎"了一声："自珩现在是单身啊？连自珩都是单身？"

这两个疑问把周自珩弄得有点不好意思。夏习清没看他，一门心思低头吃虾，小声和杨博说着话，音量控制得很微妙，不太小，周自珩能听见，也不太大，听不见说话的内容。

"哎，要不给你俩改改剧本，让你和玲玲在一块儿得了，哈哈哈。"副导演说完又立马解释，"开玩笑开玩笑，一改就乱套了。"

昆城是个好脾气："剧本可不能改，戏里面谈恋爱算怎么回事啊，你俩戏外可以试试啊，年纪也合适。"

周自珩下意识想开口反驳，可想到赵柯说的话，又硬生生把话咽回肚子里，想着宋念应该也会反驳，谁知宋念倒是大大方方把话一接："我倒是不怕试，关键人自珩不知道看不看得上我啊。"

又把话抛到他这儿了，简直是烫手山芋。周自珩都不知道怎么办了。

就在这时候，又有一人参与了这场"逼恋"戏码。

"看得上。"夏习清开口收敛了许多他在周自珩面前的轻佻，只剩几分温柔，但还是懒懒的，"周自珩说了，他以前喜欢过一个穿白裙子的小姐姐，你明天穿条白裙子，没准儿这事儿就成了。"

他怎么也没想到夏习清会拿这件事儿打趣，心里越发不舒服。

周自珩原本长了张戾气极重的脸，眉骨高挺眼窝又深，压得一双眉眼深邃至极，夏习清已经看惯了这个人对自己笑脸相迎，也知道他其实有世界上最好的脾气和秉性，现在也是难得见到他这样脸色难看，看向自己的眼神里都带着刀。

夏习清倒是不疾不徐地端起酒杯，隔着桌子朝他扬了扬，笑着赔罪："我都把你初恋的事儿抖搂出来了，你可别怪我，哥哥我也是操心你的大事儿。"

"怎么会呢？"周自珩也笑起来，眼底的戾气渐渐淡去，"不过那个不是我初恋，只是我单方面喜欢别人很多年，从来没在一起过。"

"哦？"昆城也有些好奇，"什么样的女生能让你单恋这么多年。"

"其实我也只见过她一面，还是头一次拍戏的时候，你要让我说我其实也不记得她长什么样了。只是我当时怕镜头，一直哭，哭得跑出了片场，遇到她了，她就安慰我一直陪着我。"每次说到这些，周自珩的表情都会不自觉变得柔软。

说什么不喜欢她了，看来都是瞎扯，哪个男人会忘了自己心里的白月光、白玫瑰。

得不到的才是最好的。

宋念点点头："所以你后来一直拍戏，也是因为她？"

"一开始是的，我找不到她，就想着如果我一直拍戏，到所有人都认识我的地步，她会不会有一天在电影、电视或者网上看到我，想起我就是那个男孩儿。就好像人们在夜晚抬头，最亮的那颗星星一定会被记住。"

周自珩说着又低头喝了口茶："不过这个念头我也放弃了，我觉得拍戏对我来说事实上是一种表达方式，有更重要的意义。"

宋念听得感叹了几声："真是好男人啊。"她喝了点酒，那张漂亮的脸孔上泛起红晕，手臂搭上周自珩的肩膀，人也倾倒过去。

周自珩没有推开她，他感觉到了宋念的频频示好，傻子也能感觉到，不然导演也不会替她说话。

女士香水的气味令他晕眩，周自珩目光转移到夏习清身上。

此时的夏习清显然已经从初恋的话题里抽身，咳嗽了几声，又侧过脑袋跟杨博说话："你都没吃多少，我给你剥。"杨博觉得不好意思："别别别，你吃你吃。"

"我吃饱了，头疼吃不下太多。"夏习清低头认真剥虾，两丛又密又长的睫毛垂着，遮挡住眼睛。

"头疼？"杨博也注意到之前夏习清一直打喷嚏，于是摘了手套用干净的手背抵上他的额头，又摸了摸自己的额头做参照，"我觉得你有点发热，是不是感冒低烧啊？"

夏习清摇摇头，把装着虾肉的碗推到杨博面前，自己摘了手套扔在一边："吃吧。"

杨博笑得像个小孩儿："谢谢，你真厉害。"

"那是，我吃虾都可以不剥的，扔嘴里直接吐壳。"

一顿饭吃了俩小时，宋念又嚷嚷着去 KTV，杨博在后头开口："习清有点发烧。"可他底气不足，声音也不大，没人听见，夏习清也抓了一下他的胳膊："没事儿，正好去 KTV 坐坐，别扫大家的兴。"

其实他酒喝得有点多，加上重感冒，脑子昏昏沉沉，头重脚轻。几个人开了间中包，里头昏暗得很，周自珩一进去就跟服务员说多开几盏灯，反倒被紧挨着他坐下的宋念调侃："怎么，你怕黑啊，这么大一屏幕还不够亮？"

周自珩没说话，看着夏习清跟在杨博的后头走来，一屁股坐在角落，似乎也没有多大的不适反应。宋念是个活跃气氛的，唱了好几首欢快的歌热了热场就开始拉拽其他人，昆导和副导演也各唱了两首，连自称不太会唱歌的杨博都来了首《单身情歌》。

"哎，自珩你也唱一首嘛。"宋念推搡着他的胳膊，整个人都要贴上去，周自珩不动声色地让了让："我唱不了，我天生五音不全。"

"回回都是这样，没劲。"宋念伸长了脖子把目标放到了另一边，"习清？你来唱一首呗。"

"我也不太会唱歌，"夏习清一开口，嗓子都有点哑，"你们唱吧。"

可宋念偏偏是个会缠人的，一下子就钻到了夏习清跟前，左说右请的，终于让他松了口，拿出手机让他点歌，夏习清感觉自己烧得比刚才厉害了不少，眼睛都有些胀痛，他伸手在宋念的手机上滑了几下，看见一首歌就选了。

"还说不会唱，都唱王菲的歌了还说自己不会。"宋念从他身边挪开，回到了周自珩身边，把麦留给了夏习清。

夏习清头晕目眩，偏巧这首歌又是个迷幻的调子，自己就跟喝醉了酒一样，昏昏沉沉。

这是首粤语歌，原唱的调子对男生来说不低，夏习清只降了一个 key[1]，一开口就叫大家惊了一惊。

杨博一巴掌推在夏习清肩膀上："你这还叫不会唱歌？"

夏习清仰头靠在沙发上，眼睛盯着屏幕，光怪陆离的色彩像是琉璃一样折

---

1 音乐术语，指音阶。

射在他那张过分漂亮的脸上，纤长的脖颈弧度优雅，有种脆弱精致的美感。

　　大概是感冒的缘故，他鼻音有些重，唱粤语歌反倒多了某种微妙又特别的味道。

　　　　不要迷信汗腺渗出的绮丽
　　　　不要虔诚直到懂得怎样去爱魔鬼
　　　　纪念留给下世
　　　　不对别人发誓

　　贝斯和鼓点像是刻意追着心跳，一下一下重重捶在心上。

　　这歌词真实到周自珩从第一句就听不下去。可夏习清唱得那么决绝，那么冷静，甚至嘴角带笑，仿佛置身事外高高在上。

　　　　和谁亦记得
　　　　不能容他宠坏，不要对他倚赖
　　　　感情随他出卖，若你喜欢犹大
　　　　示爱不宜抬高姿态，不要太明目张胆崇拜
　　　　一字记之曰

　　这几句歌词反反复复被他唱着，嗓音酥迷微哑，编曲妖冶又透着一股子金属冷，大家都沉浸在音乐里，唯独周自珩，眼睛死死盯着屏幕上的歌词。

　　每一句都戳在心口。

　　夏习清唱得潇洒，就像是以过来人的姿态在告诫痴男怨女，可这歌究竟是唱给谁听的，他也不知道。

　　　　为这为那谈情为了享受
　　　　为你为我为何为他忍受 [1]

―――――――――――

1 歌词来源于王菲的《情诫》。

一曲结束，夏习清把话筒关了放茶几上，其他人都叫好，尤其是昆城："习清你这歌唱得真是不错，干脆主题曲也你唱好了。"

"KTV水平，进了录音棚就出洋相了。"夏习清笑了笑，太阳穴一跳一跳地疼，他懒洋洋地跷着二郎腿，手掌撑着下巴朝周自珩望过去，隔着沉沉黑暗和迷乱光线，冲对方勾起嘴角。

"好听吗？"

见他不说话，甚至都不看自己，夏习清只觉得得意，就像是一个实施了完美杀人案的凶手那样得意，他站了起来："我去洗手间，刚刚喝得太多了，你们继续玩。"脚下有些不稳，夏习清一路扶着墙走了出去。

这间KTV属于高档娱乐场所，价格不菲，所以客人也少，洗手间又大又亮堂，就是没人，夏习清浑身发烫，用凉水冲了把脸觉得舒服许多。

镜子里的自己有点狼狈，夏习清扯了面巾，对着镜子细细擦拭着脸上的水珠，然后将面巾团起扔进垃圾桶，刚走到洗手间门口，就被一股蛮力推了进来，趔趄几步差点摔倒，好在他后头是墙，后背抵上烘干机，硌得慌。

可夏习清还是很快换上一张游刃有余的笑脸，他知道这时候会做出这种事的只有一个人。

"怎么这么大火气？"夏习清眼睛里满是调笑意味，"这可不像你。"

周自珩的薄唇抿成一条冷硬的线，都说长着这种嘴唇的人往往薄情寡义。看来面相这种东西往往不太准，至少在他们俩身上都是反的。

"你究竟什么意思？"

夏习清本想保持风度，可听见周自珩这句明显压着怒气的话，不禁气极反笑："我什么意思？你打的什么算盘，以为我看不出来？周自珩，就凭你？"他勾起嘴角满是不屑，耳下苍白的皮肤泛起病态的潮红。

"你是不是都忘了我是什么人了，嗯？"

"对，我不配。"周自珩垂下了头，后退了半步。

"我一个演员，都没有办法在你面前演得合格一点。我这种段位，的确是不配跟你玩。"

周自珩握着拳头，又松开："其实我从来就没想过跟你玩什么手段，我只是太想知道……"

"对不起。"周自珩抹了把脸，"对不起，今天这件事是我做错了，老实说这样做也挺折磨我自己的。"他深吸了一口气，之前脸上愤怒的表情都消失无踪，他笑了一下，"你是自由的，你想做什么都可以。"

他的心曾经是一片葱葱郁郁的森林。

遇上夏习清之后，这片森林就着了大火，熊熊烈焰，浓烟滚滚，再厉害的消防队面对这样的火势也束手无策，只能眼睁睁看着火焰蔓延，直到森林烧成一片死灰。

他以为可以及时收手，却发现根本没有回头路。

看着周自珩脸上的笑，夏习清的心突然抽疼了一下，他其实并不想看到周自珩这样，甚至不明白自己为什么会说出那么刺耳的话去激对方，自己好像变了一个人。

夏习清试着开口，却艰难无比："我……"

"你现在不愿意原谅我，没关系。对不起，你别生气了，我刚刚就一直感觉你有点……"

不舒服。

这三个字还没有说出口，背靠着烘干机的夏习清差点没站住，手扶了一下洗手台才撑住，周自珩的心咯噔一下提起来，扶了一把。

周自珩这才感受到他身上传来的不正常热度。周自珩吸了吸鼻子："你发烧了，我们回酒店。"

"感冒发烧又不是什么大病，他们还在包间里，我给笑笑打个电话就行。"

周自珩只当没有听到这句话，自顾自接着说自己的："你还能走路吗？算了，你别走了。我背你。"说着他就半蹲在夏习清的面前，"上来，我们回去。"

他又想到，生病的人都很脆弱，自己不应该用这么强硬的态度。于是他又回过头，仰着脸看向夏习清："上来吧。"

夏习清的鼻子发酸，这个人为什么要一再忍受自己的刻薄和荒唐，越是这样，他越是觉得自己可恨又可悲。他不止一次故意惹周自珩生气，让周自珩失去应有的冷静自持。周自珩只不过是想知道他心里的想法，就被他这样折磨。

他弯下腰，抱住了周自珩的后背，向对方妥协，也向自己妥协。周自珩后绕的双臂牢牢地抱住了他的大腿，将他背好。

说来容易。夏习清从来没有在任何人的身上获得过这么多的关爱，多到他从还没有开始的时候就在想，假如有一天，周自珩讨厌他了，他又该怎么办。

如果是以前，他还可以当作什么事都没有发生过一样活得潇洒，因为他从来没有被关心过。

可现在，他分明已经拥有了，要怎么才能装作从来没有得到过？

要怎么做才能坦然面对失去呢？

"对不起，你生病了我都没有好好照顾你。"周自珩背着他走进电梯，"我真的……"

"你其实没有必要照顾我。"

周自珩低着头，笑着说："谁说没有必要，朋友生病照顾一下也是应该的，再不济，我们现在也是同事……"

被周自珩一路背着下了楼，他们这次本来就是开的普通轿车来的，周自珩自己拿着钥匙，把夏习清放到了副驾驶座，给他系好安全带，从后座拿来了一个保温杯拧开盖子递给他："喝点热水。"周自珩坐到了驾驶座上，又伸手摸了摸夏习清的额头，"你出冷汗了。"他又从后座拿了条小毯子盖在夏习清的身上，替对方把车窗关上。

这条毯子眼熟得很，夏习清抿了一口热水，记忆在氤氲的雾气里被拨回来。

原来他下午在化妆室睡觉的时候，是周自珩盖的毯子。

酒店离 KTV 不算远，十分钟的车程，路上的时候周自珩给昆导打了个电话，告诉他们自己把夏习清送回去休息。电话挂断，正好是红灯，车子缓缓刹住，等在路口。

"对不起。"

夏习清忽然开口道歉，周自珩怔住了，猛地转过头看向他。

"我……"夏习清的手紧紧抓着杯壁，抿了一下嘴唇，"我知道我做的事有多伤人。"

周自珩从没想过夏习清会对他有愧疚："不，这都还好，我既然说过我都可以承受，那我一定做得到，否则我不会说出来。"红绿灯交换，他踩上油门，"而且是我先挑起来的，说到底是我自作自受。"

夏习清低下眉眼，如果今天他们撕破脸，他心里可能会更好受些。可周自珩这样妥协，反而叫他难过。

一路上烧得昏昏沉沉，感知都变得模糊，直到周自珩把他放在床上才清醒一点，他看着周自珩替他盖好被子，每一个被子角都掖得牢牢的，密不透风。

"你喝了酒，现在也不能随便吃药。"他从自己的医药箱里拿出温度计，使劲甩了两下伸进被子里，"可能会有点冰。"

量体温的时间他去打了盆凉水，把自己的毛巾浸湿了又拧干，叠好放在夏习清的额头上。

"应该好了。"夏习清自己拿出温度计，周自珩接过来一看，一颗悬着的心放下来不少："还好还好，37.7 摄氏度，低烧、低烧。"他一面喃喃自语一面把温度计放在桌子上，"不然不吃药是不行的。"

夏习清看着他像只无头苍蝇一样忙来忙去，心里更加难受。

"我小时候经常生病。"说完开场白，夏习清就忍不住在心里嘲笑自己，感冒发烧真的可以当作脆弱的借口吗？

可周自珩跪坐在床边眼神柔软地望着他，看得他不忍心话尽于此。

"有一次烧得都说不出话了，可还是要被拉去参加一场艺术宴会，因为我妈答应了别人要带我出席。"夏习清每一次说到以前的事，眼睛就不自觉垂下来，仿佛关起一扇门一样，害怕被人看到里头藏起的东西，"我其实很难受，发烧的时候浑身的骨头不都会很疼嘛，我就哭，我妈一开始还会哄我，告诉我一结束就带我去看病，我还是一直哭，哭得别人都看我，她就觉得我不给她面子，觉得我丢人了。"

他的睫毛微微颤动着，颤在周自珩的心上。周自珩问道："那时候你多大？"

夏习清吸了一下鼻子："记不清了，大概上幼儿园？小学？反正挺小的。"他仰着脸望向天花板，轻笑了一声，"从那以后，我生病再也不告诉别人，不给别人添麻烦。只要死不了，都没关系。"

他说这句话的样子，和剧本里的江桐一模一样。

"生病就应该被照顾。"周自珩取下夏习清额头上的毛巾，放在凉水里重新浸了浸，拧干了轻轻搁在他的额头上，"错的不是你，是你的父母。"

夏习清没有说话，他觉得自己任性得过了头。最尖锐的刺扎进一团软肉里，没有遭遇退缩，反倒被他忍着疼用柔软裹住自己的刺。最后刺和软肉长在一起，拔不出，也割不去。

眼皮重得抬不起来，只感觉有人一直陪在他身边，直到他沉入温热的梦潭。

半夜的时候夏习清被热得醒过来，睁眼的时候发现周自珩在身边。

夏习清稍微动了一下，周自珩连眼睛都没有睁开，手就已经摸索着探到夏习清的额头上，嘴里还迷迷糊糊念叨着："退了、退了……"

他的手轻轻拍着夏习清的后背，像是惯性动作一样。

"乖……"

很快，他手上的动作渐渐地缓下来，最后归于平静。

等到他终于沉入梦里，夏习清才敢放肆去看他的脸孔，毫无征兆地，眼泪就流了下来。

为什么要让自己感受到被在意的滋味？

这张由周自珩开出的药方，和毒药也没什么两样。

凌晨五点的时候周自珩被闹钟吵醒，断断续续睡的时间加起来也不过两三个小时，可早上还有戏要拍，没有办法。

夏习清还在熟睡，周自珩坐在床边凝视他许久，确认烧已经退了，这才离开。

醒来的时候夏习清浑身都舒坦了很多，大病初愈的感觉有点恍惚，看着笑笑在房间里忙活着，帮他打开皮蛋瘦肉粥的盖子："这个还有点烫，凉一会儿再吃，不然烫着嗓子。"笑笑埋怨了他两句，"我就怕你生病，结果还是病了，自珩说你一起床就带你去看医生，去拿药吃。"

"他走了？"

"早上五点的戏。"笑笑把从夏习清房间里拿来的行李箱打开，"你穿什么？我给你拿出来。"

"都可以。"

后来的一个星期，两个人的关系恢复如初，宋念依然会热情地来找周自珩，可都被他拒绝，她的戏份本来也不多，充其量算是高坤的一个没有结果的初恋。

她杀青的那天周自珩正好有一场哭戏，也是他在整个剧本里唯一的哭戏。

那是高坤向玲玲坦白自己染病的戏份。

这一段戏导演用了手持的特写镜头，捕捉高坤脸上的表情。

"你……你究竟得什么病了？你说啊！"玲玲的表情有些不耐烦，"你这么一直吞吞吐吐什么意思？"

高坤的眼神闪躲着，舔了舔干燥的下嘴唇，哑着嗓子开口："我……"他似乎也厌恶了自己这样孬种，咬咬牙干脆地开口，一字一句说得干脆利落，仿佛等待着壮烈牺牲的结局。

"我得的是传染病。"

另一个镜头对着的是玲玲，她眉头蹙起来，先是不敢相信，而后又笑出来："不是，你开什么玩笑？你怎么可能……"

"抽血的时候，针管……针管二次污染。"高坤低下头，"我要是有一个字骗你，天打雷劈。"

玲玲没有说话，高坤试图靠近一步，她反应过激地后退。

"别过来。"她将打火机扔在地上，烟也从手指间掉落，"你什么时候检查出来的？这个星期？还是上个星期？"她双手抱着自己的胳膊，"你不会传给我吧？我们也没上过床，只是接了个吻。应该不会传染的，肯定不会的……"

她自言自语地说着话，仿佛面前空无一人，可她又看向高坤，眼神复杂。

"你……你以后……"

后面的话她忽然说不出了，也就干脆不说了，直接踩着她的高跟鞋转过身。高跟鞋踏在水泥地上的声音清脆又残忍。

其实高坤一开始就料到了这样的结局，但他还是不想骗她。

镜头里，高坤低着头，脚踩着地上的打火机，廉价的塑料壳在粗糙的水泥地上摩擦着，发出刺耳的声音。

他的眉头要皱起，又被自己强硬地撑开，双手插在口袋里，倔强地咧着嘴角。

特写镜头一点点后退，他的全身逐渐出现在画面中，高坤将脚抬起，放过了那个小小的打火机，他蹲下来将它捡起。

镜头前的烟雾渐渐散去，眼泪忽然就涌了出来，大滴大滴地往地上掉，浅灰色的地面被液体浸湿成深色，像是旧衣服上怎么都去不掉的污斑。

他的肩膀不住地抖动着，眼泪流了满脸。抬手抹掉之后他又吸了一口，像是叹息一样吐出烟雾，然后低下头，任由眼泪往下掉。

"这不就学会抽烟了吗？"他的声音沙哑，低头笑着，笑声悲凉又绝望。

"挺简单的。"

他把烟夹在指间，一屁股坐在地上，头埋在屈起的双膝间，浑身颤抖。

烟灰和泪水一样掉落。

片场的人都静静地看着，谁也不说话。

"过。"导演喊了停，可周自珩不像之前一样，不管是情绪多激烈的戏，他都可以一下子就抽身，可这次已经结束了，他还坐在那个地方，肩膀还在抖。

昆城发现不对，夏习清就在他的身边，他自然而然第一个问夏习清："自珩最近怎么了？"

夏习清摇了摇头，说了谎："我不知道。"

"失恋了吗？他不是没有恋爱嘛。"昆城语气沉重，"我之前以为这一场戏他得磨很久，我看过自珩之前的片子，他是个有天分的，但很明显是没有恋爱经验的。"他笑了笑，"他之前一遇到感情戏，就脱了，从那种情境中脱出去了。如果是一般的那种青涩的感情，还可以用他的演技弥补，但是真的要掏情绪去演的大戏，他演不了，他没有那种撕心裂肺的情绪可以掏。"

昆城看着屏幕："所以我以前就说，演员还是得恋爱的，不然让他们去演不存在的东西，太强人所难了。

"他忽然开窍，我是真没想到。"

夏习清没听完他说的话，也听不下去了："我去看看他。"说着他走向仍旧坐在地上的周自珩，比他早一步的是与对方搭对手戏的宋念。

"自珩，你没事吧？"宋念开口满是担忧。夏习清的脚步放慢了些。

周自珩仍旧埋着头，抬手摆了一下，像是拒绝，宋念正犹豫要不要拉他起来，一只细长的手伸了过来，抽掉了他指尖还夹着的那根烟，抓住了周自珩的手。

几乎是一瞬间，周自珩的头抬起来。

夏习清半蹲在周自珩的面前，将烟头在地上踩了踩，伸过手去拍了拍周自珩的背："你怎么像个孩子，哭起来没个完？"说完他又摸了摸周自珩的后脑勺，"这么伤心啊。"

周自珩难得从他的身上得到这些安慰，眼泪又一次不受控制地涌出来，实在丢人。

夏习清差点忘了，周自珩本来就是个孩子，没有任何经验，有的只有一腔热血和赤诚的心，可再赤诚再热切，也有遇冷退缩的时候。

他回头对宋念温和地笑笑："你在这儿他可能觉得有点儿跌份，没事儿，他一会儿就好了。"

这么明显的逐客，宋念心里很清楚，她也笑了笑："那我先过去了，我今天杀青，晚上一起吃饭啊。"

等宋念一走，夏习清就伸手摸着他的头毫不留情地嘲笑："小孩子才会这么哭。"

本来周自珩就觉得很丢脸了，偏偏夏习清还要在他伤口上撒盐，为了保住自己的自尊，他只好回撑道："你也这么哭过。"

夏习清吓了一跳，还以为发烧那天他哭被周自珩发现了，他一下子推开周自珩："你那天醒着？"

"什么醒着……"周自珩抹了把脸，"我就没醉啊，醉的人是你，你自己喝得烂醉拉着我哭，一直哭。"

醉？夏习清皱起眉，难道他们说的不是同一天："什么时候？"

"思睿跟我们喝伏特加那天，录完节目之后。"周自珩也察觉出一点不对，"不然你以为哪天？"

夏习清躲开了这个话题，生拉硬拽地把周自珩拉起来，拿出湿纸巾扔他怀里："自己擦擦。"

"哭得我头疼。"周自珩仰起头，按着自己的太阳穴。夏习清忽然发现，他的左手无名指戴上了一枚素银戒指，之前一直没有的。

他想开口问，又犹豫了。

"导演等着呢，你快过去。"

宋念是个会来事儿的性格，剧组上下都喜欢她，杀青的时候副导演特意买了个大蛋糕给她庆祝。

晚饭前夏习清回房车上换衣服，车上没人，他自己关上了门也没开灯，忽然听见车外有什么声音，好像是小罗和笑笑。

"这个宋念真是无语，这是他们团队买的热搜吧，还有这些营销号。她怎么这么不要脸啊，谁跟她有绯闻啊，我们自珩是什么家世，怎么会跟她……"

"嘘！你可小点声吧，别让自珩听见，还有那谁。这件事蒋茵姐肯定会处理的，都是小事儿，这算什么啊。"

夏习清胡乱把T恤套在头上，拿出手机，微博直接推送了一条消息。

"周自珩宋念因戏生情！各种情侣物品实锤放出？"

这种"标题党"……他点进去看了一眼，里头无非是一些同款的衣服和鞋子，还有上次一起去吃饭的视频截图，大部分是断章取义。就算夏习清再怎么混账，也很清楚周自珩对宋念是半点别的意思都没有的。

手指滑到最后一张图，夏习清的手顿住了。

那是他今天上午才发现的那枚素银戒指。相对应的，宋念曾经在自己的微博晒出过一枚款型类似的铂金戒指，不过日期已经是上上个月。

夏习清关了手机，一下子拉开车门，吓了还站着门口的小罗和笑笑一大跳。

"习、习清？你在车里啊。"

"怎么了？你们怎么在这？"夏习清把耳机摘下来，装作什么都不知道的样子，"去吃饭吧你们。"说完他自己朝着大部队走过去，路上遇到道具组一个小姑娘，她甜甜地朝夏习清笑了一下："习清，吃饭去？"

"嗯，"夏习清也礼貌地笑了笑，还帮她拿了一个装道具的大袋子，两人并肩走了两步，他忽然想起些什么，"对了晓梦，你们组负责自珩道具的人是谁啊？"

天还没黑，夏习清找借口逃了杀青宴，自己一个人戴着口罩，绕着华安里狭窄拥挤的社区走着，周自珩打了好几个电话，他回了一条短信，说自己有事，去找以前的同学了。

他说过的谎多到不胜枚举，但现在他发现自己越来越不会撒谎了，尤其是面对周自珩的时候。

闷热的气温扭曲着情绪，经过一家老旧的音像店，外放的喇叭音质很差，但放的歌品位倒是不俗，起码不是那种烂大街的广场舞伴奏。

夏习清在门口站了一会儿，望着墙上斑驳的海报，歌词模糊又清楚地往耳朵里灌。

> 谁让我的生涯天涯极苦闷
>
> 开过天堂幻彩的大门
>
> 我都坚持追寻命中的一半

强硬到自满 [1]

他低下头。

周自珩亲手为他打开那扇幻彩大门，通往天堂。

但他不敢踏进去，他不属于那里。

掉转方向，漫无目的地转，到处都被烟火气围绕着，只有他一个人冷冰冰的。如果周自珩没有遇到自己，他或许还是那个天资聪颖又幸福的演员，演不出失去的悲痛感。

如果他可以放心大胆地去接受，可以不下意识逃避就好了。

可这完全就是把自己身体里的一部分割裂出去，太难了。

不知怎的，他走进了一个涵洞，里面好像是积了水，附近一个人都没有。夏习清抬头望过去，这个涵洞和华安里所有的涵洞都不一样，它的顶盖不是不见天光的钢筋水泥，而是薄荷绿的塑料棚盖，还没消退的阳光从上面打下来，折射成漂亮的绿色，如梦如幻。

夏习清卷起裤腿走进去，仿佛被绮丽童话吸引的孩子，一步步靠近洞穴中的珍宝。

烂漫的薄荷色光线将他包裹，涵洞内的墙壁也是蓝绿色的，和变了光彩的阳光融为一体。夏习清觉得惊喜，这个在外界看来混乱拥挤的地方竟然藏着这么一个漂亮的隧道，色彩的美妙让他暂时忘记了地上的积水，也忘了来到这里的初衷。

忽然，他听见声响，正要戴上口罩，却发现隧道的转角走过来的，不是别人，是同样讶异的周自珩。

"你怎么在这里？"隔着两三米的距离，周自珩远远看着他，两个人的小腿都埋在积水里，水面荡起的波纹扯着两个人，成了唯一的维系。

自己劣质的谎言就这么被拆穿，夏习清不由得低头，哑然失笑，过了一会儿才又抬起头："我不想去杀青宴，四处转转。"

"也不想见我？"

---

1 歌词来源于关淑怡的《地尽头》。

夏习清点点头，没有说谎。

周自珩苦笑了一下，仰头看了看半透明的涵洞顶，薄荷色的夕阳蒙在他的脸上："这个地方是我上个星期发现的，很漂亮对吧，一进来心情就会变得好起来。"

上个星期……

"我小时候最喜欢的地方就是水族馆，走在水族馆的隧道里，我就觉得自己和那些鱼一样，可以自由自在在海里游泳。"周自珩嘴角的笑意渐渐收敛，"好久没去了，以后应该也不能随便去了。"

他低下头去看夏习清："你说这里是不是很像水族馆的隧道。"

夏习清没有说话，他不知道自己应该说什么。

"真好啊。只有我们两个游客。"

"嗯……"

周自珩有一个怪毛病，难过的时候说一些乱七八糟没有边界的话，这个毛病早就被夏习清发现了，他在试图转移自己的注意力而已。

"你应该听说过薛定谔的猫吧？"周自珩果然又开始了他一贯的老毛病，"你肯定知道。不过其实大家对这个理论的理解大多一致，总是把薛定谔的猫理解成一个二分类问题，选择 A 或者非 A，其实不是的，那是一种叠加态，是 A 且非 A，就好比被他关在盒子里的那只猫，它的状态并不是生或死，而是生且死。除非他打开盒子确认，否则这种叠加态不会坍缩。"

夏习清低着头静静听他说着，像个十分称职的听众。

"我第一次学到这个理论的时候，第一反应是什么，你知道吗？"他顿了顿，没有等夏习清回应，"我觉得那只猫好可怜，如果是我，一定舍不得把它放进去，可如果放进去了，我也一定舍不得打开盒子，去确认它究竟有没有活下来。"

他忽然笑了一下："我猜你也一样吧。"

夏习清微微皱眉，抬眼去看他。

"如果不打开这个盒子，我们可以假装它活着，就这样维持表面的美满。"周自珩轻声道，"我们会像那只猫一样，永远困在这个叠加态之中，或许沉浸在过去的痛苦中死去，又或许坚强地迈出那一步，活了下来。"

"过去的痛苦都是切切实实存在的，没办法痊愈，但至少不能让它们变成困住你的手铐，你明明是很会解开困局、逃出生天的人，不是吗？

"我知道，现在的你一定觉得，像我这样根本没有经历过创伤的人，没资格教你做出选择，但习清，我们在面对那只猫的生与死时，有一样的胆怯。所以我明白你。

"这种感觉就像溺水，为了逃避现实的一切而将头埋进水里。"

夏习清的心不由得为这番话而颤动。透过周自珩温柔的双眼，他几乎看到儿时那个自己弱小的倒影，满身伤痕、身上的衣服被血浸透。他躲避了周自珩的眼神，倒影中的那个小孩则是果决地跳入水中，屏住呼吸。他本能地害怕着与童年时候的自己有关的一切，不想面对，只想退缩。

一再纵容他的周自珩，这一次却选择靠近："很窒息，对不对？"

周自珩的脚走在积水里，水流的声音回荡在空旷的涵洞，波纹一层层推着夏习清的双腿，试图逼他后退。

他应该后退，他应该逃走。

夏习清的身体却无法动弹。

"你知道的，我是个没办法袖手旁观的人，喜欢做英雄，你也说过，我可以做你的英雄，所以这一次，我要把你从水里拉出来。"

望着周自珩的微笑，夏习清的脑子转得很慢。

窒息的小孩渐渐到达承受的临界点，只剩最后几秒。

"我现在就想让这个叠加态坍缩。"周自珩站在了他的面前。这一刻，夏习清竟然希望自己失聪，最好什么都听不到。

原来他也不敢掀开盖子。

"夏习清，我很在意你，所以无论发生什么，无论走出过去这件事需要花费多大的代价，我都会一直陪着你，做那个随时可以拉住你的手，把你从水中救起的人。"薄荷色夕阳的最后一点残光打在他的脸上，周自珩笑起来，"盒子打开了。"

"挺简单的。"

这个表情和语气，和强迫自己抽烟的高坤如出一辙。

夕阳下沉，涵洞里开始一点点变暗。

夏习清仍旧低着头，他没有勇气说出自己的答案，其实他也并不清楚自己心里的答案，他的脑子里闪现的都是过往，那些伤害无时无刻不在出现，击溃自己好不容易搭建起来的自信。

"我没有在等你回答。"周自珩语气温柔得要命。

夏习清抬起头："我问过道具了，他说这个不是给高坤配的戒指，你为什么要戴？"

"不是，这个是……"周自珩的眼神有些闪躲，夏习清便更加确信这有问题："你在心虚什么？"

"我没有。"周自珩很快反驳，然后脸上露出自暴自弃的表情，"我没有心虚。"

他叹了口气，将那枚戒指取下来，摊开手和戒指一起递过去，递到夏习清的面前。

夏习清的视线一开始被戒指吸引，可当他正准备拿起来的时候，却看见了真正的答案。

他无名指被戒指遮住的那个地方，文着一朵红色的玫瑰。

那个花纹和图案，是之前自己趁他睡着时用签字笔在他手上随意画的。

夏习清不可置信地抬起头，看见周自珩躲闪又尴尬的眼神："这个戒指就是我在路边买的，用来遮文身的。我怕你看见，就很尴尬，但是我喜欢这个小玫瑰，想一直留着它。"

"我……我知道这很不礼貌，你也不能完全相信我说的话。"周自珩一脸忐忑，说话都变得语无伦次，"我可以，不是，我是说，你如果真的不喜欢，随时都可以……"

话还没说完，积水里，一双脚忽然踩上他的脚。夏习清的声音闷闷的，好像经年累月浸泡在某种蓝绿色药水里似的。

"天黑了。"夏习清抬头，眼睛亮亮的，仿佛蒙着月光。周自珩欣喜不已："你、你的意思是……"

"试用期。我随时随地可能退货的，这样也可以吗？"

"可以！"周自珩开心得像个孩子，他又差一点哭出来，"当然、当然可以。"

看到他这么开心，夏习清又开始自我怀疑："我可能还是克服不了，我从来没有……"

"我也是。我们一起。"

他们肩并着肩，走出了那个曾经只属于他们的薄荷色水族馆。

涵洞外面像是换了一片天地，人来人往，摩肩接踵，两个人都戴上了口罩，躲进忙忙碌碌的人群里。

"提问。"周自珩举起手，笑得像个小孩儿。夏习清转头去看他："干吗？"

周自珩的眼睛被路边的灯火照亮，一闪一闪，里头像闪着萤火："试用期我可以做什么？"

路边开始变得熙熙攘攘，夏习清半低着头看着自己完全湿透的鞋子："我还没想好。"周自珩快走两步到夏习清的前面，转身面对着他一步步倒退着走，看都不看别的地方，只盯着夏习清那双漂亮的桃花眼。后头过去一个推着推车准备赶夜市的大姐，差点撞上周自珩的后腰，夏习清手疾眼快，一把抓住周自珩的胳膊将他往自己这边一扯。

四周灯火逐渐亮起。"哎哟，就不能看着点，这么大的人了还倒着走路，撞倒我这车子怎么办？"

大姐骂骂咧咧地推着车走开，夏习清也回过神，把他拽到自己的左手边："看着路。"

周自珩凑过来，带着笑。

又来了。

得了点甜头就开始没收敛地招摇，完完全全就是周自珩的作风。

不给他点颜色瞧瞧，还真把他自己当成什么小天使了。

夏习清抬眼，目光从他的瞳孔顺延向下，眼神凝滞，盯了一会儿黑色口罩下面的嘴唇，又一次抬眼，定定地望着周自珩深邃的眼瞳，颤动的眼睫末梢全都是风情。

周自珩给小罗发了个消息，让他去应付昆导和蒋茵，自己潇洒利落地关了机。

两个人就这么躲过杀青宴，可饭不能不吃，夏习清领着周自珩去了附近的一家生烫牛肉粉店，周自珩从小在北京城里长大，地道的米粉吃得都不多，别说这种特色生烫牛肉粉了。

"老板，两碗宽粉，一碗不要辣。"夏习清转过头看向周自珩，"你吃什么，牛肉？腰花？"

"牛肉。"周自珩看了看那盘切得漂亮的肉，碰了碰夏习清的胳膊肘，小声问道，"腰花是什么？"

夏习清坏笑着瞟他一眼："这你都不知道啊，周小少爷。"说完他又拿手指头戳了一下周自珩的侧腰，凑到对方耳边，阴森森道了句，"肾。"

周自珩立刻捂住自己的腰。

夏习清还故意说得绘声绘色："新鲜的腰子拿出来对半一剖，中间的白筋一掏，用快刀，一刀一刀片成薄片，放在滚汤里涮两下，又脆又嫩，特别好吃。"

听得周自珩忍不住打了个抖："我要牛肉的，牛肉。"

"好。"老板麻利地从高汤捞出白软的米粉放入碗中，舀了牛肉汤、卤汁、葱花、萝卜丁，又将新鲜的牛肉片汆烫断生码在粉上，递给周自珩。又照样做了另一份，浇了一大勺辣卤给夏习清。

店里开着空调，两人对坐着一人一碗粉，吃得舒服极了。

"我以前上学的时候最喜欢吃的早餐就是牛肉粉，生烫的或者卤制牛肉。"夏习清觉得不够辣，又舀了一勺辣椒油放进碗里搅和了一下。整碗都红彤彤的，看得周自珩犯怵。

"你们一大早吃这么辣，胃不难受吗？"周自珩夹起一筷子粉，送入嘴中，又嫩又滑，好吃极了。

"还好啊，"夏习清舀了一勺酸豇豆放在周自珩的碗里，"我们这儿早餐很多的，一个月三十天不重样儿，热干面、三鲜豆皮、烧梅、面窝、蛋酒，数都数不清。"

"那你都得请个遍。"周自珩端起碗喝了一口汤，冲他笑了一下，活像只大型犬似的，黏人又乖觉，"不然我就赖在武汉不走了。"

"那你别走，就在这儿赖着。"

出了粉面店，两个人又沿着夜市吃了一路的小吃。两个人的手机都关了，谁也不理，就安安静静地轧着马路。

"我不想回酒店。"周自珩手里拿着一串荸荠，咬下一个吃得脆响。

夏习清想起之前那个绯闻："酒店门口现在应该有一大堆的记者蹲点呢。"

周自珩不明所以，侧头看他："为什么？"

"你不知道？"夏习清白了他一眼，"现在你跟宋念的绯闻在全网都闹得沸沸扬扬，你居然不知道？"

"我一下午都在拍戏，手机都不在我身上，我拿到手机之后就一直给你打电话联系你。"周自珩吃掉了最后一个荸荠，含含糊糊继续道，"后来就关机了，我去哪儿知道什么绯闻。"

夏习清没好气地瞟他一眼："那你现在知道了，周自珩出道以来第一个绯闻。"

周自珩把手里的扦子投进不远处的一个垃圾桶里，用手碰了碰夏习清的肩，叹口气："不想回去，不想跟那些人瞎搅和。"

小巷子快走到了头。

周自珩继续说道："我从小就在这个圈子里，这么多年演了好多戏，大家总是说，我年少成名，比别人省了好多时间。"

"你也失去了很多时间。"夏习清的声音都不自觉放软，心里想起了周自珩卧室里的放映机，想到那个乖乖软软的周自珩，可爱极了。那么小的小孩，就在演艺界里扮演着各式各样的角色，所幸他没有丢了自己，而且比任何人都纯粹，都美好。

"时间是很宝贵的，一维，单向，过去了就不会再回来。"周自珩看着夏习清道，"但如果你在，我就想，和你一起浪费时间。"

夏习清看他。

"不对。"周自珩忽然转头看向夏习清。

"想和你浪费一切。"

昏黄老旧的路灯打在地上，照得两个人的影子长长的。夏习清低头看着，沉默了很久，像是犹豫着什么。

周自珩先开了口："回去吗？累了吧。"

"我带你去一个地方。"夏习清拽住了他，忽然开口。

周自珩也没有多问，就这么跟着夏习清回到空荡荡的片场去取了车，剧组里几乎没人，估摸着还在吃饭，夏习清拉开车门进了驾驶座："上车。"

黑色的车如鱼一样溜进了车流里，将两个人的心事和秘密藏匿在繁华都市里。

这是周自珩的车，夏习清也是头一次开，手心落了汗，黏糊糊的，等红灯的工夫他把手伸到方向盘侧面储物盒，想找找有没有湿纸巾之类的东西。

"哎别拉开。"

话说得太晚，夏习清已经拉开了盖子，里头冒出来一大堆包装可爱的糖果，多得都溢了出来，就跟刚爆出的爆米花似的。

　　糖果落了满车，两个人都愣了愣，又对视一眼，笑了起来。

　　车窗外风景变换，从偏僻树丛变成高楼林立，转而又变作一片沉沉的静湖，星辉揉碎了洒在湖面上，波光粼粼。周自珩累了一天，又哭又笑，累得睡了过去。

　　这是一片依湖而建的别墅群，周围安静得很，夏习清开着车从大门过，被保卫拦了一下，他取下口罩看去，里头走出来一个年纪近四十的保安，对方先是眯着眼瞅了一眼驾驶座上的夏习清，又见他整个人侧过身子趴在驾驶座的车窗上，笑眯眯地喊了一声"林叔叔"，这才认出来。

　　"这不是习清吗？有多少年没见你了？"

　　夏习清嘴角含笑，见对方放行，他也只寒暄了一两句，就开车进了小区。

　　梦里感觉有人在轻轻拍着自己的脸，周自珩抓住了那只手，顺着手指摸到了对方手上画画留下来的茧子，每次他都能凭借着这茧子一下子认出来。

　　夏习清看着他闭着眼睛，恶狠狠地捏住他的下巴，晃了两下子。

　　周自珩两手一摊，眼睛仍旧闭着。

　　夏习清白眼就要翻上天了，推了一把周自珩的脸，解开自己的安全带："我本来以为我已经算不要脸的了，没想到你还真是青出于蓝。下车！"

　　听他这么说了，周自珩揉了把眼睛跟着下了车，站在车边伸了个大大的懒腰。四处一看，面前是一个三层高的独栋别墅。

　　周自珩望着这栋别墅，看这淡黄色的墙壁，不像是新的："难不成你给我买房了？你要送给我啊？"

　　"想得美。"夏习清从口袋里拿出串钥匙，对着路灯找了找，捏着其中一把走向别墅大门。周自珩这会儿才当真，原来这个别墅真的是他的："这是哪儿啊？"

　　夏习清低着头将钥匙插进门锁里，转动了两下，将大门推开，里面黑暗一片，什么也看不见。他的脚步停在门边，一动不动。

　　"怎么了？"

　　"这是我以前的家。"夏习清低头苦笑了一声，"不，是我小时候住的地方。"他深深吸了一口气，没发觉自己的手指都在发抖。

　　周自珩愣住了。

原来夏习清轻描淡写说的"一个地方",竟然是他以前的家,他曾经生活过的地方。

这也是他曾经饱受折磨的地方。

他不禁想起那天晚上,喝醉之后的夏习清无声哭泣的模样。

"你说你不想去酒店,这个房子还算过得去,凑合住一晚也可以,反正没人,十多年没人住了,也不知道有没有电。"夏习清像个没事人一样,他进去半步,伸手到旁边去摸了摸,找到灯的开关,"啪"的一声,大厅的水晶吊灯亮起来。

"灯还是好的,那就好。"夏习清走进去两步,发现周自珩没有跟上来,又回过头去看,想起来自己是没有告诉过周自珩他的家世,可能到现在对方也以为自己不过是一个小画家,夏习清笑着解释,"我忘了跟你说,我家是做房地产生意的,寰亚集团,你应该知道。一开始是在这里发的家,后来生意做大了,就去外地……"

话说了一长串,忽然被周自珩握住手,夏习清愣了愣,抬眼去看他。

"你手好凉。"周自珩揉了揉他僵住的手,深邃眉眼里满是温柔。

"谢谢你。"

谢谢你的信任。

突如其来的一句感谢,让夏习清耳朵一热。心里有一肚子话想说,却又不知从何开口。

周自珩把他的双肩一握,推着他转过去,一点点推着他往前走:"寰亚集团……原来我们习清哥哥是有钱人啊,早知道你这么有钱,我就让你雇我好了。"

每次周自珩叫他"哥哥"时都带着股调笑的意味,夏习清拿后肘拐了对方肚子一下:"我可养不起你周大明星。"

这栋别墅不小,里面的家具都蒙着白布,一看就是很久没有住人,这场景让周自珩不禁想起了第一次和夏习清录制《逃出生天》的情形,也是许多蒙着白布的家具,华丽而冷清的装饰。

"我带你上楼去逛逛。"夏习清说话没什么情绪起伏,这让周自珩有些担心,他已经足够了解夏习清,对方越是没什么情绪,说明藏得越深。

可周自珩能做的也只有陪着他一起。

一层的客厅做了挑高的处理,大约有四米高的空间,因而楼梯也很长,右侧是扶手，左侧是整面墙壁那样高的书柜，里面摆满了各式各样的书。夏习清拖着周自珩一步步走上去，见他一直在看旁边的书架，便道："我小时候经常坐在这个楼梯上看书，有时候看累了就靠在这儿睡着了。"

一想到那个画面，周自珩的嘴角就不自觉地勾起。

好想看看他小时候，一定是全班最好看、最可爱的小孩。

周自珩被夏习清拽着上了二楼，二楼有一条深邃的走廊，像极了美术馆里的艺术长廊，深米色，对着的墙面上依次挂着十幅画作，中间经过一个房间，夏习清试着开了开门，竟然没有上锁，他自己都觉得有些吃惊，打开了房间门口的灯。

"这是我母亲的收藏室。"夏习清拉开了门，站在门边，周自珩望了一眼，这是一间非常大的房间，进去才发现里头还套着一间，里面放置着各种蒙着布的画框，和人差不多高。

"这些都是画？"

"对。"夏习清点头，想到上一次习晖跟他说过的艺术馆开幕的事，这些收藏品夏昀凯没有带走，估计也是留给他了，可对方居然不上心到都没有专程请人保管，就这么搁在旧房子里。

也是，他那么讨厌母亲，也那么讨厌自己，看见这些画估计恨不得一把火烧个干净。

"我母亲出身艺术世家，外公年轻的时候是有名的雕塑家，外婆是油画名家。生在这样的家庭，我妈也就自然而然成了一个艺术鉴赏收藏家。"

夏习清随手掀开了一幅画上的蒙尘布："她一辈子都为自己没能成为一个画家而遗憾，不对，"夏习清苦笑，"说是遗憾，倒不如说是怨恨，她没有绘画创作的天赋，尝试了很多年都一直平庸，可她能一眼辨别出画的好坏，挖掘了许多当时还没有成名的画家。"

这样的故事发展下去，周自珩已经可以猜出后续："所以，你的妈妈生下你之后，发现了你的才华。"

夏习清的手指轻轻蹭着画框："她只不过是发现了救命稻草。"

她也发现了致命毒药。

他拍了拍自己的手掌，转到另外一幅画的跟前："她觉得我隔代继承了外祖父母的天赋，所以从小就逼着我学画，那个时候我也才四五岁，什么都不懂，每天被关在一个小小的房间里，只有画笔和颜料。"

看起来色彩斑斓，其实是一片灰暗。

"我那个时候不愿意学，哭闹不停，她就骂我，说一些我当时根本听不懂的话。那个时候，她和夏昀凯的关系也变得越来越差，每天都吵架，甚至打架。"

对于"父亲"这个称谓，他依旧叫不出口，只能用名字来代替。

收藏室里放着一个突兀的梳妆台，夏习清踱着步子走到那面镜子前，出神一般地望着镜子里的自己。

在周自珩的眼中，夏习清的身上总是有一种与众不同的气质，那是一种精致的脆弱感，他沉静的时候如同一件没有任何瑕疵的白瓷，美丽且易碎。可就像他自己说过的那样，艺术品即使碎了，也是艺术品，他的每一个破碎的棱角都闪烁着美的光彩。

"他们为什么会结婚？"周自珩靠在门框上，"联姻？"

艺术界和商界的联姻也不算少见，尽管艺术界的人往往清高，看不上满身铜臭的商人，可烧钱无比的艺术圈更是少不了商人的支持。

"不是，我外公可看不上那个时候的夏昀凯。"夏习清低头看着梳妆台，上面没有化妆品，倒是放着许多手掌大小的精致摆件，本应该是对称摆放的现在不知道怎的就乱了，夏习清一个一个将它们对应着摆好，"听说我妈当初是一意孤行嫁给夏昀凯，她这一双慧眼，也只适用于艺术品，看人走眼得太厉害。"

说完他转过身，反手撑着梳妆台看向周自珩："你想想，她一个艺术界的天之骄女，谁都不放在眼里，一颗心扑在一个男人身上，差点跟家里闹得决裂。结果呢，"夏习清低头笑了笑，"看着他在外面找了一个又一个女人，而且每一个都不如自己。"

对于天生骄矜的人来说，无异于凌迟。

"怀我的时候，我妈回了趟娘家，回来的时候不小心撞破夏昀凯和外面的野女人在他们的卧室乱搞，捉奸在床。"夏习清耸了耸肩，"她当时大概是连着肚子里的我一起恨的。"

他总是用那么轻松的语气说出这些话，周自珩也拿他没有办法。

"那……后来呢？"

"后来？"夏习清舒了口气，"后来……她得了产后抑郁症，整个人都变了个样，可在外面的时候还要装出一副和从前一样端庄大方的样子，回家之后又打又砸，有时候和夏昀凯闹得天翻地覆，有时候抱着我哭，有时候和夏昀凯一样打我。"他笑了一下，指了指上头，"还有好几次，抱着我站在顶楼的栏杆外面，说要带着我一起去死。"

看着他那样的笑，周自珩的心脏像是被什么狠狠地刺了一下。

他走上前，走到夏习清的面前，伸手要去碰夏习清，被夏习清躲开，这一躲，让周自珩的心更难受。他出生在一个美满的家庭，对于夏习清所遭遇过的种种几乎无法想象，人们总说推己及人，可这些在周自珩眼里也不过是空话，没有亲身经历过，所谓的感同身受也不过是麻痹自己善良神经的漂亮话而已。

"你现在就开始可怜我了吗？"夏习清声音冷冷的，像是薄薄的一层冰，"这只不过是冰山一角。"

夏习清就像是一个偏激的小孩，不断地在周自珩的面前撕着自己的伤口，一面狠心撕扯，一面笑着对他说，你看，这个好看吗？

这个烂得彻底吗？

这个吓人吗？

周自珩轻声说："说不可怜肯定是假的，你就是被小树枝刮一下我都觉得可怜，替你疼，谁让我这个人的脾气就是这样，不喜欢的人我都会同情他们，你是我很重要的人，你说我可不可怜你。"

"反正你就是个逻辑鬼才。"夏习清懒得跟他辩驳。

可听见周自珩说这些，夏习清就忽然不想继续说下去了，告诉他那些事对周自珩来说太残忍了。

"我挺好奇的，你长得应该和你妈妈很像吧。"

夏习清这次倒是没有再骂他，只是拽着他来到了里面的一个套间，套间里有一个柜子，夏习清拉开了第三个抽屉，从里面找出一张照片来。

周自珩原本以为这是夏习清母亲的照片，递过来一看，相片里竟然是一幅油画，似乎是在某个画展上拍的。

画上画着一个端坐的女人。一头乌黑的长发拨到一侧，面容姣好，仪态矜贵，白皙的颈上佩戴着一串光彩莹莹的珍珠项链。令周自珩没有想到的是，画中人比他想象中和夏习清还要相像。

"这要是在鼻尖上点上一个痣，说是你本人我都信。"周自珩觉得有些熟悉，可又觉得当然应该熟悉，和夏习清几乎一模一样，"这样的女性完全有自傲的资本。"

就好像你也有权骄傲一样。

周自珩从他的手里接过照片，眯着眼仔细看了一下，发现画的下面有一个小小的标签，上头写着一个名字。他的脸上不禁流露出惊喜的神色："这是你画的？"

"嗯。"夏习清的眼睛凝视着照片里的那幅画，"这是我十五岁的时候画的，也是我第一幅拍卖出去的画。那个时候她已经走了五年，我全凭记忆画的。"

纵然再不懂艺术，周自珩也能看得出笔触之间藏匿的温柔和爱意。尽管这个母亲做了那么多伤害他的事，但在夏习清的眼里，始终是他的母亲。

"为什么是照片？"周自珩问道，"这张画现在在哪儿？"

夏习清摇摇头："我不知道。这张画在我母亲的画廊被人买走了，我找人打听过，好像是一个普通的收藏家，后来又被辗转卖到了海外，再后来就找不到了。"

作为一个称职的故事讲述者，夏习清抬起头："想知道我妈是怎么死的吗？"

周自珩愣了愣，眼神软了下来。

夏习清嘴角微微勾起："没什么的，要说就都说出来好了。"

"这些事，你跟别人说过吗？"

"我可不是那种凭借着所谓惨痛经历骗取别人同情心的烂人。"说完他又笑着摇头，"好吧我是烂人，但我凭本事。"

说完这句话，夏习清就被周自珩用手指点了一下额头。

他是真的不愿说出口，可对方是周自珩，他又不愿意隐瞒，毕竟有着这样经历的自己，需要坦诚一点，好让周自珩有选择的余地——

听过之后再考虑，要不要和这样一个残缺的人成为一生的挚友。

"许其琛都不知道，他只知道我以前经常被夏昀凯打，这个没办法瞒，他是我同桌。"他扯了扯嘴角，"夏昀凯为了自己的面子，从来不打我的脸，就用那种又细又长的高尔夫球杆狠狠地打我的后背，绑起来打，不然我会跑。"

他说得绘声绘色，眼神倔强："打完之后我能下床还是得去上课，有一次午休的时候，许其琛忽然把我推醒。"讲到这里他忽然笑起来，"你知道吗，他那个人平常都没什么表情的，我现在都能回想起他当时眼睛瞪大一脸惊慌的表情，"夏习清模仿着当时许其琛的样子，"你后背渗出血了，校服都染上了血。"

"然后我就瞒不住了，他那个人又聪明，一般人打架谁会被打成那个样子。"夏习清叹口气，"但是我还是没办法对他说出别的事，不然两个可怜兮兮的人在一起，每天的日子也太苦了。"说完，夏习清笑了一声，将那张照片放回了抽屉里，带着周自珩走出了收藏室，走过那个长长的画廊。

"我的母亲死于药物滥用。"夏习清像是毫无负担地说出这些话似的，"产后抑郁症持续加重，她每天都依靠药物才能在外人的面前保持体面。说白了，在外面的时候她就像一个天使，回到家又变成一个疯子。长期在这两者之间转换，到后来她也没办法自如地改变角色了。"说到这里，他忽然停下脚步，无比认真地看着周自珩的侧脸发问，"你说，我这么能演，是不是也有遗传的原因？"

说完他轻笑一声，扶着扶手继续朝楼上走去。

周自珩的手都是冰冷的。

他第一次觉得自己的温度这么渺小，这么不值一提，掏空了能不能将夏习清的心暖过来呢？

他不确信。

"她挖空心思建了一座美术馆，用我的名字命名，作为我的十岁生日礼物。她请了法国的一个蛋糕师，将我的蛋糕做成雕塑的模样，仿照着玛主汉·莫荷的雕塑名作《母爱》做的，一切都很体面。"走上最后一级台阶，夏习清停下脚步，像是在等待周自珩。

"然后呢，那座美术馆……"

"然后她就在那座美术馆开业的当天，死了。"夏习清继续朝前面走着，声音没有丝毫的波澜，"浑身抽搐，倒在了我和我的蛋糕前。"

周自珩上前一步，握住了他的手，指尖冰凉，和这湿热温暖的仲夏夜格格不入。

"我当时根本没觉得怎么样，大家都好慌，我还说没事的，妈妈在家经常这样，她一会儿就好了。"夏习清笑道，"然后她就再也没有好起来。"

夏习清的脚步顿了顿，停驻在一扇深蓝色的门前，沉默了半分钟。

"那个蛋糕我一口都没吃呢，好可惜，再也没有人会为我做那么漂亮的蛋糕了。"

其实也不是为我，是为了她自己。

他的手握住了门把手，手指收紧，在门即将打开的瞬间忽然犹豫了。

周自珩几乎是一瞬间就感受到了他的情绪变化，他的肩膀在抖，越抖越厉害，像是得了重病的病人，身体开始不受控制。

"怎么了？"他扶住夏习清，语气有些犹豫，"这是……这是什么房间？"

夏习清低着头，紧紧地咬住自己的后槽牙好让自己抖得没那么厉害，他以为自己可以轻易地面对那些过往了，以为那些过去都已经过去，不足以成为折磨他的梦魇。

潘多拉的盒子总归是要打开的。

"这是我的房间。"夏习清努力地克服冷战，试图转动门把手的那一刻，一只温暖干燥的手掌覆住自己的手，周自珩的声音也是暖的，如同一汪年轻的温软的泉水，缓缓地淌过来，覆在这不堪一击的冰层上。

"如果你真的克服不了，没关系的。"周自珩的声音一如既往地温柔。

舍不得亲眼看着夏习清走入痛苦之中，这对他来说实在煎熬。

夏习清无声地吸了口气，抿起嘴唇。

"不，我需要你。"他抬眼去看周自珩，"如果你不在，我永远都不敢踏进来。既然你都有勇气让叠加态坍缩，"他勾了勾嘴角，"我也可以。"

说完，夏习清打开了那扇门。

里面漆黑一片，什么也看不见，沉沉的黑暗将一切吞噬得彻底，可那些回忆却如同海啸一样席卷而来，毁天灭地。

夏习清故作镇定地打开了灯。这个房间终于亮起来，其实就是一个再普通不过的儿童房，深蓝色的墙纸和天花板，小小的书桌，还有孤零零的一张单人床。唯一不同的是，墙壁上贴满了夏习清小时候画的画。

周自珩注意到，他的窗户和阳台，全都装上了铁栏杆，看起来就像一个小小的监狱。

"我记得你在真心话大冒险的时候问过我，为什么怕黑。"夏习清的声音很沉，仿佛是一颗被轻轻放在湖面上的石头，重重地、沉默地下坠。

"从我记事的时候，他们每次吵架我都会哭，可能是影响到他们了，于是我就被扔进我的小房间里，反锁上门，关上灯，让我在黑暗里自我反省。可我那个时候什么都不懂，只会害怕。"

他缓缓地走到了阳台的栏杆那儿，手指抓住晃了两下："还是很坚固。"

"有一次，家里来了客人，他们刚吵完架，我还哭个不停，所以自然而然我就被关起来了，但是我好害怕，于是我就跑到阳台上大声地哭，客人好像听见了。"夏习清背靠着栏杆坐在地上，"为了避免这种丢人现眼的事再次发生，他们就锁住了阳台，一劳永逸。"

周自珩几乎无法想象，夏习清的童年是在怎样畸形的家庭中度过的。

"哦，差点忘了。"夏习清单手脱下了自己的上衣，低头指了一下自己腰间的那道陈年疤痕，"这个你看过吧。"

"我妈有一次在家发疯，对我说，都是因为我的出生，她的人生才走向不幸，"夏习清的眼睛忽然就湿了，"如果我不存在就好了。"他的手虚握着，仿佛握住一把利刃，一下子刺进自己的身体里，"她亲手捅进来，拔出去，然后把我锁在这里。"

"她以前也曾经抱着我说，我是她这辈子创作出来的唯一的艺术品。可后来她又那么痛苦地控诉我，说我是她悲惨人生的罪魁祸首，她必须毁掉我。"

"可我，"夏习清终于泣不成声，"我只想成为她的孩子。"

周自珩几乎崩溃，这个人终于还是和当初那个酒醉后无声哭泣的人融为一体，同样这么赤裸，这么痛苦。

"我那个时候还那么小，只有五岁，就在那扇门的背后，我捂着伤口满手是血，撕心裂肺地喊着爸爸妈妈，没有人来救我。"

"房间里好黑，没有声音，只有我一个人，只有我。"夏习清浑身颤抖，眼泪像是断了线的珠子，"如果当时有一个人来救我就好了。"

我以前奢望过爱。

我竭尽所能展示自己的闪光点，学着去做一个不会让他们丢脸的小孩。

但后来我才发现，我需要的根本不是爱这样的奢侈品，我只是需要一个人，在我害怕的时候，替我打开这扇门。

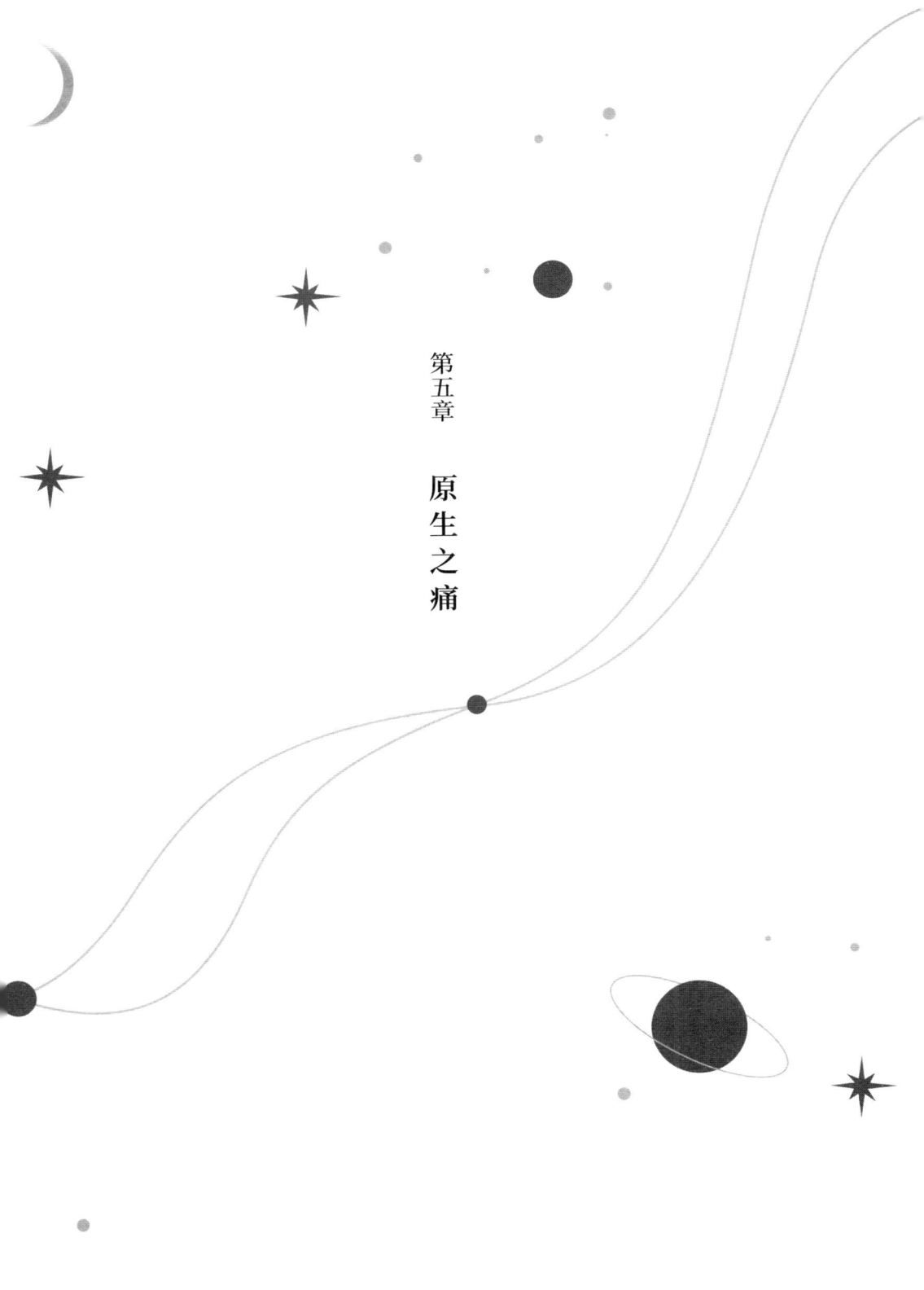

第五章

原生之痛

每一个成年人的背后，都藏着一个封存在时光下停止生长的孩子。

扭曲残酷的童年在时间的淬炼下熬成了一针免疫剂，悄无声息地扎进夏习清的皮肤中，注入他的血液里，让他从骨子里对"爱"这个字失去感受力，也失去了信心。

人不是有机体的集合，是经历的集合。

"有我在，这扇门以后不会再关上了。"周自珩的手轻轻地拍着夏习清的后背，摩挲着他微微凸起的脊骨。

他不想再去评价夏习清父母做过的所有事，那些已经没有意义了，他只想陪着夏习清，让对方在多到漫出来的爱意之中生活，去过自己想要的自由人生。

让他明白，他从来都值得被爱。

夏习清说完那些过去，似乎就被掏空了，再没有气力，就连心脏都像是垂死挣扎一样，缓慢地在空荡荡的胸口跳动。

周自珩试探地去碰那个自己从来不敢碰的伤口，第一次看到的时候夏习清还是完全不清醒的状态，可这一次他是清醒的。

夏习清忽然间觉得自己是一个很卑鄙的人，好像在用这种惨痛的经历骗取周自珩的同情。

明知道他善良至极，明知道他关心自己，还要说出这些让他难过，然后让他十倍百倍地用温柔来回馈自己。这样的做法，实在是狡猾得过分。

可夏习清没有别的办法。经历或许可以藏起来，骨子里流淌的血液和基因不会，他最害怕的是自己越活越像母亲。他从流言谈资中听过许多类似的话，你和你那个风流成性的爸爸简直是一个模子刻出来的。

都是一路货色。

可只有夏习清知道，他真正像的是他的母亲。阴郁、自负，用尽一切手段维持自己表面的矜贵，撕开美好的皮囊，内里满是脓血和残渣。

"我不想变成她。"

沉默了许久，夏习清忽然说出这么一句，令周自珩意外，但他也只意外了不到一秒钟，很快就明白过来夏习清口中的"她"是谁。

"你不会的，你和她不一样，你善良又坚强，而且我会一直陪着你……"

夏习清抬眼去看他，眼神里仍旧有种说不清的消沉意味。

"我们是两个世界的人。"夏习清骨子里对于感情的回避再一次起了作用，"你很好，是我见过最好的人，但我恰恰相反，我们无论在哪一方面都站在对立面。"

他似乎是害怕周自珩反驳，抢着继续解释："其实最残忍的不是虚假的关心，最残忍的是，当你想对一个人好的时候，那个瞬间是真的，你确实很关心他，他也切切实实地真心对你，可是……"他忽然就哽咽了，夏习清觉得可笑，他只不过是想到真的有那个时候就已经难以承受了，这实在是太不像他了。

"可是什么？"

他深吸一口气："可是，感情总有一天会被消磨殆尽，"他望向周自珩，眼睛里有情绪在闪躲，"那个瞬间，也是真的。"

周自珩终于明白，夏习清为什么会抗拒与人建立亲密关系。

"所以，"他音色沉沉，"你总是拒绝我的关心，不是因为你讨厌我，而是你害怕最后的那个瞬间。"

被他这一下子抽丝剥茧地抓住重心，夏习清的心重重地跳了一下，像是撞上胸膛。周自珩永远有自己的一套逻辑，不论对方说什么，他总是能抓住那个要害。

可夏习清想表达的并不是这些："我想说的是，你现在因为一时的保护欲作祟，可这种情绪沸腾之后一定会冷却，到时候伤害的是你自己。"

周自珩的眼神依旧坚定："你为什么这么笃定一定会冷却呢？"

"因为我们根本就是完全相反的两个人。"夏习清的语气硬起来，像是临时竖起的刺，"完全相反的事物硬生生凑在一起，没有好结果。"

周自珩忽然笑了一下，夏习清皱了下眉："你笑什么？"

"我高兴啊，我想到了一个非常科学的例子来佐证我的观点。"周自珩咳嗽了两声清嗓子，"你说我们完全相反，我就先假设这一点成立。"

"理工男。"夏习清瞥他一眼笑道。"你知道吗，我忽然想到咱们第二次录节目的时候，你还记得吧，关于宇宙大爆炸的那个理论。"

"依照那个理论，在爆炸发生的亿万分之一秒之后，宇宙中就有了粒子，电子、夸克、反电子、反夸克。总而言之，就是正反粒子。"他的嘴角微微勾起。

"在尚且混沌的宇宙里，正粒子和反粒子相遇，碰撞，湮灭成光子。

"在宇宙的高温作用下，光子继续产生正反粒子，连锁反应一样，它们不断地相遇，不断地湮灭。这里有一个科学家还没有破解的谜团——为什么这些正反成对的粒子到最后只剩下了正物质？没人清楚，我们只知道，这些粒子的幸存率是十亿分之一。"

"然后，宇宙的温度一再降低，低到那些电子都被原子核吸引，成为原子，无数的原子在引力的牵引之下变成恒星，恒星有的爆炸了，有的留下来，比如……"他从自己的口袋里拿出一根橙色的棒棒糖，"太阳，宇宙的某个小角落里诞生的一个小小的恒星。"他将"太阳"的糖纸剥下来，塞到了夏习清的手上。

"再过亿万年，这个小恒星又去吸引其他的重物质和气体，形成行星。"周自珩又拿出一颗蓝莓味的糖果攥在手里，"比如地球。"

他抓着蓝莓糖果，像抓住一架小小的飞机一样环绕着夏习清手里举着的"小太阳"："又过了相当漫长的一段时间，这个小行星上出现了罕见的液态水，慢慢地，出现了生命体。最后最后，出现了你和我。"

周自珩看着夏习清的眼睛，比宇宙星光还要温柔。

"这些都是那些幸存的粒子创造出来的。你和我身体的每一部分、这张床、这个房间、地球、太阳、星系，都来源那些十亿分之一。归根结底，源于正反粒子的相遇。"

漫长的宇宙起源论结束于此。

"所以，完全相反的事物相遇，或许会创造奇迹。

"论证完毕。"

我们每一个人，都由无数个十亿分之一的幸存粒子组成，散落在数十亿的人海。

所以我和你相遇，是无数个微小粒子前赴后继、湮灭碰撞，创造出来的奇迹。

珍贵又难得。

两个人蜷着在这个小小的房子里睡了一夜，清早天不亮又匆匆起来，要回到剧组拍戏。给这座别墅大门上锁的时候，夏习清的心忽然重重地落了下来。

他抬头，看了一眼三楼那个小小的阳台，隐约间仿佛看见了一个小男孩儿，满脸笑容地朝自己挥手。

"怎么了？"

夏习清低头笑了笑，转过身看了周自珩一眼。

"起得太早，出现幻觉了。"

宋念杀青之后，接连给周自珩打了许多电话，也给他发了不少的微信，周自珩一概不理，原先拍戏的时候也遇到过许多类似的情况，他一般总会向对方解释一下，表明自己绝对没有恋爱的心思，但宋念实在缠人，又让他知道她的团队买热搜炒作的事，就算是周自珩这样善良的性格也难免觉得反感。

宋念：我知道你对我没那个想法，但我怎么说都是女孩子，杀青宴你们直接丢下我跑了，那么多的记者来探班，我也是要脸的。

周自珩看见她发过来的最后一条，换作是别人，他是会道歉的，但对于宋念，他毫无愧疚之心。

周自珩：不要装了，那些记者也都是你团队找来的，我没有义务出面。

发完这一句，周自珩拉黑了宋念。一般的明星不会做这些，就算是撕破了脸也不至于断绝联系，但这种看起来很虎的事在他眼里也没什么。

后面几天的戏都是重头戏。随着高坤的病越来越重，周自珩每天花在化妆上的时间也越来越多，有时候夜戏熬到凌晨，早上天不亮又要起来做造型。

夏习清替他心疼，说他太拼命，可周自珩反倒乐在其中。

好不容易拍完了在疾控中心的一场戏，昆城、周自珩和夏习清三个人坐在车里，夏习清看着车外的那些病人跟他们挥手说再见，心里忽然就酸了一下。

其实在他私生活最混乱的时候，还真的想过会不会得传染病。他甚至想，如果真的被感染了也没什么，反正活着也挺没有意思的，连他自己都不知道活下来究竟是为了什么，硌硬夏昀凯，还是单纯不想被人看低？

他的目光从车外转移到车内，看着正在跟导演说戏的周自珩。

几乎是一瞬间，周自珩也看向了他，冲他笑了一下，然后像什么都没发生似的，继续跟导演讨论下一场的演法。

这么一个笑，凑巧得像是特意给他的一个答案。

坚持活了二十五年，遇到了周自珩。

好像……也不算亏。

周自珩叹了口气，低头看向手里的剧本："可能对他们来说，心理上的压力远远大于身体上的煎熬。"

"大家对于这类传染病的观念还是太陈旧，因为不了解所以产生歧视和恐惧，这些观念很难改变，但是影像作品可以传播。"昆城拍了拍周自珩的肩膀，"这也是拍电影的意义之一啊。"

周自珩也抬起头，小罗递过来几罐咖啡，他接过一个，抛给夏习清，夏习清接过来，抬头看向他。

"重任在身。"他笑了一下，闪闪发光。

夏习清也笑了，手撑着下巴看向车窗外。

他以前很讨厌理想主义者，这些自信过了头的人总是妄想可以拯救世界，企图成为这个世界重要无比的一个部分。

事实上，许多所谓的理想主义者都只不过是罹患"救赎妄想症"的重症患者罢了，他们中的大多数最终会"死"于理想和现实无法填补的那道鸿沟。

重重地摔下去。

夏习清一贯喜欢冷眼旁观这种理想陨灭的惨烈现场，直到遇见周自珩，这个闪闪发光的理想主义者。

他这么耀眼，光是看着，夏习清都舍不得把他拉下来。希望他可以在广袤的自由天际任意飞翔。

看着车窗上倒映着的周自珩的面孔，夏习清不由得微笑。

如果可以，他也愿意这么一直仰望。

转场回到了之前他们租下来的那个房子，也就是江桐的住处，在高坤检查出传染病无路可走的时候，江桐收留了他。高坤每天在疾控中心和出租屋之间两头跑，剩下来的时间都是在打零工，偶尔有休息的时候，高坤都在学手语。

等待补妆的时候，周自珩和夏习清对台词，导演在一边指导走位，一下午将他们在这个出租屋的几个日常片段都拍好。

"这些都是片子里比较正面阳光的片段，"昆城吩咐打光师，"光源要强一点，但是要柔和。"

天黑下来，他们就进入到夜戏。

这一场的夜戏令周自珩很担心，江桐在梦中梦见自己的母亲回家，收拾行李，一开始说要带着江桐走，可最后她自己走了。江桐也从噩梦中惊醒。

光是看剧本，周自珩都觉得触目惊心。

"昆导，"趁着夏习清在化妆，周自珩坐到了昆城的身边，"这一段戏重要吗？"

"当然了。这一段是揭露江桐过去的一个引子。"昆城又就着剧本跟周自珩讨论了一大堆，周自珩一个字都听不进去，他原本想如果不重要，不如去掉算了，免得夏习清掏空心血去演，最后被剪掉。

可导演这么重视，周自珩也只能频频点头，心里忐忑不安。

他偶尔撇过头去看夏习清，也只能看到对方在认真背台词，低着眉眼看着手里的剧本。补妆完毕，很快就要开拍，等待昆城安排走位的时候，夏习清开口："昆导，江桐这一段是梦，为了区分现实，我觉得在梦里江桐可以演成正常说话的样子。"

他又解释了一下："他的梦从某种程度上来说是反映他的愿望的，他很想念他的母亲，所以才会梦到她回来，带他走。同样的，我觉得他也希望自己是一个正常的孩子，不会因为说不出话而被嘲笑。"

昆城思考了一下，决定采纳他的建议，试着演一遍。

《跟踪》第四十五场 A 镜第一次。Action！

江桐独自一人坐在老旧的沙发上，静静地摆弄着旧风扇的扇叶。

敲门声忽然出现，他站起来的瞬间，声音消失了。正要坐下，敲门声再一次出现。

江桐先是缓慢地走了两步，不知为何，忽然加快了步伐，焦急地打开了那扇门。

门外站着一个浑身是伤的女人，她的身上是廉价香水和血腥混合的气味，枯黄的卷发、破了好些洞的渔网袜，还有早就花掉的妆。

"桐桐？"她笑起来，鲜红的口红糊在唇角，"桐桐。"

江桐愣在原地，一句话都说不出口。

"桐桐，我是妈妈啊。"那个已经离开了许多年的女人温柔地拥抱了他，拍着他的后背，"妈妈在这儿呢。"

江桐就这么愣着，任由她将自己牢牢抱住。

"对，妈妈回来了。"女人松开了他的胳膊，扶着他的肩膀将他推开了一些，"你都长这么大了……"

她的语气犹疑了一些。

因为这位演员没有料到，扮演江桐的夏习清已经落泪了。

他的眼泪在拥抱的那个瞬间，一大滴，从眼眶里掉了下来。

连监视器后面的昆城都暗自吃了一惊，他见过不少情绪来得很快的演员，但这样的还是头一个，他甚至都没有要求夏习清一定要在这里有哭戏。只有周自珩，一言不发地站在角落，比任何人都担心。

但女演员也很专业，导演没有喊停，她就很快顺着演下去。她把自己破旧的行李箱拿进来，笑着摸了摸江桐的脸颊："妈妈这次回来，是要带你走的。"说完她拉着江桐走到那个小小的卧室，一下子拉开了衣柜，从里面抱出一大堆的衣服、裙子，统统塞进箱子里。

"妈妈，"江桐呆呆傻傻地站在衣柜边，手指伸到耳朵里，却摸不到助听器，他的眼睛里满是迷茫，"你真的回来了吗？"

"对啊，傻孩子。"妈妈从衣柜边站了起来，再一次摸了摸他的脸，"妈妈这次带你走，我们再也不回来了。"她看了一眼四周，"再也不留在这个地方了。"

江桐忽然笑了，像个孩子一样欢欣雀跃，他也像妈妈一样，在衣柜里翻找着自己的衣服，一件一件塞进那个小小的破破的行李箱里。

镜头里，是他和妈妈交叠在行李箱里的手。

可下一秒，当他把自己洗得发黄的白上衣塞进去的时候，那上面忽然滴了好几滴血。

一滴，又是一滴，连成一片。

他一抬头，看见妈妈的脸上是血，从头顶一直淌到下巴上，她浑身都是伤口，甚至还有烟头烫伤的大大小小的疤。

江桐忽然就慌了。

"妈，我去、我去给你拿纱布，拿药……"他匆忙站起来，走到洗手间，拉开镜子后头的储物柜，从里面找出了一个小小的医药箱，再次合上镜子的时候，他清清楚楚地看见，镜子里的自己同样浑身是伤。

妈妈。

要去给妈妈包扎。

等到他回到卧室，里面空空如也，没有妈妈的踪影，也没有行李箱。他发疯似的抱着箱子跑出来，看见一个身影打开了大门，离开了这个破旧的出租屋。

妈妈！

江桐开口呼喊，却发现自己怎么也发不出声音，他拉开大门，光脚顺着楼梯跑下去。

什么都没有，她已经走了。

江桐一个人抱着自己小小的医药箱，咬住牙齿，咬得紧紧的，下颌的肌肉都在颤抖。

又青又肿的眼眶里满是泪水，但一滴都流不出来。

"过。"昆导站了起来，"这一条很好。挺好。"他心底有些触动。原以为这条戏要想呈现他想要的效果，起码要磨上三条。夏习清的感觉太对了，甚至比他想象中还要好。昆城不禁怀疑，许编的这个剧本，就是为他而写的。

补了好几个镜头，总算是拍完了这场梦。夏习清坐在休息室，等着道具组重新布置场景。他其实不太敢想，如果这出戏在他带周自珩回家之前拍摄，他能不能稳住自己。

可现在的他，似乎已经释怀了很多。

结束拍摄好一会儿了，夏习清发现自己的脚有点生疼，低头查看了一下，才发现脚底接近脚趾的部分被地上的什么东西给划了一下，有一个不太深的小口子。

他太恍惚了，都没发现自己割伤了。

就在他准备叫笑笑的时候，周自珩端着一盆热水走了过来。

"你从哪儿弄的？"

"你拍的时候我就让笑笑帮我烧水了。"周自珩半跪在地上，手伸进去试了试水温，然后抓住夏习清的脚就准备放进去，被夏习清躲了一下。

"我自己来。"他看了一眼休息室的门，"你别这样，等会儿让人看见了不好。"

"怕什么？"周自珩还是固执地抓住他的脚踝，却发现他的脚掌心隐约有一点血痕，"怎么回事？你受伤了？"

"这也能算伤？你以前拍戏不是又断胳膊又断腿的，我这就划了一下。"夏习清怕他说，主动把脚放进水盆里，自己伸手去洗。可周自珩却倔得很，非得帮夏习清洗，两个人别扭了好一会儿，夏习清害怕随时随地有人进来，看见他们这么闹更不好，只好装死任他洗。

"那你快点，别耽误事儿。"

周自珩垂着头笑："耽误不了。"他的动作温柔极了，站起来拿了一条柔软的毛巾，还有他们常备的小急救箱，再次蹲下仔细替对方擦干水，把脚搁在自己的膝盖上，然后给那个小小的伤口消毒，最后贴上一个创可贴。

"好了。"完成一切工作，周自珩抬头冲他笑。

夏习清低头看着他："傻子。"

周自珩捏了捏他的脚踝："刚刚演得真好，我本来还很担心你。害怕你会情绪失控。"

"都说出来好像好了很多，"夏习清扯了扯嘴角，"一直压着才容易爆发。"

"你一定会越来越好的。"周自珩仰着脸对他笑。

这个人很奇怪，不笑的时候过分锋利的五官总是给人一种强烈的天然压迫感，可一笑起来，他那一对深邃的眼睛就会肆无忌惮地弯起来，像新月一样，嘴角也扬起，温柔里透着股孩子气。

越来越好吗……

他究竟是哪里来的信心，可以源源不断地撑着他去坚信那些美好结局。

夏习清垂着眉眼笑了一下："你看过《麦田里的守望者》吗？"

看见周自珩点头，他继续说："我记得里面有这样一句话，'一个不成熟的理想主义者会为了理想悲壮地死去，而一个成熟的理想主义者则会为了理想苟且地活着'。"他看向周自珩，"你更像那个不成熟的前者。"

过分热烈，过分孤注一掷。

周自珩站起来，又弯下腰，两只手撑在站得直直的膝盖上，凑到了坐在椅子上的夏习清跟前。

原以为他要反驳，毕竟他总是有自己的逻辑，可周自珩却肯定了夏习清的论断。

"没错。"

周自珩眼神坚定又柔软。

夏习清在这一刻确信，这个人一定是天生的正粒子，而且迫不及待地抱住负面的自己，在炽热中湮灭。

"对于一个表演艺术者来说，这是充满戏剧美感和冲击力的结局。"

拍完那场戏，夏习清还真的做了梦。

梦里头的母亲坐在自己的身边，扶着他小小软软的手，蘸了颜料一笔一笔画在画板上，阳光饱满得像是快要滴落下来的蜂蜜似的，蒙起了一切，亮晶晶的，很漂亮。

全是好事，没有争吵打骂，没有歇斯底里，也没有死寂的黑暗。

醒来的时候，夏习清发现自己躺在剧组的躺椅上，道具组匆忙地布置着，来来去去，搬了好些东西。

他侧了侧头，发现周自珩也睡着了，头上还盖着剧本，这才想起来，他们刚拍完一个外景戏，一会儿估计得转场了。夏习清坐起来，找了半天才看见正和小罗坐在车外的小马扎上追剧的笑笑，两个人亲密得很，夏习清就这么抱胸懒懒地靠在车上，静静地看着。

"哎呀你别挤我。"

"我哪挤你了，你自己老往我身上扑。"

"谁扑了！明明是你往我身上靠……"笑笑抬手正要打小罗，忽然发现车旁靠着的夏习清，脸上分明是玩味的笑，现场抓包的尴尬都把她给弄得结巴了，"习习习……"

"嘻嘻什么嘻嘻，我还没亲上呢你就笑，你妈给你起名字还真是没起错。"小罗正要撞她一下，却被笑笑躲开，一下子没稳住直接摔地上，"哎你干吗啊！"

笑笑站了起来，躲远了两步，笑得尴尬："习清，找我有事儿吗？"

小罗一听也赶紧从地上爬起来："习清啊，那个，那什么……"

夏习清憋着笑，仍旧靠在车边，故意逗他俩："我刚刚可什么都没看见，"他还特意把耳朵里的助听器拿出来，"也没听见。"

笑笑拿脚踢了一下小罗，小罗又赔笑，这一幕夏习清看着觉得可爱极了："公费谈恋爱可真好啊。"

小罗没有反驳，夏习清也很快把这个话题给岔开："放心吧，我肯定不会告诉蒋茵姐，笑笑，有冰水吗？我想喝。"

"有，冰可乐喝吗？"见夏习清点头，笑笑立刻上车拿了两罐冰可乐递给他，"今天可就这一罐，多了就不能喝了，对身体不好。"

"知道啦。"夏习清接过可乐，冲她眨了眨眼睛，又朝着小罗扬了下眉，"走啦，你们慢慢看。"

见夏习清转身离去，小罗这才松了口气，看见笑笑还一脸花痴地望着习清走的方向，有点儿不高兴："你看什么呢！"

"习清真的好好看啊……"笑笑一脸被帅哥迷住的表情。

这话不假，习清本来就好看，可小罗还是不服输道："我还是觉得自珩帅。"

笑笑一撇头："自珩当然帅了。"

"你这个花心的女人，谁都好看谁都帅。"

被小情侣议论却毫不知情的夏习清独自走回了躺椅那儿，周自珩还浑然不知地睡着，夏习清坐下来，轻手轻脚将他头上的剧本拿下来，周自珩的眉头皱了皱，翻了个身侧对着自己，夏习清看了一眼人来人往的片场，视线又回到周自珩的身上。

不知怎的，就是想逗他。夏习清拿起一罐可乐，手指扣在那个拉环上，凑到周自珩的耳边。

"刺——"

是碳酸气体迫不及待离开密闭空间的欢呼。

是夏天的声音。

"习清？"

不知道是谁叫自己，周自珩又被汽水声惊醒，两头没顾上，夏习清手里的可乐被周自珩抬起的手一打翻，就这么从他脖子一侧那儿洒下来。

"啊……"见势不妙，夏习清赶紧扯了纸巾，可周自珩已经醒了，皱着眉头还有点儿蒙："你干吗呢……"他抬手把夏习清的手抓住，又摸了摸自己黏糊糊的侧颈，"这什么啊？"

"可乐啊。"夏习清假装什么都不知道似的拿起洒了一小半的可乐喝了一口，"我本来想给你喝的，谁知道泼了。"

周自珩从躺椅上站起来，拽着夏习清的手腕就往角落走，夏习清"哎"了半天，路上还遇见昆城。

"哪儿去啊？一会儿搭好就拍了。"

"洗个脖子。"

被周自珩拽上了房车，夏习清就这么看着本来还坐在车旁追剧的笑笑和小罗相约走开，周自珩"唰"的一下子就把车门给拉上了。

"热。"夏习清推了他一下，车里头没开空调，又闷又热，周自珩找到空调遥控摁了一下。一股冷风一下子就蹿了出来，弄得夏习清脖子后的鸡皮疙瘩都起来了。

"你弄我一身。"周自珩稍稍抬了一下下巴。就靠着这个自下而上的角度加上他抬眼看别人时候的表情，他在某站剪手的剪辑下搭遍了整个演艺界艺人。

明明就是个小孩子。

夏习清勾起嘴角，两手往后一撑靠坐在身后的桌子上，把可乐罐推到一边，眼睛里全是朦胧的水汽。

车外梧桐树上的蝉一只赛一只地叫唤。

副导演在房车外面转悠了少说也有四五圈，回回都在问："自珩呢？在车里吗？"

"没，我也不知道他去哪儿了，我给您找去。"

眼见着挡不住了，小罗给笑笑使了个眼色，把副导演支开，自己趁没人的时候溜达到房车的旁边，刚要敲车门，车门就从里面"哗"的一下拉开，周自珩弯腰从里面走出来，和小罗迎面撞个正着。

"副导演找你，八成是要开拍了。"

"知道了。"周自珩站在车门边上，像是遮挡什么似的，小罗见了立刻借口走开："我去给大家买点冰棒，你们快点过去。"

下午的戏拍的是高坤给江桐剪头发的桥段。周自珩那手艺，指不定给夏习清剪成什么样。

夏习清跟着周自珩走到导演的旁边，跟他打着商量："昆导，你看能这样吗？您就拍几个他给我剪头发的镜头，然后再请理发师给我剪，剪成您想要的那样，然后镜头再一接。"

昆城缓缓地点了点头，像是认可他的建议似的。

周自珩拿着剪刀站在昆城后头咔嚓咔嚓对着空气剪了两下。

"可我就是想要他给你剪的那样。"

夏习清彻底没了辙，只能这样将信将疑地开拍了。

"这个只能一条过啊。"昆导笑道，"一刀下去就没有后悔药了。"

周自珩咧嘴笑了一下，又冲着夏习清眨了一下左眼。

"你要是敢把我的头发剪坏了，后果自负。"夏习清皮笑肉不笑地对着他。

"你长得这么好看，剃光头都是好看的。"周自珩笑着握住剪子，"你就放心吧，我不会给你剪成狗啃发型的。"

夏习清叹了口气，死到临头只能放弃挣扎。

"《跟踪》第六十八场第一镜第一次。Action！"

坐在沙发上的高坤看着江桐弯腰拖地，头发楂软软地贴在白净的脖子上。

"哎，你头发真长了不少。"

江桐似乎是没有听见，仍旧卖力地拖着地板，高坤伸腿蹬了一下小凳子，蹬到了江桐的跟前，他这才直起腰，抬起手抹了一把额头上的汗，眉毛轻轻挑了挑，像在问怎么了。

"你，头发，太长了。"高坤一字一顿，摸了一把自己刺楂儿似的短发。

江桐眉头皱了皱，正想要继续弯腰拖地，高坤站起来将对方手里的拖把一把夺走："我说你这耳朵挺好，只听自己想听的。"他伸手想去抓江桐的发尾，可手又在半空中顿住了。

看见高坤这副样子，江桐低头咬了咬嘴唇内侧，用手语打了几下，抬眼看他一眼，又费劲地开口解释："外面……理发……贵。"

"能有多贵啊。"高坤将拖把往地上一扔，手伸进裤兜里，摸了半天也没摸出几个钱，他抓了抓自己的后脑勺，看见电视柜上的剪刀，"对啊，我给你剪。"

江桐还以为是自己听错了，又用疑问的语气重复了一遍他的话。

"没错，"高坤走上前去，隔着空气用手赶他，把他赶到了沙发上，"坐好。"他又钻进卧室里，不知从哪儿翻出一条旧床单，裹在了江桐的身上，在脖子那儿打了个结。

江桐抓着那个结想解开，仰着头看向高坤，拼命地摇头。

高坤脖子边的淋巴肿得很大，说话嗓子生疼，他还是忍着疼冲江桐笑："听话。我以前在外面理发店做过学徒，跟着那个什么托尼老师，你就放心吧。"刚说了没两句，高坤就又不知跑到哪儿去了，折腾了半天，又在房里大声喊着，"桐桐，家里还有没有镜子啊？"

桐桐？

江桐像是受惊的小兔子，肩膀轻微地抖了一下，飞快地低下头。

这个名字有多久没有被人叫过了，他已经记不得。

高坤从房间里出来，弓着背："我问你话呢，家里还有镜子吗？"

"啊？……嗯。"江桐抬起头，又飞快地低下来，围着个花里胡哨的旧床单从沙发上起来，走到了卧室的衣柜那儿，蹲在地上翻找了好一会儿，从衣柜抽屉的最里面找出一个盘子大小的旧镜子，外头套着一个红色塑料的镜托，都磨得变了颜色，可镜子却擦得很干净。

高坤接过镜子放在沙发前的茶几上，调整好角度，随口问了句："你怎么还有这么女气的东西？"

江桐半低着头，打了个手语。

高坤的手语学得还不好，但他这一次却看懂了，这是一个很基础很简单的词。

妈妈。

原来是他妈留下来的镜子。

高坤眼神暗了几分，嗓子里头磨得慌，他咳嗽了两下，戴好手套高高兴兴地绕到了江桐的后头，用梳子梳了几下柔软的头发："人都说，头发软的人脾气好，看来是真的。"

江桐也不说话，只微微低着头，可又被高坤戴着手套的手扶着下巴往上扳了一下："摆正了。"

面儿上装得挺像样，可高坤也只是打肿脸充胖子，都忘了应该先洗个头发再就着湿的剪，可他们也没有吹风机，左右都只能将就。食指中指夹住一缕头发，高坤看了一眼镜子里的江桐，一副连眼睛都不敢睁开的可怜样儿，他咬咬牙，小声嘀咕了一句："不就是剪个头发吗……"

咔嚓一下，剪了。

江桐悄悄睁开眼，看见一小撮被剪掉的头发在自己的眼睛跟前晃荡，他伸手一抓，高坤又拿走了，像是故意逗他，江桐要转头，就被高坤扶住了脑袋："别乱动。当心我给你剪秃了。"

都到了这份儿上，江桐也只有任人宰割了，他索性望着镜子，一开始还怯生生地躲着不愿意开口，可慢慢地，他就开始参与到了自己的理发大业上。

"这、这边……长……"

"晓得晓得。"

"这、这一撮，给……"

"哎哎你别动啊祖宗。"

看着镜子里高坤手忙脚乱，一会儿剪头发，一会儿替他拨开剪掉的碎发，江桐不禁笑了起来，笑容浅浅。这一笑，反倒把高坤给吓了一跳，手都停住了。

江桐疑惑地转过头去看他，高坤这才反应过来："看什么，转过去。"

他拿着剪子细细地剪着江桐脖子后的头发，尽他所能把发尾修剪整齐。

"过！"

导演刚说完，夏习清就抬起一只手呼叫造型师："阿明老师！月姐！快来救我！"

整个剧组都跟着笑起来，周自珩拿着剪子站在旁边："我觉得我剪得挺好的啊，长度也刚好。"

阿明老师笑着小跑过来，还特意给周自珩卖了个面子："剪得还行，比我想象中好太多了。"他拿了自己的一套装备，摊开放在沙发上，火速给夏习清修了个型。

这个头发实际上也不太短，和周自珩开机前留的发型差不多，昆城之前也特意交代，让周自珩下手留着点，别剪得太短，不符合江桐给人的感觉。

看着自己这一头头发在造型师的手里回了春，夏习清悬着的一颗心这才沉下来："谢谢您、谢谢您。"

"你怎么不谢我啊？"周自珩撇起嘴，"我昨儿在酒店看了一晚上剪头发的视频呢。"

"我谢谢你全家。"

重新开机后又补了后面的镜头，这才算完事儿，之前连续拍了好几个昼夜一直没有给休息，晚上的夜戏有可能通宵，昆城特意给他们多留了一个小时的吃饭时间，让他们好好休息，等着晚上的大夜戏。

周自珩、夏习清和杨博三个人一起出去外面吃饭，三个人都戴着帽子遮掩造型，怕遇到狗仔被拍"剧透"。吃完饭还特意从一个小区里头穿回来，经过了一个篮球场。

夏习清觉得特不习惯，一直把手伸到脖子后面摸。

"习清短发很好看啊。清爽。"杨博还以为他是因为不满意周自珩的手艺，特意替对方圆场，事实上也确实好看，之前他到脖子的长发总觉得精致过了头，太像漂亮女孩了，现在剪了短发，少年气猛增。

"我就是不习惯，"夏习清把手揣进兜里，"不过也省了扎小辫了，凉快。"

周自珩在他旁边走着，一个篮球弹到他们前面的地面上，接着又滚到了他们俩的脚边。

正当他要弯腰去捡时，被夏习清抢了先，伸手一捞就把球托在手上。

不远处篮圈底下站着俩小孩儿，看起来也就是高中生模样，身上还穿着校服："哥，球帮我们丢过来一下吧。"

夏习清压了压帽檐，把球在地上拍了两三下，一面运球一面朝着球场走了几步。

"接好了。"

脚跟发力，夏习清轻捷得像只猎豹，身体微微后仰将那个球远远地投向篮圈。

那个瞬间，周自珩几乎可以看到他浑身紧绷起来的肌肉线条，流畅又漂亮。

双脚落地，球也顺着抛物线稳稳地落入篮圈。

"可以啊习清，空心三分球。"杨博特给面子，夏习清也回过头，把帽子取下来捋了一把头发又反戴上，露出一排漂亮整洁的牙齿，笑得像个十七八岁的孩子。

周自珩莫名产生了一种幻觉，好像他和夏习清之间并没有相差那五年。

恍惚间，他似乎看到了少年期骄傲又耀眼的夏习清。

"发什么呆呢？"夏习清撞了一下他的肩膀，周自珩低头笑笑："我想到你刚刚拍戏时候的样子了，觉得特乖。"

事实上，他满脑子幻想的都是高中时期的夏习清，坐在明亮宽敞的教室里，犯懒或是认真听讲。

在体育场恣意奔跑，在篮球场挥洒汗水。

一连下了两个多星期的雨，拍摄取景的社区都淹了大半，直接把剧组的拍摄计划打乱。蒋茵也特地飞来武汉开会，好在之前的拍摄时间安排得很紧凑，原定两个月拍摄的内容都压缩到了一个半月，为后续的变故预留了很大空间。

"所以先拍后面的剧情？"夏习清不禁有些担心，"可是这样周自珩的体形……"

"可以的。"周自珩直接把话接了过来，"这几天我会努力减重，再加上妆容，我觉得没有太大的问题。"

"也是没办法的事，不然我们就赶不上电影节了。"昆城摸了摸下巴，叹口气。

蒋茵手拿着签字笔，轻轻在桌面上点了点："别说电影节了，这都是后话。我们原先计划的定档日十二月一号，不错，双十一之后'双旦'之前，避开强档。但是后期剪辑制作至少预留出两个月的时间，加上送审的时间。你们算算。"

周自珩拧眉："最迟要在八月拍完。"

可现在距离七月只有一周，时间太紧张。

"不补镜头的话，可以顺利杀青。"昆导看了看场次安排，"剩下的镜头也不多了，没几场了。"

下雨的这些日子，组里把所有需要雨的戏都拍完了，就连副导演都开玩笑："这算是我进过最省钱的组了，下雨戏全是真雨。"

他们刚刚转场到戏中江桐打工的便利店，场务和道具人员正在布置，夏习清和副导站在一边等待，听见副导演开玩笑，夏习清也道："武汉就是这样，这两年其实好一些了。"

正巧，刚化完妆的周自珩走了过来，站在了夏习清的身边，听他继续说道："以前我读高中的时候，动不动就淹了，体育场地势低，整个淹成了湖，马路上开车都像是开船，我还在路上摸到过一条鱼。"

说着周自珩倒是先笑起来："淹到你哪儿？"

"我那个时候比现在矮一点，可能一米八还差点儿，最厉害的时候淹过膝盖了。"夏习清靠在门口回忆道，"那个时候班上可多男生背着女生出去，把她们放到公交站台什么的。"说着说着他忽然笑起来，"那个时候琛琛还差点被背着回去，他嫌丢人死活不答应，两个人差点儿没吵起来。"

副导演大笑："习清你没趁机会去背背班上的女同学啊？"

周自珩想象了一下那个画面，侧过脸去看夏习清，看热闹似的笑道："对啊，那你呢？"

"我？"夏习清痞里痞气地笑了一下，"我自己都顾不上，谁闲得没事儿背她们啊，我都恨不得有个人背我，每次下雨都要泡坏我好几双球鞋。"

话刚说完，就听见周自珩一个劲儿傻笑，连副导演都有点莫名其妙。

有这么好笑吗？

夏习清瞟了周自珩一眼，正巧场务叫了他的名字，他应了一声，把手里喝了一半的咖啡塞到周自珩的手上，准备过去导演那儿。

昆导的身边站着另一个新进组不久的演员郭阳，四十多岁风度翩翩的一名男演员，配上戏里西装笔挺的造型，很容易给人以好感。开会的那天晚上夏习清就已经和他见过面，两个人事先已经对过戏。

"幸好我也是个高个子，"一米九的郭阳笑起来，"否则江桐这高个儿在一般人面前还真演不出柔弱的样子来。"

昆城也大笑起来："这是我拍过男演员平均身高最高的一部戏，我每天都跟掉坑里似的。"

郭阳在演艺圈也是摸爬滚打很多年，早年不得志一直没能大红大紫，但步入中年之后反而因为自身儒雅的气质和精湛的演技获得了不少年轻女粉丝的喜爱。

在这部戏里，他演的是一个在便利店买烟注意到江桐的企业高管程启明。程启明看见江桐想到了自己的弟弟，对他非常好，时常借着买东西的名义来看他，出差的时候也会带礼物。

江桐一开始是抵触的，但渐渐地也愿意接受他的好意。而后，江桐陪着高坤去化验时，从医生口中得知他体内的病毒已经产生抗药性，并且很有可能是传染给他的人本身就已经吃过药并且产生抗药反应了，他吃药又晚，免疫力几乎没有了。如果想要继续治疗，依靠国家免费派发的一线药物远远不够，可他们没有钱自费买药。

看着高坤因为并发症高烧入院，江桐拼了命地打工，还是没办法帮到他，只能向程启明借钱求助。碰巧的是，高坤和玲玲混在一起的时候，两人看杂志曾经看到过程启明的专访。

那个时候玲玲还跟他说过程启明的许多传言，总结一句话就是：程启明不是个好人。

高坤担心江桐与程启明走得太近很危险，两人因此大吵了一架。

这是他们今天需要拍完的戏份，也是这部片子的最后一场雨戏。

"江桐来了，正好，那我们一起说吧，这段是两个文戏加一个冲突戏。"一个小助理替昆导撑着伞，他走到了玻璃门外面，"等一下我们会用几个不同角度的镜头，有一个是这个门外的。所以你们走位的话要注意下，尽量能让这个机位拍清楚。"

大概地解释了几遍，昆城回到监视器前。

"准备拍第一条了。"

《跟踪》第七十四场 A 镜第一次。Action！"

半夜十二点，接班两个小时的江桐已经连续搬了十几箱货，一一填补货架上的空缺。他怕生人，听说都不方便，没办法当收银员，只能做一些更苦更累的活。

收银的同事阿奇忽然捂着肚子走过来，拍了拍他的肩膀，特意大声地对他说："江桐，我去上个厕所，肚子疼死了，你帮我站一下柜台，谢啦。"

江桐半低着头，把手套取下来放在衣服口袋里走到柜台前，好在这个时间也一向没有什么人，他也不必太担心。

谁知刚这么想着，便利店门口自动欢迎的语音就响了起来，江桐迟钝地抬了抬头，又迅速低下，视野里只有两条穿着昂贵西装裤的腿。

这个客人接了一杯咖啡，又站在柜台前，和善地开口："你好，麻烦给我拿一包黄鹤楼满天星吧。"

对方的声音实在温柔，江桐只听见"黄鹤楼"三个字，匆匆忙忙蹲下给他找了一包，低着头推过去。

"不是的，我想要满天星，蓝色软包的。"

蓝的。

江桐知道自己找错了，又蹲下来找到蓝色的黄鹤楼，双手拿着递给了客人，嘴里结结巴巴地说着"对不起"，很小声。

接过烟的那双手很干净，指甲修剪得整洁。

"谢谢你，请问多少钱？"

江桐扫了一下，眼睛谨慎地往上瞥了一下，看见了屏幕上的数字，吃力地报给了站在面前的客人。

他从钱包里拿出一张一百元的纸币递给江桐，耐心地等着对方找零，最后说了句"谢谢"，推开门离开了。

等到门口的自动语音结束，江桐才松了口气，抬头的时候只能看见一把黑伞下的半个身影，拉开车门钻了进去。

"Cut!"

昆城性格虽好，但在拍戏上非常精益求精，这一条买烟的戏拍了足足二十一次。实际上他也觉得纳闷，夏习清和周自珩一对戏就张力十足，可跟其他人就总是欠了那么点意思，总是要磨上好一会儿才能找到那种感觉。

"等一下那几场戏，就是江桐跟程启明渐渐熟悉的几场戏，你要表现出一种近似于对父亲的依恋感，但是那个尺度不能太过，要好好把握。"

听见昆城这么说，夏习清就觉得更难了。

从小缺失父爱的孩子，长大之后往往会出现两种人格上的倾向：一种是对于父爱情结的极度渴求，总是期望从别人身上找寻类似的替代情感；另一种则是对于父爱及类似情感的反感。

夏习清明显是后者，要让他演前者，完全是鸿沟式的跨越。

硬着头皮演了几次，昆导依旧觉得不满意："你的眼睛里只有软，没有那种对他敞开心了的依赖。"

说戏说了好久，站在一旁的周自珩也参与了讨论："导演，你真的觉得江桐对程启明敞开心扉了吗？虽然我是站在高坤的角度来看的，但我觉得江桐真正依赖的人只有高坤，他如果不是迫不得已他不会去求助程启明的。"

两个人因为角色吵起来，不过这在剧组里已经是常事了，大家都各干各的没人插手，两个人吵到不可开交了，夏习清才终于发表了自己的观点。

"如果他真的依赖程启明，一定一早就告诉对方高坤的病了，他一直藏着瞒着实际上就是一种不信赖。"说着，他顿了顿，"何况，像江桐那种生活环境，从小看着自己的母亲带着各种各样的成年男性回家，稍有不快就又打又骂，我觉得他会对一个中年男人产生依赖感是不现实的。"

周自珩担忧地看了他一眼，又对着昆城重申了一遍自己的观点。连从旁观战的郭阳都站了队："其实我也觉得他们的分析更合理一些，如果让我演江桐我也会演得比较害怕畏缩。"说到这他又开始打趣，"不过我只能演中年江桐，哈哈哈。"

昆城这才妥协，觉得还是自己的思路有些偏，但他从来都是一个愿意接受演员建议的导演，拍戏本来就是一个团队创作，导演有时候也不一定比演员对某个角色的感受更深。

"那我们按照这个思路再来一遍。"

又拍了三四条，周自珩在监视器旁边盯着，看着镜头里夏习清眼底的情绪，对于夏习清而言，装柔弱根本不是什么难事，再配上他那张面孔，完全没有违和感，但厉害的是，他看程启明的眼里除了胆怯和畏缩，还有其他复杂的情绪，那种接受他人好意的不自在和藏在骨子里的一种倔。

那些情绪，是属于夏习清的。

"好了。"昆导看了一眼手表，已经凌晨三点，"我们抓紧时间，天亮可就拍不了了。"

最后一场就是高坤参与的冲突戏了。造型师将郭阳带下去换衣服，化妆师上来给夏习清补妆，周自珩就在旁边帮着他对戏。

说着台词，夏习清瞥了一眼周自珩，他的脸色非常难看，右边的嘴角起了疱疹，有的已经破掉。他的眼窝深陷，脸色是不健康的黄，脖子的淋巴也肿起。尽管他知道这是化妆师的功劳，可说不上来为什么，光是看着夏习清就觉得心疼。

"别看我。"周自珩拿剧本遮住了自己的脸。

"别看他，"化妆师小姐姐用手扶住了夏习清的下巴，"光顾着看他妆都没办法化了。"

"谁看他了。"夏习清把头撇过来，听见周自珩在自己旁边笑。

"《跟踪》第七十六场 A 镜第一次。Action!"

一场大雨下个不停。搬完货的江桐悄悄进了员工休息室，把外套脱下来用毛巾吸了点水，这才重新穿到身上。

关上格子柜的时候，他看见了里面放的便当盒，还有一小盒巧克力。

挨过这一晚，明天一早的时候买上一份热腾腾的三鲜豆皮，带着一起去医院找高坤。江桐关上了柜门，拿出手机看了一眼时间，正要放回去的时候，来了一条短信。他匆匆将手机塞进裤子口袋里，从休息室走出来，四处望了望。

便利店的外面站着一个西装笔挺的男人，依旧撑着那把黑沉沉的伞。他将伞面往后靠了靠，露出脸来冲江桐微笑了一下。

江桐瞟了一眼收银台，今晚跟他一起搭夜班的是一个女生，正低头专心致志地追着剧。他借口出去，看见程启明就连连弯腰。

程启明走到便利店的檐下，收了伞，和善地笑道："别人都有换班，怎么你每天都是通宵的夜班？"

雨声大，好在对方的声音也大，江桐这才勉强听清，他半低着头，想解释又解释不出："我……我……"

"我就问问，别紧张。"他自然而然地伸手拍了拍江桐瘦弱的肩膀，江桐却敏感地躲了躲，没抬头。

"哦对了，"程启明立刻换了话题，"你说有事要跟我说，是什么事？"江桐的身上有股子消毒水味，很明显，他又问，"是跟你那个生病的朋友有关？"

这一句江桐听得很明白，他立刻点头，下意识想比手语，可手刚抬起来又放下，十分艰难地向对方解释："病、病……很重……需要、要很……多……钱……你、你……"他太着急了，不小心呛住咳嗽好几声，程启明上前一步拍了拍他的背："你慢点儿、慢点儿。"程启明抬眼看了看便利店里面，"这里不方便说话，要不你跟我去车上说？"

江桐看了一眼车，摇了摇头："我……我想、想……借一点……钱……"最后一个"钱"字他说得很轻，骨子里的卑微和从小到大的困窘让他实在没有办法大大方方地提"钱"。可他又害怕程启明以为自己是骗子，想跟对方说清楚，他从打工服口袋里拿出记货本子和笔："你……您……等……我……"

说完他飞快地蹲下来，拼命地想把自己想说的话都写上去，高坤得了什么病，为什么得的病，为什么必须得自费治疗，来龙去脉都一笔一画写清楚，可越写越着急，浑身打战。

"你别急，来，我们起来说。"程启明一把拉起江桐，"我们还是去车里，你可以坐着，在这儿站着多不方便。"

江桐先是摇头，可摇着摇着又点了头，任程启明打起伞，半揽着他的肩膀走到了那辆昂贵的轿车边，绅士地替他拉开了车门。

"进吧。"

江桐刚要弯腰进去，忽然出来一个人，使了不知多大的劲一把将他拉出来，江桐吓了一跳，抬头一看——竟是高坤！

"高……高……"

"你给我过来。"高坤原本打着的伞现在掀翻在地上，雨水噼里啪啦打在他的脸上，他的眉毛拧成了一团，他伸手一把推开程启明，"你干什么？"说完他又推一下，"你想带他去哪儿？"

程启明想解释，还没解释清楚高坤就要出手打人，江桐立刻挡在他们的中间，急得说不出话，只能"啊啊"地叫着，抓住高坤的手，之前手里拿着的小本子都掉在地上。

高坤忽然想到自己手上才打完针，还有针眼，立刻收回自己的手，可心里的火却下不来："你松开我，松开！"

江桐被他吓了一跳，愣愣地松开抓住他胳膊的手，望着他的眼睛。

"回家去。"见他愣在那儿不动，高坤又吼了一声，"我让你回去，你听不懂人话吗？"

"你别这样，他是为了帮你才……"

高坤直接打断了程启明的解释："我让你说话了吗？麻烦你离他远一点，要祸害祸害别人去，你别找他！不要以为自己有两个钱就可以随随便便糟践别人！"

江桐忽然就明白高坤的意思了。

他沉默着弯下腰，拾起自己已经淋得不像样的小本子，一声不吭地递给高坤，可高坤正在气头上，和程启明都没拉扯完，哪里顾得上江桐。

"我告诉你！你给我离他远一点！"高坤拿胳膊肘推搡着江桐，"回家去，回家。"

江桐的本子又被高坤推掉了，他又匆匆拾起来，站起来正想要给对方，就发现高坤倒在了自己的脚边。

江桐吓得立刻跪在地上，在滂沱大雨里慌忙抱住高坤的头，又掉转了身子对着程启明，想把怀里的小本子递给他可又没办法，只能不断地向他磕头，本就不连贯的声音被大雨割碎。

"救……他……求、求求……您……"

江桐连着磕了好几下，程启明于心不忍，只能蹲下来两人一起将高坤抬起弄进车里，关上了车门。

"你去副驾驶座，我们现在得把你朋友送去急诊。"

江桐坐上了副驾驶座，可整个人几乎都要扭转过去，浑身发抖地盯着躺在后座昏迷不醒的高坤。

程启明看了他一眼，叹口气，发动了车子驶向医院。

"过。"

这一场拍了十四次才拿下，三个演员在雨里拉扯了一个半小时，导演一喊停几个助理立刻撑着伞上前，拿着浴巾裹在他们的身上。蒋茵给夏习清安排的车子路上出了问题，笑笑只能暂时把他接到周自珩的房车上。

"总算是赶在天亮前拍完了，再这么耗下去就得生病了。"笑笑拿了干净衣服和早就备好的热红茶，替周自珩卸干净脸上的妆，"习清病才好了半个月。"

习清笑着说了"谢谢"，笑笑这才跟着小罗去了前面的驾驶座，还十分贴心地帮他们把帘子拉上了："你们可以睡一会儿，回酒店估计天都亮了。"

夏习清上车的时候周自珩就已经换好衣服了，现在就剩他了。

"转过去。"

周自珩笑道："都是男人，有什么好害羞的。"

夏习清懒得跟他拉扯："爱转不转。"他自己飞快地脱了上衣，周自珩乖乖拿了毛巾替他擦干上身，又替他把短袖拢在头上。

脸上的妆早就被大雨冲得一干二净，又换上了白色短袖，夏习清现在活脱脱就像个学生，素净又清爽。

"裤子也让我帮你换？"周自珩拿起桌子上的裤子，抖了一下，下一秒就被夏习清抢过去，狠狠瞪了他一眼。

虽然说笑，周自珩还是把脸转了过去。

夏习清换好衣服，整个人躺倒在房车里的沙发床上，感觉自己都被掏空了。

周自珩看了看夏习清的眼睛，小声道："都哭肿了。"

听了这话，夏习清拿手背挡住自己的眼睛，满心想着拍戏的事："这么肿下去明天可就连不上戏了。"

"别遮住，你哭起来很好看。"

夏习清拿开手，拍了一下他的额头："我怎么觉得你这家伙有施虐倾向？你该不会骨子里是个病娇吧？"

"病娇？什么是病娇？"周自珩很疑惑。

"就是……"怎么解释呢，夏习清想了想，觉得解释不清，"算了，你自己回头查去。"他看着瘦了很多的周自珩，看起来都少了几分以前的气场，倒实实在在像个二十岁的小孩儿了，红头发都挡不住少年气。

夏习清先是捏了捏他的脸，又瞅了一眼周自珩的腰："你瘦了一大圈，这段时间掉了得有十五斤吧。"

"快二十斤了。"周自珩叹了口气，"昆导说还得再瘦点，我的腹肌什么的都没了。"

这些天周自珩的盒饭全都是蒋茵特别安排的，有时候就吃一碗水煮油麦菜，再不济拍戏中途吃点切成小块的苹果，眼看着人就瘦了下来，原本引以为傲的身材就这么变成了一根瘦竹竿。

演员的身材本身就需要根据角色调整，这是本职，以前拍戏周自珩也不是没有经历过，他也挺乐意为了艺术献身，可现在跟夏习清一起拍戏，还是不想让对方看到自己难看的样子。

夏习清戳了戳他凹陷的脸颊，叹了口气："赶紧杀青吧。"

再这么瘦下去，身体都熬垮了。

"你是不是看不下去了？"周自珩笑道。

"为什么这么说？"

周自珩看着夏习清，声音小了许多："你之前不是说，你只是欣赏这张脸，还有身材……"

还没说完，夏习清就笑出来。周自珩抬头看向他："你笑什么？"

"笑我怎么会跟你这种傻子交朋友。"

"你……"

"虽然我不嫌弃白条鸡，不过杀青之后你最好快点给我把身材练回来。"

一个半月的时间一晃就过去了，整个剧组紧赶慢赶总算把最后几场戏控制在了八月中旬拍摄。之前的一场大雨把计划全都打乱，组里先拍摄了剧本里后期高坤重病的部分，为了演戏他一度瘦到一百二十斤的病态身材，后面快要杀青的时间又来补之前的场，周自珩每天除了拍戏，还要拼了命增重健身。

小罗把牛排和白煮蛋都从便当盒里拿出来："自珩的身体快成气球了。"

周自珩看见这些都犯恶心，可为了拍戏还是得继续："算了，现在健身好歹有动力，等到杀青再健身就晚了，广告什么的也没法拍。"

"你还挺会安慰自己。"夏习清拿着自己的豪华盒饭一屁股坐在了周自珩的身边，当着他的面美滋滋地吃着自己的糖醋排骨和宫保鸡丁。

"你能不能行行好，吃饭的时候离我远一点？"闻着夏习清盒饭的香味，周自珩都绝望了。

事实上为了演江桐，夏习清之前几个月的盒饭也都是减脂餐，快要杀青了才有了点好菜。他用筷子夹起一块糖醋排骨，送到周自珩的嘴边："你偷偷吃一块，没事的。"

"谁说没事？"背后传来一个气场强大的女声。周自珩一听就立刻坐到了对面。

夏习清也收了筷子，把肉放进嘴里，吊儿郎当地边吃边笑道："蒋茵姐，你也太铁面无私了，他可是你亲小叔子。"

蒋茵也跟着坐下："他以前不也这么过来了。"说完蒋茵瞪了一眼夏习清，"你不招他他也不至于。"

"行行行，我招他。"看着周自珩在蒋茵背后连连点头，夏习清也认了，"我今天可就杀青了，再招惹不上了。"

这句话一说完，就看见周自珩冲他皱了皱眉，很是不高兴的样子。

笑笑给蒋茵倒了杯茶，蒋茵接过来说了句"谢谢"，转头又跟夏习清说："说到杀青，今晚剧组是不是得给你庆祝一下？怎么说也是你第一次演戏。"

"算了。"夏习清想到前天习晖联系他，外祖父重病，杀完青还得回一趟习家解决遗产处理的事。

尽管夏习清对习老爷子的遗产没有任何的想法，但就像习晖说的，总不能让本来属于他母亲的东西落到别人手里。

"我家还有点事，杀完青就得回去一趟。"

周自珩光顾着看夏习清盒饭里的排骨，蒋茵拿高跟鞋尖踢了他一下，这才回神："那行吧，正好我晚上就得赶回去，我让助理多买一张机票，我们一起吧。"

夏习清的最后一场戏是在病房外的走廊长椅上，也是剧组最后一场租用医院取景的戏。他身上穿着饭店打工的衣服，旁边坐着一身西装的郭阳，两个人对完最后一遍词，镜头被推过来，对准了夏习清的脸。

《跟踪》第一百二十一场第一镜第一次。Action!"

"喝点咖啡吧。"程启明将手里的纸杯递给江桐，自己也挨着他坐下，"刚打完工？"

江桐点点头，轻轻抿了一口咖啡，可还是苦得皱起了脸。

程启明看见他的腿边有一个不锈钢保温桶，于是关切地问道："给他的？"

"买……的……"江桐最近的状况也不好，声带长期使用不正确的发声方式，嗓音嘶哑得厉害，程启明看了也觉得怪可怜的："喝点热的。"

自从高坤被送进 ICU，江桐就辞了便利店的工作，每天晚上陪着他在病房里，偶尔他清醒一点，江桐也好照顾他，陪他说会儿话。

程启明看着他眼下的乌青，扭过头从公文包里拿出一份文件夹递给他："你看看，这是我上次跟你说过的。"

江桐将咖啡放在地板上，接过文件夹打开，里面都是关于成人教育的资料，他看了没多久，就把文件夹递回给程启明，一句话也不说，只低着头抿着嘴唇。

"你还没仔细看，"程启明叹口气，"你不是很喜欢画画吗？等高坤病好了，"说出这句话，程启明感觉有些不妥，又换了说辞，"我是说，等他的情况稳定下来，你就可以去学画画了，这些学校我都看过了，可以申请助学金，我也会帮你，你不用太担心钱的事。而且……"他的声音低了些，"你不要误会，我真的只是觉得你和我弟弟很像，我心里对他愧疚，看见你就觉得很心疼。仅此而已。"

江桐听了这些，匆匆拿出便利贴写了句话递给程启明。

您帮他就是帮我了，我非常感谢您。

程启明看了不禁有些恼怒，自己和江桐说的是他以后的前途，可他怎么都听不进："我都说了，他我会帮的，可是你要知道这不是普通的病，高坤现在几乎可以说是最坏的情况了，有些事情不是花钱能解决的。"

他的语气有些急了，他也忘了顾及江桐的心情，刚说完就有些后悔，可话都叫对方听了，也没办法收回来。

江桐点了两下头，两个手掌捂住了整张脸，整个人蜷着身子弯下腰来，像一只瘦弱的小虾。

"你……你这是，我知道你们是朋友，"程启明试图寻找一种合适的措辞，"但是你也要为你自己考虑啊。"

过了好久，江桐才抬起头，发红的眼里隐忍着泪水。

他揉了揉自己的鼻子，拿出便利贴写了句话，肩膀抖着，字迹歪歪扭扭，怎么写都写不好看。他忍了好久，最后还是落下一滴眼泪，滴在便利贴上。

他说遇到我之后，他不想死了，我也是这样想的。

程启明将那张字条接过来，仔细地看了好久，最后也只能点点头。

"好。那就等他稳定下来，我们再谈这些。"将那张便利贴收在西服口袋里，程启明站了起来，"我先走了，明天我会叫人送些水果、补品来。"

江桐匆忙站了起来，对着程启明深深鞠了一躬，一直到他走了很久，江桐才直起身子。忙了一上午没吃饭，头有些晕，他连忙扶着墙坐下，从口袋里拿出一根棒棒糖。

之前他逼着高坤戒烟，高坤就只能去外面买那些一块钱一根的棒棒糖含在嘴里，偶尔也去给他买一些。

江桐低下头，满脑子都是之前高坤还健康的样子，生龙活虎，给他修自行车，跟在他后头送他上夜班。他慢慢地剥开糖纸，将那个晶莹剔透的糖球塞进嘴里。

不知怎的，眼泪就是止不住，江桐看了一眼走廊的护士，抬手悄悄把眼泪擦了，可刚擦了没多久，泪珠又往外涌，江桐又用手掌去抹，可就是控制不了。他学着高坤的样子将糖球嘎嘣嘎嘣咬碎了，糖太甜了，甜得发苦。

含着一嘴糖碴，江桐一个人孤零零地坐在长椅上，哭得抬不起头。

镜头渐渐地拉远，将整个医院走廊都囊括进去，一个长镜头，塞下了一个有喜有悲的小人间。

"过！"

这场哭戏拍了五六遍，最后一遍状态实在太好，导演还特地临时换了一个长镜头。

"好，这条过了。江桐辛苦了。"昆城从监视器那头过去，拍了拍夏习清的肩膀，"习清辛苦了，终于杀青了。"

片场的女工作人员好多都被夏习清的情绪感染了，一个个上去给他递纸。

"习清好可怜，哭得我都想哭了。"

"就是，我都不敢看正片了，这是我跟过最虐的一个组。"

哭得太狠，有点喘不上气，夏习清深深吸了口气，一转头就看到了周自珩，吓了一跳，他的手里捧着一大束花，笑着朝自己走过来。

这画面，让他一下子回到了之前和周自珩一起拍杂志的那一天。

夏习清发了怔："你从哪儿买的……"

"恭喜杀青。"周自珩笑得温柔，将花递给他，这么大一束花，拿着脸上臊得慌，夏习清接过来立刻给了身边的笑笑，谁知这家伙直接一把抱住他，凑到他的耳边低声说，"习清哥哥哭得我心都碎了。"

又来了，夏习清彻底没辙了，只能把眼泪都往他肩膀上抹。

除了周自珩，其他几个同组的主创也都上前一一和他拥抱。大家都知道夏习清还有事情要处理，剧组的时间也很紧，杀青宴只能免了，夏习清自掏腰包，在当地最有名的饭店订了整个剧组的外卖，又买了一个大蛋糕，这才离开。

飞机落地，夏习清好好睡了一觉，起床第一件事就是好好地把自己收拾了一番。夏习清对自己的外表相当花心思，毕竟是个学艺术的，脸蛋、身材都一顶一地重要。

头发弄了造型看起来总算不奇怪了，前头的头发全都吹了起来，额头上还有一个小小的美人尖，不在正中间，偏左歪着，倒也符合夏习清这种不周正的性子。

习晖开了车接他过去，夏习清路上跟对方寒暄了几句，也没有再多说。习晖一辈子黄金单身汉，没有结婚也没有孩子，对艺术没有半点兴趣，只想做生意，为此早就跟习老爷子闹翻，小儿子不孝，女儿又因为抑郁症早逝，旁系的亲戚对两老毕生收藏虎视眈眈，只想着熬到他们不在的那天就立马瓜分。

到了习家，夏习清跟着习晖一起上楼，到了习老爷子的房间外，门口站了好几个年纪不大的孩子，八成都是那些亲戚带过来的小孩儿。夏习清很少来习家，最近一次都是出国留学前，他认识的亲戚少之又少，更不用说这些孩子。

他可是当红明星，这些孩子没有不认识他的，见到夏习清先是一愣，然后窃窃私语起来。

夏习清半低着头，理了理袖口的衬衫纽扣，只当什么都没听见，等到里面的医生出来，直接走进房间。

习老爷子的床俨然成了家庭病床，他苍老的脸上满是沟壑纹路，但穿着仍旧讲究，即便是卧病在床，脸上还戴着呼吸机的面罩，狼狈至此，也存着最后那份老艺术家风骨。

床旁边站着一个约四十岁的男人，穿得倒是名贵，他斜眼看了一眼夏习清，不客气道："这又是谁进来了？管家，把他请出去。"

夏习清笑了一下，侧过头去看习晖，还没开口，习晖便解释道："这是爸爸的表侄。"

"表侄？"夏习清眼神飘过去，语气悠然，"我还以为是我又多了个亲舅舅呢。"

对方明显是被这话狠狠刺了一下，眼睛在夏习清和习晖跟前转着。夏习清也懒得给他脸了，拉了张椅子慢悠悠地到窗前，大大方方坐下来。

卧病在床的老爷子似乎是听见声响，睁了睁眼，看见夏习清的脸，恍惚间像是看见了自己的女儿。

"昕儿……昕儿回来了？"

听见外公叫着母亲的小名，夏习清心头一酸，伸手握住外公的手。

习晖在旁边看着，又扭头看向那个不自知的表侄："表弟，你没事儿就下去喝点茶吧，这些天干守着，真是辛苦你了。"

"你！你们这是为了谋习家的财产！"

"谋？"夏习清抬头，"我是外公的亲外孙，"他又转头看了一眼习晖，"这是外公唯一的儿子，您是哪位？"

被夏习清这么一撑，那人脸上青一阵白一阵，半天也吭不出一句话。

习晖打电话叫了人，上来把这些不相干又不甘心的亲戚统统请了出去。

习老爷子的律师也到了家里，趁着清醒，他们清点了所有藏品、流动资金和不动产。

夏习清很清楚习晖的目的："我只要藏品和艺术馆，其他的资金和不动产都给你。"习晖见他这么直接，也就不藏着了。一直到习老爷子走的那天，夏习清都在他的床前陪着。他从来没有陪过一个长辈这么久，没想到唯一的机会竟然是这样的场面。

习老爷子走的那天，让夏习清推着轮椅带他去了一个房间，里面放着一座石膏雕塑——一个面容姣好的女人，抱着一个漂亮的婴儿。

"这是……我亲手……在你出生的时候……"外公连连咳嗽了好几声，喘着气勉强继续道，"早就该送给你……"

夏习清鼻子一酸，手指摸上那座雕塑。

在这短短的十天，他似乎第一次感受到了属于家人的温暖。

——尽管来得实在太迟了。

处理完所有事务，夏习清暂时将藏品都放在习家的保险库里保存，等到艺术馆开业再做打算。葬礼那天，夏习清作为外孙，和习晖一起站在最前面替习老爷子抬棺，夏昀凯也露面了，可夏习清只当看不见他这个人，一句话也没有对他说。

回家之后，夏习清窝在自己的房子里画了好几天的素描，趴在工作室木桌上午睡的时候，微信的声音把他吵醒，是周自珩的消息。

道德标兵：我落地了，你在哪里？

夏习清揉了两下眼睛，刚睡醒手发软懒得打字，拿过手机发了一条语音。

"我在家啊。"

手机那头的周自珩从混乱嘈杂的接机现场出来，好不容易上了车，这才戴上耳机点开语音，夏习清的声音比平时软上许多，黏黏糊糊的像是刚睡醒。

"自珩怎么这么高兴？"司机大哥看了一眼后视镜，向小罗问道。

小罗一脸门儿清的表情，应付道："谁知道呢？"

"去哪儿啊自珩？回公司吗？"

"回家，回我公寓。"

八月下旬，本地的暑热还没有完全消散，但总不是南方的湿热，突然从武汉回来，周自珩反倒还有些不习惯。

一出公寓电梯，周自珩便直奔夏习清家门，按了半天门铃也没人回应，他靠在墙上发了条消息，便用指纹开了自己家的门。

"去哪儿了……"周自珩自言自语地换了鞋，走到客厅的沙发上仰面躺下。

房间里很安静，周自珩一连给夏习清发了好几条消息，听见微信提示音，他站起来找了一圈，发现夏习清的手机居然在沙发上。

"人呢？"周自珩站起来，一边喊着他的名字一边上楼去找，几个房间都空荡荡的，只好又回到客厅。

"你多大了还跟人玩儿捉迷藏。"周自珩试探性地走到落地窗那儿，一把拉开帘子，"不在，"他退后了几步背对着泳池边，面对着落地窗，"快出来啊，我知道你在这……"

话没说完，一只湿淋淋的手抓住了周自珩的脚踝，向下一拽，周自珩重心不稳，整个人都后仰摔进了泳池里。

周自珩看着从水中出来的夏习清，逆光下漂亮得只差一条璀璨鱼尾。

"我等你等得快断气了。"

"谁让你进来游泳的？"

"谁说我是进来游泳的？"

"我听语音，还以为你睡着了呢。"

杀青之后周自珩就把头发染回了黑色，拍戏的日子告一段落，他回了趟别墅在家陪父母过了几天，趁着九月份开学季回 P 大继续上学。

赵柯见周自珩回学校了，激动得很，还以为自己眼花了。

"哎，你剪短发了？真帅。"他撞了撞周自珩的肩膀，一顿挤眉弄眼，"怎么样？"

周自珩把笔记本从包里拿出来开了机，自己戴好眼镜，语气不善，连正眼都没看赵柯一眼："你还敢说，我没揍你你就该谢天谢地了。"

"为什么要揍我！"赵柯一把抓住周自珩的肩膀，"你、你你俩吵架了？不是吧？我好不容易看你交个可靠的新朋友，你别弄黄了！"

周自珩扒开他的爪子，侧过头给了他一个和善的笑："托您老的福，差点儿黄了。"

"不能够啊。"赵柯还想说，教授就进来了，他十分有眼色地闭了嘴，微信上发了一长串，事无巨细一一问了，周自珩只当没收到，认认真真地听课学习。

一上午的大课上下来，赵柯的骨头都散了，他拉上周自珩去食堂吃饭，好久不去食堂，P 大的姑娘们都以为自己出现幻觉了，一个个都围着周自珩，很快，周自珩回 P 大上课的词条也被顶上了热搜。

"晚上回宿舍吗？"赵柯在教学楼层的咖啡机买了杯咖啡递给周自珩，他接过来抿了一口，帽檐压得低低的："不回，我今天回公寓。"

自打戏拍完，除了之前已经定下的广告，还有回归《逃出生天》，周自珩就没有再接其他的工作，每天往返于学校和家里，两个月的时间过得飞快。

天气渐渐地冷下来，秋天格外漫长，给人一种要入冬的错觉，却又总还差着那么一口气，等不到冬天真正到来的那一刻。

晚上睡得晚，夏习清缺觉缺得厉害，清早睡得迷迷糊糊，恍惚间感觉周自珩坐起来："大清早的去哪儿……"

"上午有课，固体物理，赵柯说这个老师要点名儿。"听见夏习清迷糊地发问，周自珩说，"你再睡会儿。"夏习清躺到一边，听见周自珩套毛衣外套的声音，抬手捂住自己的脸："天……大学生……还是早上上课要点名的那种。"

"大学生不好吗？上学认真学习回家还要给你做饭，你去哪儿找这么好的大学生啊。"

"你可少看点同人文吧大明星。"夏习清翻了个身背过去，抱住一大团被子闭上了眼睛。被子里全是清爽干净的味道，像是秋风里翻涌的云，将他这片无根的落叶温柔地裹挟其中。

"哦对了，嫂子昨天告诉我，为了宣传电影，我们可能要上一些综艺节目，让我问一下你愿不愿意。"

夏习清闭着眼，离彻底睡着就差一点了，只能半迷糊地应了句："行……"
再次醒来的时候已经不知道几点，夏习清伸手过去关掉了床头的灯，起来洗漱收拾，随便吃了一点周自珩买的零食点心就钻进了自己的工作室。自从拍完戏回来，两个人经常一起在周自珩的家里吃饭、看电影，有时候是在夏习清的家里，不过多数时候是夏习清作妖，想用周自珩家的泳池泡温泉。

可是夏习清的工作室周自珩从来没有进来过，周自珩也从来没过问过夏习清的艺术创作。

穿了件耐脏的褐色牛仔外套，夏习清戴上电焊护目镜，对着自己之前做好的小泥稿和线稿开始扎架子，像这种石膏雕塑他已经很久没有做过了，在佛美的时候倒是经常帮着导师做，可正儿八经由他独立创作的雕塑，这个未出世的还是头一个。

为了做雕塑，他上个月就把工作室里的画都收了起来，这个房间事实上是整个公寓除了客厅之外最大的房间，但现在也堆满了钢筋和雕塑泥。钢筋焊接冒出的火花映照在夏习清的护目镜上，璀璨耀眼。

大骨架刚焊好，夏习清就累得要命，坐在钢筋材料上靠着墙休息。之前在美院的时候做雕塑都会请一些白人模特为他们扎架子做参考，身高、身形、体态各个方面，这样才能保证不失真。

可这一次，夏习清能依照的只有自己的心。

手机来了一条消息，夏习清放下喝了一口的水，将手机拿过来。

蒋茵：最近《跟踪》要开始宣传了，还得麻烦你配合一下。

说话语气跟警察叔叔似的，夏习清不禁笑起来，回了个 OK 的表情包，趁着休息的工夫登上微博，距离上一次在线已经不知道有多久了，夏习清的微博留言多到页面卡住，他等了好一会儿才可以正常查看。

习惯性先点进评论里，满屏幕的"习清哥哥想你！求自拍"的消息像是一颗颗冲破屏幕的红色小爱心，直冲冲地往夏习清的脸上喷。

还是发个自拍吧。

夏习清打开前置摄像头，发现自己还戴着防护镜，他左看右看，觉得这副防护镜还挺好看，于是直接按下了快门。

就这么，夏习清将自己戴着电焊防护镜的草率自拍传到了微博上，聊表慰藉。

没一会儿这张不怎么走心的自拍就被粉丝疯狂转发。

我的心上人是个小画家：啊啊啊新鲜的习清哥哥！

才华横溢夏习清：习清哥哥戴的什么墨镜？好酷！"防伪标痣"超级可爱！

追星女孩冲鸭：这个眼镜好有科技感哦，看起来像科学家，对了习清这是临时拍的吗？真新鲜自拍。

这都被发现了？夏习清想不明白，这哪里是追星女孩，分明是显微镜女孩。

过年就要上学了：啊啊啊真的！习清背后有钟，真的是现拍现发的！

原来如此啊。夏习清回头看了一眼自己的工作台，还好还好，没有什么不可描述的东西。

他又刷新了一下首页，正好看见周自珩转发了《跟踪》的官博，点进去一看，是宣发的物料，两张电影拍摄期间的剧照。

第一张是缭绕烟雾里，高坤隐约迷幻的侧脸，肆意流淌的灰白烟缕，隧道外苍翠的远山，还有他深红色的短发，分明是艳丽交杂的色彩，但构图和视角却透出一种微妙的苍凉感。

第二张则是深夜暗巷，一轮苍白的月亮高高吊着，在那些交错纵横的违章电线和不断向上扩张的杂乱建筑上蒙了层惨淡灰白的光，越往下，越黑暗，两个人影一前一后，走在前面的江桐脸上带着一丝惊慌和恐惧，后头的那人已经被黑暗吞去了面孔，胳膊上的文身隐约可见，那一头鲜活的红发，成了黑暗中的一团火。

两张图片都没有完全展现出男一号和男二号的完整造型，甚至连脸都是模糊的，但现实苍凉的风格却独树一帜，加之粉丝积攒了太久的热情，没有多久，这个宣发物料就转发过十万，评论三万。

身为绝对男一号的周自珩转发的时候只附带了一句话。

周自珩：我虽然染发、抽烟、喝酒、文身，但我知道我是个好男孩。

噗，这是谁写的文案？

夏习清下一秒又觉得，这大概是周自珩自己写的，可是他这么写，不怕崩了自己演艺界第一型男的人设吗？

他也跟在周自珩的后头转发了一条。

Tsing_Summer：好男孩为什么要跟踪别人？//@ 周自珩：我虽然染发、抽烟、喝酒、文身，但我知道我是个好男孩。

很快他们俩的转发被粉丝顶上了热转，粉丝时隔多日见到两人互动，高兴得跟过年一样。

许多主创陆陆续续转发了《跟踪》的官博，连戏份不多的杨博都转发了，可夏习清注意到，宋念并不在其中。之前拍戏的时候合作对方都互相之间加了微博，夏习清从自己的关注列表点进去，发现宋念刚刚发了一条微博自拍。

演员宋念：相信付出就有收获，每天都要心怀感恩。[爱心 .jpg][拥抱 .jpg]

下面配了一张她睡在另一个剧组躺椅上的照片，身上还放着一本做满了笔记的剧本。

这些没什么，无非是一些心灵鸡汤，巩固自己努力敬业的人设。可夏习清总是觉得不对，其他人都参与了新片的宣传，想必是片方都打过招呼的，偏偏宋念一个人没有转发，而且还在别人宣传的时候发了自己在另一个剧组的照片。

这就有点带节奏的意思了。

可是宋念这个时候出问题，难道不害怕昆城在上映前把她的戏份都剪光吗？

她图什么呢？她又不像周自珩有这种天不怕地不怕的好家世，资源在小花里也不算是顶尖的。这部戏如果被剪光了，等于白拍了。

就这一点夏习清都觉得说不通，只能归咎于自己想太多，毕竟他这个人生来就喜好阴谋论。

他回到了自己的微博首页，发现收到了一条关注人回复，点进去一看，是周自珩在自己刚刚那张自拍下面的留言。

周自珩：太太不画画了，改行做电工了吗？

夏习清一下子把护目镜取下来。他怎么知道自己在弄电焊？

夏习清决定以后要好好锁住这间工作室的门。

退出微博看了一眼手机日历，已经是十月六号，距离周自珩的生日还有两周。他忽然想起些什么，搜索了一下周自珩的星座。

"性格文雅，平易近人，恋爱高手……"夏习清不自觉照着屏幕上的字念出声，可越看越觉得不像，他索性截了张图，发给了周自珩。

小玫瑰：你一点也不像天秤男啊。

周自珩正在图书馆自习，点开微信一看，竟然是夏习清发给他的什么星座解析，上一次看还是小学的时候，他早就习惯被人说不像天秤男，六年级的时候还特意回家问妈妈是不是记错了他的生日，差点被妈妈打一顿。

道德标兵：星座这种东西不准的。

很快周自珩又发来一条。

道德标兵：你是什么星座？

小玫瑰：射手。

道德标兵：好吧我打脸了。

道德标兵：星座真准。

自从得知夏习清星座之后，周自珩同学坐在图书馆再也没有看进去一个字，抱着手机刷了一晚上的星座分析。

"明天中午我让小罗接你，明天你没课吧？"

周自珩打开了自己家的门，换上拖鞋往里走，客厅没人，灯却是亮着的，茶几上放着半杯咖啡。

"知道了。"

"明天下午有课吗？"蒋茵那头正给文件签字，随口问了一句，"有的话提前请个假，早就让你把课程表给我，一直没给。"

"有一节……"周自珩一边想着一边上楼，听见卧室有声响，推门一看，投影仪开着，好像正放着什么艺术纪录片。

"意大利语？还是西语……"周自珩站在卧室门口看着投影仪喃喃自语。

"你还选了意大利语的课？"

"啊不是，"周自珩反应过来，"是一节公共选修课，一会儿我给老师发邮件请假。"卧室床上的被子团了一大团，床头柜上放着一杯绿色的透明洋酒。

睡着了？

周自珩戴着耳机轻手轻脚坐到床上，从一大团裹在一起的被子里翻找着夏习清，这种感觉有点像在一团棉花里找一只小猫。

"录节目的时候多说点话，平常也没让你上这种娱乐性综艺，这也是头一回，多表现表现。"

周自珩应付了两声，掀开被子看见了夏习清熟睡的侧脸，他将带话筒的耳机扯下来握在手上，去逗弄夏习清。

"嗯……"夏习清迷迷糊糊好像要醒来。

"嘘……"周自珩见他睁开眼，冲他做出噤声的动作。电话那头蒋茵还在交代着节目的一些相关事宜，被周自珩这么一折腾，夏习清也彻底醒了，本来是在看电影的，一不小心睡着了。睡得不沉，他微皱着眉指了指周自珩的耳机，对着口型问是谁。

周自珩也用口型回答——"我嫂子"。

夏习清点了一下头开始揉眼睛。

"知道了，我会跟他说的。"周自珩的眼神落到了夏习清的脸上，"不用你联系了，剧组的人都去吗？"

夏习清彻底睡醒了，酒却还没醒，伸手把床头半杯没喝完的苦艾酒一口灌下去。

"哦，那没事，反正粉丝也只想看……"夏习清歪着头，抬眼冲他挑了挑眉。

周自珩愣愣地说完方才剩下的半句话。

"我和夏习清在一起……"

夏习清冲他痞痞地笑了一下。

秋日的暮色油画般浓郁，浸在糖水罐头里的橘色夕阳在沉沉暮霭之下，同即将来临的黑夜边缘交换了一个温情的吻。

蒋茵安排的综艺节目和《逃出生天》不同，是一档收视率非常高、播出时间超过五年的老牌综艺，因此这档节目的受众也比较广。《跟踪》剧组去了四个人，周自珩、夏习清、杨博还有宋念。

在后台看见宋念的时候夏习清还挺讶异，之前官博释出物料的时候宋念没有参与宣传，他还以为出了什么问题，可这个时候她又来了。

大概是自己多想了。

服装造型是节目组安排的，造型师给夏习清上身安排了件雾霾蓝针织衫，下面是一条深灰色细格纹西装长裤，头发梳起露出额头。周自珩则是白色内搭配灰色烟管裤，外套一件灰蓝色风衣。

节目组的几个主持人讲完流程，四个嘉宾一起上场，整个录音室的粉丝人都没看清就尖叫起来。

主持人拿着话筒笑道："让我们用最热烈的掌声，欢迎《跟踪》剧组的主创们。来，从杨博开始给观众们打招呼吧。"

四个人的站位相当微妙，杨博站在最左，旁边是夏习清，宋念在夏习清和周自珩中间。除开几个主持人手里的话筒，剩下给嘉宾的话筒只有两个，杨博说完开场白把话筒递给了夏习清，夏习清还没张口，台下的尖叫声就铺天盖地涌过来。

他笑了笑，对着话筒简单介绍："大家好，我是夏习清。"

又是一阵尖叫。夏习清一侧头，看见宋念的手上拿着一支话筒，便没有递话筒过去，宋念自我介绍的时候尖叫声明显小了一大截，她甜笑着将自我介绍说完，把话筒递给了站在最右边的周自珩。

周自珩刚接过话筒，尖叫声就淹没了演播厅，他举着话筒说了两句发现，声音并没有出来，夏习清很快反应过来，身子微微前倾准备将手里的话筒递给周自珩。

周自珩拍了拍自己的话筒，又有了声音："喂喂，听得见吧？"

观众席里的一个女生声音大得惊人，整个演播厅都听得清清楚楚。

"听不见！你这话筒是不是不行？！"

夏习清肩膀都抖了一下，台上的几个嘉宾全都没绷住笑起来，周自珩低头憋着笑，台下的气氛更是热烈。

"哈哈哈……"

见周自珩的话筒没问题了，夏习清拿回话筒对着刚刚台下的那个女孩调侃："我刚蒙了，还以为你抢了他的话筒。"

台下又是一阵爆笑。

一向被人认为缺乏综艺感的周自珩也开起玩笑来："我的话筒不太好使，还不如你的嗓子。"

话筒这个梗在观众的爆笑和调侃中过去了，节目录制终于走上正轨，这档综艺基本以室内的游戏为主，将嘉宾分成几组相互比拼。主持人拿了一个抽签盒，晃了晃："这个盒子里有四个球，两个红色的，两个蓝色的，我们来抽签分组啦。"

杨博是个急性子，上去摸了个球立马就露出来给大家看，恨不得巡场一圈。

"好，杨博手里的是红球啊，"主持人将手里的盒子又晃了晃，"下面自珩来抽吧。"

周自珩伸手进去，底下全都大喊着："蓝球、蓝球、蓝球！"

再次伸出手的时候，宋念拿着话筒笑道："我有种预感他真的是蓝球。"

杨博也有样学样："我有种预感他拿的是足球。"

底下笑成一片，周自珩将自己手里的球举起来，果然是蓝球，观众席里面立刻爆发出尖叫和欢呼，连主持人都忍不住笑道："不就是个蓝球吗？不知道的还以为习清已经抽到蓝球了。"

"哈哈哈……成功一大半了！"

"习清一定要是蓝的啊！"

"习清蓝球！习清蓝球！"

宋念先摸出一个球，她经常上综艺，很懂这里面的套路，拿出球就藏到了背后。

"最后一个就留给我们习清了啊。"主持人将盒子一并递到了夏习清的手上，夏习清先是往里头望了一眼，然后扯了扯袖子盖住手，把球从里面拿了出来，藏在手里。杨博着急了："你们俩倒是拿出来啊。"

"那么现在抽签完毕了，"主持人将杨博和周自珩拉到了两边，"拿到了红球的站到我们杨博的旁边，拿到蓝球的就站到自珩的旁边。"

宋念看了一眼夏习清没有动，反倒是夏习清，在一阵尖叫声中径直朝周自珩走过去，周自珩眼睛一直盯着他，嘴角带笑，握着话筒的手抵在下巴上。直到夏习清站到了周自珩的身边，台下的尖叫声都没有停止。

夏习清也朝周自珩递了个眼神，还以为一切都尘埃落定，谁知下一秒，没有话筒的他就抓住周自珩的手腕，就着对方的手对着话筒说道："我就是过来跟你说一声，"他看着周自珩，拿出自己手里的红球笑道，"让着我点儿。"

"啊啊啊！"

"妈呀夏习清太会了！"

说完，夏习清从周自珩的身边离开，走到了杨博的身边，和他互相撞了撞肩膀。

宋念也耸了耸肩，来到了周自珩的身边。

"好，现在队分出来了，我们开始游戏。"工作人员从后台搬上来一个抽奖大转盘，主持人解释道，"这个转盘上有我们节目的很多个经典游戏，我们现在就请嘉宾代表来转一下这个转盘，看会抽中哪个游戏。"

几个人商量了一番，决定让男一号周自珩来转转盘，周自珩也没有推托，相当酷地站过去转动了转盘，转盘转了很久才慢慢停下来。

"好，各位观众们，万众瞩目的时刻终于到了……"主持人的手指着指针，看向渐渐停止的转盘，"游戏是……"

最终，停在指针前的是一张橙色的字条，上面写着四个字。

你画我猜！

周自珩登时就蹲在地上抱住了自己的头。

"哈哈哈天助我也！"杨博大笑着用力抱了一下夏习清，然后拉着他全场抛飞吻，还充当起主持人采访起来，"习清你作为获胜方有没有什么获胜感言？"

夏习清一本正经地笑道："我想知道惩罚项目是什么！"

台下的粉丝和观众笑得前俯后仰，衬得周自珩更加可怜，主持人都不忍直视这个结果："要不然自珩再来一次？"他对着台下的观众问，"你们觉得呢？"

原以为台下的粉丝会心疼周自珩，让他再来一次，没承想多数的粉丝都大喊：

"不要！！"

"就这个！！"

"愿赌服输！"

周自珩拿着话筒无奈地笑着："你们都是假粉。"

所谓你画我猜，事实上就是一个嘉宾戴上耳机背过去听歌，另一个则坐在高速转动的座椅上，观察随时可能出现的提示牌，在限定的时间内将提示牌上写的内容用画画的形式展示给队友，队友猜对的个数越多，获胜的概率越大。

"这大概是我们节目史上最没有悬念的一场比赛。"一个女主持人笑道。

另一个主持人也跟着笑起来："谁能想到一个画家来参与这种你画我猜的游戏呢？"

"谁能想到自珩的手气背成这样呢？"

"哈哈哈……"

游戏开始，蓝队先站上了游戏台，周自珩自认没有绘画天赋，自行走到耳机那儿背过身去，宋念坐上了座椅，座椅刚转起来她就开始叫，杨博在旁边起哄："你可别光顾着叫不看牌子啊。"

转了一分钟，宋念整个人都被转得七荤八素了，走下座椅的时候差点没摔倒，站在一边的夏习清手疾眼快扶了她一把，宋念这才顺利走到了画板前，拿起笔开始画。

三分钟的时间很短，耳机里的音乐一结束周自珩就转过了身。

"好！念念，时间到了。"主持人走到画板前，看了一眼就笑弯了腰，"念念你这画得……太抽象了，自珩你做好心理准备。"

周自珩比了个OK的手势，结果画板一转过来他就蒙圈了，画板上就画了相当不规则的小圈，还有三条波浪线，最上面还画了个尖尖的嘴，不知道是什么东西。

"这是什么……"周自珩的脸都皱到一块儿去了。杨博和夏习清还在旁边捣乱。

"这你都看不出来？"杨博拿着话筒笑道，"两个黄鹂鸣翠柳啊。"

夏习清又补了句："一行白鹭上青天。"

周自珩瞪了他俩一眼，无奈地叹了口气。

"小鸟？"

主持人提示："错！"

"燕子？"周自珩试着去理解画里的意思，"河流？河上有只鸭子？不对这个波浪线有点短，不像是河……"

杨博开始哼着歌："门前大桥下游过一群鸭，快来快来数一数，二四六七八。"他把话筒递给夏习清，夏习清憋着笑说了句："冲鸭。"

底下一阵爆笑。

"时间到！"

主持人终于憋不住了，拿过纸板翻转过来："自珩你来，你看看。"

提示板上写着四个大字——"母鸡生蛋"。周自珩看了差点没昏过去："天哪！你这个蛋就不能画成椭圆形吗？我还以为是鹅卵石。"

"我晕得要命，手都拿不住笔，"宋念站起来嗔怪，"那不然等会儿你来画。"

周自珩转过去看了一眼夏习清，夏习清冲他挑了挑眉："我不会放水的，你死心吧。"

"好，下面红队上！"主持人把画板复原，"事先说一下，我们这次的惩罚可是很厉害的。"

台下一阵尖叫："放水！放水！放水！放水……"

夏习清一脸宠溺笑道："你们好难伺候啊。"随即走到了旋转座椅旁。

"游戏开始！"

座椅转动的速度相当快，夏习清把自己的注意力集中到一个点上，极大程度地避免了晕眩，面前闪过一块提示牌，上面写着四个字。

夏习清都怀疑节目组是看碟下菜，这完全不是一个数量级的难度！

座椅慢慢停下来，夏习清扶着栏杆稳了稳身子，镇定自若地走到了画板那儿。

"他真的没有放水，你看走得多稳。"

"像没有转过一样哈哈哈。"

"观众朋友们，我们看一下自珩的表情。"

周自珩不忍直视地再次蹲下，低着头在地上画圈圈。夏习清的手因为晕眩有些不稳，他用左手抓住右手的手腕，在画板上飞速地画着。

"五——四——三——二——一！结束！"

主持人喊了停，夏习清也就放下了手中的笔，瘫软倒在椅子上笑起来。他侧过脸看见蹲着的周自珩正抬起头，两人对视一眼。

"天哪，自珩你这次不得不服了。"主持人将画板捂在胸前，"我做节目这么久，头一次有嘉宾在这么短的时间里把这个游戏玩成这样的。这不用猜了，小孩子都能猜出来了。"

他将画板一亮，杨博就高兴地蹦了三下。

台下一片尖叫声。

"天哪，我的小画家！"

"画得太好了吧！"

画板上是夏习清用速写漫画的方式画的一条龙，非常可爱，唯独没有眼睛。

杨博清了清嗓子，相当郑重其事地开口："虽然都到这个份上了，但是，为了尊重我们的对手，过程还是要走一下的。"他笑着和台下的观众一起给出了答案。

"画龙点睛！"

周自珩从主持人的手里抢过画板假装出一副气急败坏准备扔在地上的样子，台下刚开始叫，他又把手收回来，摸了摸画板，塞到了夏习清的手里，背对着镜头对对方眨了一下左眼。

"我认输。"周自珩站回到蓝队的站位，脸上挂着宠溺又无奈的笑容。

"遇上他谁能赢啊。"

这句话简直是引爆了整个演播厅，就差掀房顶了。

"好，那我们第一轮游戏结束！"主持人刚说完，后台的工作人员就拿来了另一个转盘，"这个转盘上有我们节目以前很多经典的惩罚方式，现在我们就邀请获胜方，也就是我们红队来转动这个转盘，选择本轮游戏的惩罚项目！"

台下的粉丝都叫着夏习清的名字，杨博也跟着起哄，拿着话筒一声声喊着："习清、习清、习清……"

夏习清往蓝队的方向瞟了一眼，看见周自珩站在惩罚转盘边上，相当绅士地颔了颔首，像个小王子。

"也不知道我的手气怎么样。"

"只要比自珩强就行。"

"哈哈哈……"

夏习清笑着走到了转盘前，抓住边缘用力地转了一下。转盘飞快地转起来，所有人的目光都集中在那个固定不动的指针上。

旋转的惩罚盘逐渐慢下来，指针指向橙色和粉色的扇形分区，上下摇摆，橙色的写着"摸恐怖箱"，粉色的写着"指压板背人"，台下的粉丝声音愈来愈大："指压板！指压板！指压板！"

可橙色的区域不断地靠近指针。

"感觉会是恐怖箱哦！"

"我也觉得！"

宋念皱着一张脸："这两个惩罚我都不行啊。"

就在所有人都以为指针一定指向橙色区域的时候，转盘又回荡了一下，最终停在了粉色扇形区域，粉丝们立刻开始欢呼起来。

"啊！指压板！！"

"耶！太好了指压板！！"

工作人员将转盘拿走，主持人调侃道："我感觉这一期节目最好看的部分就在转转盘。"台下一阵哄笑，工作人员再次上台，将宽三米长十米的指压板铺在了舞台上。

"指压板背人的惩罚很简单，一分钟的限定时间内，输掉游戏的一方将获胜方背起来从指压板上走过去，而且全程必须听从获胜方的指令，直到时间结束。"

另一个主持人笑道："简单点说，就是在这一分钟的时间里，赢家可以要求输家背着他做任何事，比如转圈、扎马步。"

台下的粉丝听完解说就上了头，满心满脑子都想着周自珩背着夏习清的画面，一个赛一个地尖叫着。周自珩举了一下手："提问。"

主持人立刻开口："自珩说。"

"惩罚项目既然已经定下来了，那我可以替我的搭档完成惩罚吗？"周自珩脸上没有太多的表情，只是很认真地说，"红队的两个男生她都背不动的，我来背吧。"

这句话一说完，台下周自珩的粉丝更激动了。夏习清什么都没说，他早就料到了，周自珩就是个不折不扣的正派好人，浑身散发着天使圣光。

"那不如这样吧，"夏习清也举起了手，杨博把话筒递到他嘴边，"我们这边也就惩罚一次好了。"夏习清看向周自珩，"就当宋念背过我了，我就不上了。"

台下的粉丝听了这话立刻就有意见了。

"不可以！"

"不行不行！"

"周自珩背夏习清啊！"

民意实在可怕，潮水似的盖过了场上的嘉宾，连主持人都开始安抚："好好好，习清就只是提出一个建议嘛，怕自珩太辛苦。"

杨博是个机灵的，看见台下观众的呼声如此之高，立刻顺水推舟给了个台阶："要不还是背习清吧，习清轻一点，而且我最近脖子扭了，"他立刻扶住自己的脖子，"我怕等会儿惩罚的时候不小心再扭了。"

　　话刚说完，粉丝还没来得及叫，周自珩就直接拿起话筒："那好吧。"

　　主持人笑道："答应得太快了吧自珩。"

　　周自珩脱了风衣外套和皮鞋，单穿了件白色短袖蹲在了指压板前，抬头朝夏习清扬了扬下巴，使了个眼神。夏习清笑着走到了他的背后："早知道我就上节目前多吃两碗饭了。

　　"现在增肥来得及吗？"

　　在台下的疯狂尖叫之下，夏习清趴在了周自珩的背上，杀青后周自珩健身身体恢复到了之前的状态，毫不费力就把他背了起来，还相当刻意地颠了颠。

　　主持人把话筒递到了夏习清的手上，特意嘱咐："习清现在手上拿的就是这一分钟的指挥权了，习清说什么自珩现在都必须做哦！"

　　周自珩点点头，夏习清从后头把话筒递到了周自珩的嘴边："你还有什么想说的吗？"

　　周自珩摇了摇头，夏习清又把话筒拿了回来，刚想说话，周自珩就已经背着他走到指压板上了。主持人和嘉宾都开起玩笑来。

　　"你看自珩的脸都扭到一起了。"

　　"自珩好惨哈哈哈。"

　　原本自己踩在指压板上就已经够疼了，何况周自珩的身上还背着一个，脚底又麻又疼，刚走上去几步就连连叫了好几声。夏习清又心疼又好笑，拿着话筒："一定要走一分钟吗？"

　　"对！"

　　"习清你让自珩背着你深蹲吧。"杨博在旁边出着主意。

　　"或者转圈也行！"

　　"对！转圈！"

　　也不知怎的，粉丝一下子都对背着转圈这个提议感兴趣起来。

　　"那就背着转圈吧。"夏习清感觉自己上综艺完全就是为了满足粉丝，他笑着对周自珩说，"你就转个十圈然后快点走过指压板吧。"

可周自珩个子高，从小到大最不好的就是平衡感。他背着夏习清在指压板上转了三圈就开始晃，吓得夏习清抱着他的脖子喊道："不对啊周自珩，你怎么三圈就开始晕了？"

台下的粉丝都在笑。主持人调侃道："看来以后自珩得多上点综艺，不然大家都不知道原来自珩的死穴就是转圈，哈哈哈。"

"五圈——"

周自珩感觉天旋地转，本能反应下只好紧紧地抱住夏习清的大腿，生怕自己在失去方向感的时候无意识松开手，把他摔在指压板上。

"六圈——"

"七圈——"

周自珩的身子晃得越来越厉害了，夏习清有些着急，拿着话筒道："不然就八圈吧，可以了可以了。"可周自珩犟得很，还是没停下来。

"八——"

"九——"

"十！"主持人大声道，"好了好了自珩快过去！"

甫一停下来，周自珩的两腿就开始发软，两眼直冒金星根本分不清东南西北，心里想着往前面的指压板走，可双脚不听使唤，斜着就往主持人和嘉宾站着的地方撞过去。

"哎哎哎自珩！"

"快扶住他！快快快！"

夏习清直接从周自珩的背上挣脱下来，他虽然也跟着转了，但晕眩感并不是很强，他第一个去扶周自珩。这么一扶，周自珩整个人都斜着身子往夏习清身上倒，夏习清哪受得住周自珩的体格，一下子被对方顶倒在地。

夏习清被他压得死死的，直到几个笑弯了腰的主持人和嘉宾上前把周自珩拉起来，夏习清才终于解脱。

主持人憋着笑把话筒拿到了站起来扶着自己腰的夏习清面前："习清对这个惩罚有什么看法？"

夏习清苦笑道："我真是自作自受。"

周自珩坐在地上缓了好久才缓过来，一站起来就悄悄站到后面，不动声色地随着大家的走位走动，直到绕过两个嘉宾、四个主持人，悄悄走到了最边上的夏习清的身边，夏习清一回头就看到了他，憋着笑道："好了？"

"嗯。"周自珩觉得有点丢脸，也憋着笑。

两个人手上都没有话筒，夏习清压低声音道："你刚刚故意的吧？"

周自珩嘴角勾起，眼睛弯成两轮新月，一句话都不说。

新一轮的游戏开始，四个主持人也一起加入游戏之中重新洗牌组队。

节目一直录制了四个小时才结束，粉丝的热情不减。录制最后，大屏幕播放了《跟踪》的先导宣传片，片中的镜头不多，大部分是制作花絮和拍摄现场。

播放到剧中江桐被高坤压在墙壁上，脸贴脸用刀子抵住喉咙的那一幕，全场都沸腾了。

主持人立刻趁热打铁："大家多多关注《跟踪》，十二月一日一定要去影院哦！"

几位嘉宾也都跟着一起宣传，周自珩和夏习清的热度太高，粉丝控了整个场子，宋念反而被冷落了，除了被主持人提到，全场都没怎么说话。

录制快要结束，台下粉丝拉起了"祝周自珩21岁生日快乐"的横幅，这档节目的主持人在圈子里混了许多年，原本就是人精，看见粉丝如此热忱，立刻顺水推舟卖了个人情："对了，后天就是我们自珩的生日了，大家一起给自珩唱生日快乐歌庆祝一下吧。"粉丝开开心心唱完歌，节目的录制也总算是画上了句号。

刚下舞台，夏习清就接到了习晖的电话，估摸着是艺术馆开业的事，他朝周自珩比了个手势便离开大部队，找了处僻静的楼梯拐角打电话。其他嘉宾则是各自进了休息室，准备下班。周自珩刚进休息室，就让小罗把之前准备好的一些蛋糕、奶茶拿出来。

"录了这么久，他肯定饿了。"周自珩坐在沙发上，正要把奶茶封口戳破，门外就传来敲门声。小罗前去开了门，一看门外的人也不禁愣了愣："自珩……"

"抱歉，打扰了。"宋念独自一人走了进来，周自珩闻声看了一眼，也从沙发上站了起来，之前的事闹得很僵，但宋念毕竟是女生，周自珩尚且还是保留了一些风度："有事吗？"

"嗯。"宋念不请自来，也没有什么好顾忌的，直接坐在了对面的沙发上，看了一眼站在门边的小罗，又转过脸对周自珩说，"我有些事想和你单独谈一下。"

"小罗不是外人,你有什么事就直接说吧。"周自珩没有坐下来,也不打算和她详谈。

宋念只是低头看了一眼桌上摆放的吃的,笑道:"这都是给他准备的吧,你还真是体贴。"小罗见周自珩迟迟没开口,自己先开口:"自珩,我去外面看看。"

周自珩"嗯"了一声,见小罗走了,也坐了下来,开门见山道:"你想做什么?"

宋念脸上的笑有些苦,轻轻叹了口气:"你们注意点,有人在背后盯着呢。"

周自珩眉头皱了皱:"你觉得我怕吗?"

"我知道你不怕。"宋念轻笑了一声,"没人敢动你,但你有没有想过夏习清呢?在演艺界里,有钱并不算什么,有势的人才有金钟罩。"

这句话戳中了周自珩的软肋,他面上仍旧镇定,反问道:"所以你来就是说这些?"

宋念深深吸了一口气:"我是真的喜欢你,虽然你不一定相信,但就凭我这样的人,是不可能和你在一起的,这件事我心里也很清楚。"她从自己的包里拿出一纸合约,推到了周自珩的面前。

"所以我来跟你谈一桩交易,我们做合约情侣,这种事很常见。作为交换,我跟你说个秘密消息,跟你和夏习清都有点关系。"宋念的表情很真挚。

她的表情不像是在演戏,和她合作过不止一次,周自珩很清楚宋念演戏时候是什么样的状态。如果宋念说的是真的,那么背后一定有人在搞鬼。

"我知道你肯定不会信我,出此下策,也不单单是因为我喜欢你。"宋念深吸了一口气,又笑了笑,"我最近也摊上事了,这段时间我一直想摆脱一个纠缠我的人。"宋念顿了一下,眼神暗了暗,"可是我现在的经纪公司逼着我,我也没有办法。这是一个两全其美的方法。我不要求我们俩之间演戏,先放出些交往的消息,上个热搜,再找机会一起去一趟国外,权当旅游,让记者拍一下,大家就会相信的。而我说的秘密消息,是最近有人会拿夏习清的私生活做文章,并且会抓住你们俩最近关系近,连带你一起攻击。"

她说了许多,每一句话都十分恳切,发自肺腑。周自珩静静地听着,一句话也没有说。

两个人沉默了很久。宋念等不了了,才打破这尴尬的沉寂:"你说呢?"

周自珩抬起头,将面前的合同推了回去。

"宋小姐，谢谢你的好意。"他脸上露出淡然的笑容，"不过很抱歉，我实在没办法和你一起演这场戏。"

宋念盯着面前这个年轻的男人，一时间竟说不出一句话。

"如果签了这个合约，你和我之间的关系就很复杂了，这种事我周自珩也实在做不来。"他又笑道，"如果你真的遇到了麻烦，我可以帮你，就当作我之前任性拉黑你的道歉。"

宋念皱起眉，害怕他误会只好替自己辩白："我不是要你可怜我，我真的……"

"我知道。"周自珩垂下眼帘，"打从出道，我就知道我今后走的路会有多难，我早就做好了准备。我没打算逃避，更不会靠和女艺人签情侣合同来逃避。如果真的有什么困难，我们一定能靠自己克服的。"

周自珩笑得很坦荡，那个笑容宋念一辈子都忘不了，因为她明白，自己无论多么努力，都无法拥有这样的笑容。

"我明白了。"宋念将那份合同收回，从沙发上站了起来，再次抬头的时候又恢复了一个女演员应有的自信微笑，"我今天来这里之前做了很久的挣扎。但我也不后悔。"

等到宋念离开，周自珩立刻给蒋茵打了一通电话。

"嫂子，帮我查一下宋念的团队，我想知道他们现在接洽的都有哪些投资商。"

刚说完，夏习清就推门进来："小罗怎么在外面站着……"

周自珩见状，挂断了电话。

"你什么时候买的这些吃的？"夏习清坐下来，用叉子切了一小块蛋糕塞进嘴里，"我还真有点饿了。"

周自珩笑着坐到了他的旁边，什么都没说。

两个人在休息室休息了一会儿便准备从电视台离开。夏习清的手机又响起来，他挂掉了电话，转过脸对周自珩说："我有很重要的事要处理，你先回吧。"

周自珩点了点头，满脑子都是宋念之前说的事。

"正好，我也得去一趟公司。"

两个人就这么分头行动了。电视台楼下围了一大群粉丝，好不容易盼到了偶像出现，却只有周自珩一个人。

"珩珩怎么一个人下来了啊？"

"对啊，习清哥哥呢？"

周自珩笑着上了车："你们习清哥哥有事先走了。"车门关上，他在里面招了招手，当作和粉丝的告别。

回到公司之后周自珩就直奔蒋茵的办公室，刚开完电话会议的蒋茵从会议室回来看见周自珩，心里也就了解事态的严重性。

"宋念既然这么说，她一定是听到了什么风声。"周自珩梳理了一下自己的思路，"她没什么后台，之前的片约也不是很多，说明最少在这之前宋念背后是没有什么金主的，或者说她的金主能力并不大。"

他看向蒋茵："你在很多家媒体都有人，可是这种八卦新闻连你都没有收到风声，宋念却知道了。"

蒋茵十指交叉抵着下巴："如果她是说谎呢？"

"这个在她说的时候我就考虑过了，一来她当时表述的时候表情很诚恳，二来她实在没有必要说谎。"周自珩舒了口气，"如果她只是想要利用我，来骗取和我成为合约情侣的机会，大可以直接要挟，而且这种做法实在是太不保险了。如果我和她签约，可后续没有任何新闻曝光，她说的话就会被自动拆穿，这种傻事没有几个人做得出来。"

"所以，"周自珩说出了自己的猜想，"我想，宋念通风报信这件事唯一的合理可能就是，企图制造这场骚乱的始作俑者，和纠缠宋念的是同一个人。宋念应该是机缘巧合得知了这些消息，然后过来告诉我。"

虽然知道自己这个小叔子聪明，但是蒋茵这次还是有些意外。她原本以为，周自珩一遇上夏习清的事一定会被冲昏头脑，这一直是她担心的一点，可他这番缜密的思考让蒋茵不得不承认，自己的确小看了周自珩。

"这个我会找人去调查，不过如果真的按宋念所说，这两天就会有动静，可能我的调查也来不及。"

周自珩拧眉思考着，沉默了几秒钟才开口："我有一个想法。"

"你说。"

"人为发生的事，总有它合情合理的动机。如果是记者拍到了什么照片，他们放出来是为了利益，所以在真正泄露照片之前，一定会联系当事人。如果当事人愿意花大价钱买下这些证据，他们的目的也就达到了。可是现在并没有人联系你。"

"说明这件事并不是媒体先发现的。"蒋茵很快明白了周自珩的意思,"如果有媒体真的拍到了什么,第一时间应该会联系我们,而并不是给其他的投资方,所以……"

周自珩笃定地开口:"所以根本没有媒体拍到什么,只是某个想要兴风作浪的人在从中作梗。"

范围一下子被缩小,周自珩的心里几乎已经确定下来这个兴风作浪的嫌疑人。

"魏旻这个人渣,死不悔改。"周自珩紧紧握拳,"我当初就应该打死他。"

"你别轻举妄动。"蒋茵思考着退路,"如果事情和我们分析的一样,现在媒体手上应该是没有拍到实锤,这样事情倒也好办。我现在就去查魏旻最近是不是和宋念的团队有什么关系。"说完蒋茵就开始挨个打电话。

再次思考的时候,周自珩又有些怀疑,如果魏旻真的是幕后黑手,他怎么敢动自己。

一瞬间,宋念的话再一次浮现。

"没人敢动你,但你有没有想过夏习清呢?在演艺界里,有钱并不算什么,有势的人才有金钟罩。"

蒋茵在圈子里摸爬滚打太多年,眼线多到不可计数。

"你放心,你帮我这次,下次你要是有什么想找我的,我蒋茵绝对不会推托。"看着自家嫂子笑着挂了电话,脸上的笑一瞬间切换成冷淡的表情,周自珩也就明白了。

"魏旻最近的确是在纠缠宋念,她没有说谎。"

听了蒋茵的话,周自珩直接站起来。

"你现在不许去找他。"蒋茵厉色喝道,"魏旻既然敢搞你们,肯定是准备好的,上次你打他那件事他心里绝对记恨了很久,如果现在他那边安插记者,再激一激你,到时候上头条的人就是你了。"

"我没想去找他。"周自珩转过身子,"我想找夏习清。"

蒋茵叹了口气:"夏习清这边是个麻烦事,虽然他是夏昀凯的儿子,但是网络舆论这种东西不是靠钱就能压住的。"

周自珩没有说话,满脑子想着对策。

"我会代替你去联系魏旻，看看他那边有没有什么妥协的条件。"

一想到要向魏旻那种人妥协，周自珩就觉得恶心，可他更不愿意夏习清遭到伤害。

冗长的沉默之后，周自珩轻声说了句"谢谢"，离开了蒋茵的办公室。

回到家中的时候已经是晚上十一点，周自珩按了对门的门铃并没有人回应，打开手机才发现收到了夏习清的消息。

小玫瑰：今天有很重要的事，可能会很晚回来，你先睡吧。明天不是还有广告拍摄吗？晚安。

平日里周自珩也不怎么过问夏习清的工作，最近他似乎忙了起来，经常不在家。

马上要过生日，以往的生日只要不是在剧组，周自珩都会被父母叫回家，可这是和夏习清认识之后的第一个生日，周自珩无论如何都想要和他度过。

他不知不觉睡着，陷入了沉沉的梦境。

梦里，夏习清推着一个巨大的蛋糕朝自己走过来。

这个梦境真实得有些过分，浸在梦里的周自珩几乎可以分毫不差地感受到夏习清。

"怎么睡得这么沉……"

周自珩皱着眉费力地睁开眼，看见了夏习清那双漂亮的桃花眼。

"醒了？"夏习清笑得像个得逞的小狐狸，"做了什么梦，这么不愿醒啊？"

周自珩揉了揉眼睛："梦到你了。"夏习清还穿着昨天的衣服，身上的香水味已经显出温润的后调。他一晚上没回来。

"你怎么像小孩子撒娇？"夏习清疲惫地发出一声喟叹，"我好累。"

两个人什么都没说，各自将心事存进了温暖的被子里。

原以为魏旻会有所动静，拍摄广告期间周自珩都有些心绪不宁，可令他没想到的是，他等了一整天，网上都没有出现任何波澜，平静得过分。之前录制节目的各种粉丝后记和视频在网上疯狂流传着，加之最近临近周自珩的生日，网上关于综艺剪辑的热度高居不下。

广告拍摄完毕的周自珩回到家，发现夏习清仍旧不在家，打了个电话过去，那头似乎挺忙的样子。

"好，我马上过去。"夏习清又凑近话筒，"自珩，我今天晚上可能回不去了，你先休息吧。"

"那……"

那你明天回来吗？

电话那头的夏习清似乎是忙得焦头烂额，半掩着话筒："这个不要放在这里，等一下，你们等一会儿。"

周自珩终究还是问不出口，不想像个孩子那样任性。

"你忙吧。"周自珩笑着嘱咐，"别熬得太狠，有什么事一定要给我打电话。"

电话挂得太快，连那头的夏习清都愣了愣。

半夜十二点的时候，之前合作的许多艺人、导演都在微博上发了生日祝贺，周自珩没心情回，被子蒙在头上假装自己不在线。

一夜无眠。第二天一早，小罗就领着父亲的司机过来接人，周自珩没办法推托，只能上了车。

"太太说给您做了一大桌子菜呢，"司机精神头不错，发动车子的时候还和周自珩唠着嗑，"你大哥晚点也会回来。"

"他不是在美国吗？"周自珩望着窗外，心不在焉。

"三点飞机就落地了，到时候也是我去接。"

生日这种事，原本就应该和父母一起庆祝，周自珩也一直是个孝顺孩子，可现在他实在是没有庆祝的心情。无论如何，还是要告诉夏习清一声。

打开微信，夏习清的消息栏仍旧没有动静，周自珩思考着措辞，编辑了几个字。

"我今天回我爸那边过生日，你……"

他又一个字一个字删掉，重新打了一行。

"我今天可能得回我爸那边，不在公寓，晚上不一定回来。"

他还想再嘱咐两句，可心里又堵得慌，连手指都变得迟滞。

"怎么这么大一辆卡车？"小罗把车窗降了下来，"是有人要搬家吗？"

司机也摁了一下喇叭，引得周自珩也抬起头去看。

"哎，您麻利点儿赶紧开啊，别堵在门口这儿啊。"司机摇下车窗朝那头说了几句，对方也连连躬身："这就开、这就开。"

隔着车窗，周自珩隐约看见半掩着大门的集装箱里似乎放着许多画框。他扒上窗户，看见画上隐约有一个男人的脸，心忽然就慌了，像是毫无征兆地被雷劈了一下。难不成夏习清要搬走？他这几天一直忙着的事就是搬家？

明知这样胡思乱想不好，可周自珩就是控制不了自己。进入隧道之后，狭窄甬道里酝酿了太久的沉重的阴影一下子覆上周自珩的面孔，黑压压的，没有光。他每天都在想着出路，可他忽略了重要的一点——夏习清是不是和他一样。

是他太把自己当回事了，夏习清都说过了，不过是试用期。试用期里，随时都可以抛弃，只有自己一个人当真。

穿过隧道，秋日欠缺火候的阳光再一次出现，照亮这狭窄空间的每个角落。周自珩将编辑了好几遍的信息发出去，手机没电自动关了机。

天意。周自珩将帽檐压下来，谁也不想理。

回到家，周自珩勉强装出一副开心的样子在饭桌上赔着笑脸，母亲一直询问他在外地拍戏的情况，周自珩心不在焉地敷衍着，心里装着事儿，怎么都高兴不起来。晚饭的时候周自璟和蒋茵才回来。

蒋茵脱了外套递给阿姨，和父母道过好便走到了周自珩的身边，压低声音说："夏习清刚刚说你不接他电话，我给你打电话也是关机。"

"我忘了充电，"周自珩这时候才将手机充上电，听见刚才蒋茵说夏习清，心里又有那么一点点死灰复燃的错觉，"他说什么了？"

"没说什么。就让我跟你说一声，有时间给他回个电话。"蒋茵从茶几的果盘里叉了一小块哈密瓜塞进嘴里，拿出自己的手机，半低着头随口道，"他好像挺忙的，电话里说得不清不楚。"

周自珩"嗯"了一声，等着手机开机。

屏幕刚亮起，周自珩还没来得及给他回电话，就听见坐在身边的蒋茵开口："糟了。"

"怎么了？"周自珩侧过脸去，看见蒋茵已经站了起来："红姐，我的外套帮我拿一下。"她低头冲周自珩摇了摇头，"我还以为魏旻这两天没动静是放弃了，真是、真是没想到。"

蒋茵的话一下子惊醒了周自珩，他立刻登录微博。热搜榜上第一条赫然写着一行字——"×姓网红小鲜肉疑似私生活混乱"，点进去第一条微博，文字内容并没有指名道姓，但句句都可以对应到夏习清。

八卦头条：现在演艺界里最红的一档综艺的嘉宾——一夜成名"艺术家"可谓是家喻户晓，流量惹人艳羡，但据知情人士爆料，这名 × 姓小鲜肉私生活极其混乱，并且曾经有过很多伴侣。不知道以他为主要宣传热点的节目组知道这件事会作何感想！

周自珩紧紧握着拳，骨节都发白了。

"我立刻回公司，这件事我会处理，"蒋茵风风火火地穿上外套，"周自珩你哪儿都不许去，就在家等我。"

习晖乘车来到了 Pulito 艺术馆新址，这座艺术馆原本是一座四层高的花园洋房，被夏习清买了下来，亲自设计，将它作为 Pulito 的新场馆。

"怎么这么多人？"尽管他早就预估过艺术馆开业当天的排场，可看着车窗外浩浩荡荡的记者，习晖心下起疑，对司机吩咐道，"你去下面打听一下发生了什么。"

等到司机一走，习晖便给夏习清打电话，对方却一直在通话中，无法接通。

没过多久司机便回来："习总，外面都是娱乐记者，好像……好像是因为习清的私生活……"

习晖眉头皱起。

"不争气。"他叹了口气，拨通了另一个人的电话，"带一帮人过来，我把地址给你。"

夏习清怎么也没有想到，自己的开业晚宴刚开始不过半个小时，外面就被一大群记者包围了。他甚至不知道这些记者来的原因，直到助理将网上的热议拿给他看。那条说他私生活混乱的微博，已经转发过两万。

眼看众宾客都因为外面的纷乱议论纷纷，夏习清心中虽疑惑，但也强装出一副镇定自若的态度，理了理自己的西装领带，拿过司仪手中的话筒，站在一楼大厅的主藏品前开口："各位想必一定是在疑惑，为什么外面会有这么多的记者。"

夏习清的脸上挂着淡然绅士的笑："这座艺术馆睽违十五年在此开业，馆内的每一处细节都是我亲自参与完成的，包括宾客的筛选，所以今天到场的各位，都是我心目中的艺术大家、收藏大家，是我十分尊敬的人。

"艺术的魅力来源于包容的自由和情感的共鸣。我一直以来的创作也是秉承这两点。"

看着下面议论的宾客，夏习清挑了挑眉："我原以为这一点隐私，至少在艺术界不会遭受苛责，难道不是吗？"

此言一出，场内忽然静了下来，这顶大帽子一扣，没有人再敢多说半句，就连一开始看过网上爆料的那些看笑话的人，也不愿顶上"歧视""不自由"的"罪名"。

"谢谢大家的理解和尊重。那就敬请各位继续参观本馆，一、二、三楼均已开放，四楼尚未完工，工作人员将会带领各位，请大家尽兴。"夏习清笑得无懈可击，说了句"enjoy"便将话筒交还给工作人员。

"四楼不允许上，如果有人闹事立刻请出去。"夏习清嘱咐了两句，端起一杯香槟一饮而尽。

现在的情形还可以控制，但如果周自珩来了就完蛋了。

夏习清从西装内侧的口袋里拿出一张没能送出的请柬，看了看，又放了回去。

"打电话给周自珩的助理，让他务必看好周自珩，别来找我。"

这种场面，公关根本是死局，夏习清知道现在蒋茵一定在帮自己公关，但是如果只是压下热搜和相关的爆料，只会适得其反。

天渐渐地黑下来，外面忽然传来声音，站在二楼落地窗旁的夏习清往下一看，一帮穿着保镖制服的人将门外的记者赶走，远远地，他看见习晖的车子。

原本精心筹划的开业就这么被搅了浑水，夏习清心中恼恨不已，愤怒的情绪像是潮水一样没过去，等到退潮时，巨大的失落感将他包裹住。

临近深夜，宾客相继离开，连工作人员都下班离去，夏习清就这么坐在四楼的门口。

他一点都不担心自己的私事被曝光，可他不愿意牵连周自珩，更不愿意是在今天这个日子曝光。

夏习清低头看了一眼手表。

十二点差十分。

他从来没有像现在这样失落过。

一步一步走下台阶，夏习清终于了解在意一个人的感觉。不是一帆风顺时无边无际的温存，而是当你发现你为了他做出的一切都是徒劳的那个瞬间的怅然若失。

空荡荡的艺术馆里摆满了藏品，价值连城，珍贵无比，但在他的眼里不过是没有生命的物件，堆砌在这富丽堂皇的建筑里。

他转过身子，准备合上大门，将自己的愚蠢和执着锁在这一天的结尾，权当落幕，可身后忽然传来一个声音。

"习清。"

夏习清难以置信地转过身，看见了一个气喘吁吁刚从出租车上下来的人，帽子、口罩全戴了，把自己遮得严严实实。

"自珩？你、你怎么来了？"他心有余悸，将周自珩拉进了艺术馆，周自珩摘下口罩，露出笑容，喘着气解释："我、我被我哥关在家里了，刚刚才找着机会翻墙溜出来，我回了趟公寓，你、你不在，我在新闻上看到这个地方，就想试试看，看你在不在这里。"

看着他额头上的薄汗，夏习清忽然像是失去了言语能力，一句话也说不出。他回头看了一眼大厅悬挂着的古董钟，指针还没有旋转至终点。还好，还来得及。

抓住周自珩的手腕，夏习清一路拽着他上了四楼。周自珩满心疑惑，但还是注意到了地上满满的烟头。

"你拉我上来干什么？"

夏习清打开了四楼的大门："生日快乐。"

大门完全打开的一瞬间，周自珩愣住了。整层楼展出了大大小小数不尽的画，或是水彩画，或是油画，唯一的相同之处便是画中人。

每一幅都是他。

"这是我为你画的，一共有九十九幅，从你小的时候，到现在的你，幸好你是童星，不然我还真的没办法记录下你一直以来的样子。"

周自珩不禁想到，带着他前往射击场的那个夜晚，夏习清指着自己胸口的那把枪，还有自己一时的玩笑话。

"买夏习清给我画的所有画，拿来给我陪葬。"

夏习清独自向前走着，脚步停在一个比他还高的展品前，上面蒙着一块黑色丝绸，在璀璨的水晶灯下泛着细腻的光。

"这个也是为你做的。"夏习清抬手，将丝绸轻轻扯下。

他的面前，出现了一座洁白无比的石膏雕塑。那是一个身形高大的男人，面容朝着前方，似乎望着什么，立体的五官上浮现微笑，如同古希腊古典雕塑那般美好。

他的手中握着一枝玫瑰，温柔而充满力量。

"生日快乐。"夏习清朝他走来，"对不起，我搞砸了你的生日。"他终于走到了周自珩的面前，从自己的西装口袋里拿出一方暗蓝色的请柬，上面的封戳也是一朵玫瑰。

"我熬了好几个通宵，本来想着今天邀请你，把这个亲手交到你手上，没想到你不在，又……又闹出这些事。"夏习清垂着眼睛，睫毛微微颤了颤，"生日快乐。我的惊喜实在是太烂了。"

原来他并没有忘记自己的生日。

"我特意选在今天开业，这座艺术馆是我母亲以我的名字命名的，我、我想让它重生在你生日的这一天。"

十月二十日的最后一秒，他得到他最想要的礼物。

周自珩愣愣地打开了那封迟到的请柬，里面掉出一封手写信。

    我给你我设法保全的我自己的核心——不营字造句，不和梦交易，不被时间、欢乐和逆境触动的核心。

    我给你早在你出生前多年的一个傍晚看到的一朵黄玫瑰的记忆。

    我给你关于你生命的诠释，关于你自己的理论，你的真实而惊人的存在。

    我给你我的寂寞、我的黑暗、我心的饥渴。

    我试图用困惑、危险、失败来打动你[1]。

---

1 节选自博尔赫斯《我用什么才能留住你》。

图书在版编目（ＣＩＰ）数据

我只喜欢你的人设 . 2 / 稚楚著 . — 广州 : 广东旅游出版社 , 2023.6（2025.7 重印）
ISBN 978-7-5570-3041-4

Ⅰ . ①我… Ⅱ . ①稚… Ⅲ . ①长篇小说—中国—当代 Ⅳ . ① I247.5

中国国家版本馆 CIP 数据核字 (2023) 第 083535 号

我只喜欢你的人设 . 2

WO ZHI XIHUAN NI DE RENSHE. 2

出 版 人：刘志松
责任编辑：梅哲坤
责任技编：冼志良
责任校对：李瑞苑

广东旅游出版社出版发行
地址：广州市荔湾区沙面北街 71 号首、二层
邮编：510130
电话：020-87347732（总编室） 020-87348887（销售热线）
投稿邮箱：2026542779@qq.com
印刷：嘉业印刷（天津）有限公司
（地址：天津市静海经济开发区北区银海道 48 号）
开本：700 毫米 ×980 毫米 1/16
字数：276 千
印张：17.5
版次：2023 年 6 月第 1 版
印次：2025 年 7 月第 10 次印刷
定价：49.80 元
